조금만
고개를
돌려도

조금만 고개를 돌려도

제1판 1쇄 2023년 9월 4일

지은이 김정금
펴낸이 이경재
책임편집 비비안 정

펴낸곳 도서출판 델피노
등록 2016년 8월 11일 제2020-000082호
주소 서울시 양천구 신정중앙로 86, 덕산빌딩 5층
전화 070-8095-2425
팩스 0505-947-5494
이메일 delpinobooks@naver.com
ISBN 979-11-91459-67-8 (03810)

조금만
고개를
돌려도

김정금 장편소설

 델피노

목차

수상한
고객

※ ※ ※

돈을 가진 자가 권력을 가진다. 지섭은 룸미러로 뒷좌석을 힐끗
봤다. 뒷좌석에 흰 봉투가 놓여있었다. 조금 전에 면담한 고객이 열
린 창문으로 던진 것이다. 그에게 보험금을 지급해달라는 일종의 뇌
물이었다.

그는 콧노래를 부르며 사무실이 있는 강산역으로 차를 몰았다. 강
산역 앞을 지나는 중앙대로 양옆에 줄지은 고층 빌딩에서 새어 나
온 불빛이 강산역 일대를 환하게 비쳤다. 몇 년 전부터 하나둘씩 짓
기 시작한 고층 빌딩은 모두 보험사 건물이었다.

그는 고층 빌딩을 끼고 모퉁이를 돌아 뒷골목으로 들어갔다. 고층
빌딩에 가려 그늘진 뒷골목에는 낡고 오래된 꼬마 빌딩이 밀집해
있었다. 그의 사무실도 낡은 꼬마 빌딩에 세 들어 있었다.

그는 5층짜리 빌딩 지하 주차장에 주차를 마치고 엘리베이터 앞
으로 다가갔다. 거미줄이 뒤엉킨 형광등이 하나둘씩 꺼졌다. 세주고
있는 10개 호실 중 절반 이상이 공실이라 건물주는 입점한 사무실

이 모두 퇴근하는 6시가 되면 빌딩 전체에 불을 꺼버렸다.

잠시 후, 엘리베이터가 도착했다. 문이 열리자, 다른 사무실 사람들이 지친 얼굴로 엘리베이터에서 내렸다. 그는 사람들이 모두 내린 낡은 엘리베이터를 타고서 2층으로 올라갔다. 엘리베이터에서 내린 그는 창문이 없어 어둡고 음침한 복도를 지나 사무실로 들어갔다. 퀴퀴한 냄새가 그를 맞이했다.

그는 벽을 더듬어 불을 켰다. 열 평 남짓한 작은 사무실에 불이 들어왔다. 사무실에는 다섯 개의 책상이 마주 보고 있었는데, 그중 세 개가 공석이었다. 그는 일회용 컵이 쓰레기통 밖으로 흘러넘쳐 성을 쌓은 곳을 지나 창문을 등진 그의 자리로 가 앉았다. 그의 등 뒤의 유리창은 일 년 내내 블라인드가 내려져 있었다.

그는 서류 가방 깊숙이 넣어둔 흰 봉투를 꺼냈다. 조금 전에 만난 고객이 창문 너머로 던진 바로 그 봉투였다. 그는 봉투를 열어 안을 들여다봤다. 만 원짜리 지폐 다발이 두 묶음 들어있었다. 그의 월수입 절반에 달하는 돈이었다. 생각지도 못한 돈이 열린 차창으로 굴러들러 온 것이다.

그가 피식피식 새어 나오는 웃음을 참으며 가방을 열어 오늘 발급받은 서류들을 꺼내는데, 사무실 문이 열리더니 유일한 직장동료, 김 과장이 들어왔다.

"과장님. 늦으셨네요."

반나절 만에 김 과장의 턱엔 수염이 푸릇하게 자라있었다.

"응. 경찰서에 다녀오느라."

김 과장은 그와 마주 보는 책상으로 다가왔다.

"경찰서요? 경찰서는 왜요?"

"작년에 새터민 보험 청구 건 말했던 거 기억나?"

김 과장이 가방에서 서류를 꺼내 책상에 내려놓으며 말했다.

"그럼요. 기억나죠. 탈북민들 때문에 골치 아파하셨잖아요."

"그래. 그 건 말이야. 그것 때문에 조사받았어. 그 고객에 대해 얼마만큼 알고 있냐고, 조사하면서 이상했던 점은 없었냐고."

김 과장은 몸을 던지듯 의자에 털썩 앉았다.

"왜요? 그 건이 무슨 문제가 있었던 거예요?"

"글쎄. 오는 길에 경찰이 했던 질문들을 곰곰이 돌이켜 보니까 말이야. 그 사람이 죽은 게 아닌가 봐."

김 과장은 의자 팔걸이에 팔을 걸친 채 검지로 턱을 문질렀다.

"그게 무슨 말이에요? 사망진단서를 첨부하지 않으면 보험 조사 자체가 안 되잖아요."

"그렇지. 나야 사망진단서만 보고 조사한 거지 죽은 사람을 본 건 아니잖아. 그러니 사망진단서가 허위였거나, 죽은 사람이 그 사람이 아니었거나 둘 중 하나겠지."

"보험사기였단 거예요?"

"기사에 보니까 보험사기 1조 원 시대가 도래했다, 보험사기에 가담한 인원만 10만 명이다, 라고 하니 그럴지도 모르지. 아무튼, 경찰이 하는 질문들에서 그런 뉘앙스를 풍겼다고나 할까? 뭐… 어디까지나 내 추측일 뿐이야."

김 과장이 고개를 까딱였다.

"조사할 때 그런 낌새를 못 느꼈어요?"

"내가 둔한 건지, 전혀 눈치채지 못했어."

"그래도 과장님이 잘못하신 건 아닌 거잖아요?"

"그렇지. 나야 그냥 참고인 조사만 받은 거야. 요새 하도 보험사기가 많으니까, 짜고 치는 거로 의심했던 걸 수도 있고."

김 과장이 어색한 미소를 지었다.

"보험설계사와 도모하는 건 몰라도 우리랑은 그럴 수 없잖아요. 우리야 고객이 보험금을 청구하면 그중에 조사가 필요한 건만 손해사정 업체에 위임되는 건데, 수많은 업체 중에 꼭 과장님한테 위임되리라는 보장도 없고 말이에요."

"그렇지."

김 과장이 어깨를 으쓱였다.

"더는 부를 일 없겠죠?"

그가 물었다.

"그렇겠지. 그럴 거야."

짧은 대화를 마치고, 그는 회사 전산망에 접속해서 배당목록을 확인했다. 진행하는 건은 10건, 그중에 이번 주 안으로 종결해야 하는 건은 1건, 오늘 새로 배당된 건도 1건이었다.

피보험자 : 박연정

조금만 고개를 돌려도

그는 새로 배당된 고객 이름을 눌렀다. 제일 첫 화면은 수임 의뢰서였다.

수임 의뢰서

의뢰내용 : 아파트 베란다에서 추락한 상해사고로, 사고 내용 (ex. 고의사고 등) 확인 부탁드립니다.
처리기일 : 202X. 11. 14. (화)까지.
비   고 : 처리기일 준수. 민원이 발생하지 않도록 유의해 주세요.

202X. 10. 26.
다드림 손해보험
담당자 이윤재

보험 약관에서 말하는 급격하고도 우연한 외래 사고가 맞는지 사고 경위를 확인해 달라는 단순한 건이었다. 다음은 보험 청구서였다.

보험 청구서

피보험자 : 박연정

주민등록번호 : 020812-4****** (만 22세)

연락처 : 010-****-****   직업 : 사무직

보험금 수령 계좌 : 조은은행 박연정 5555-11-7896253

주요 청구내용 : 후유장해 진단금 3억

사고 사항 : 상해

사고 일시 : 202X. 04. 25.

사고 장소 : 집 베란다

사고 경위 : 베란다에서 이불 털다 창밖으로 추락함.

진 단 명 : 1) 상세 불명의 척수 부위의 손상

2) 요추 및 골반의 다발성 골절, 폐쇄성

3) 우측 경골의 분쇄 골절, 개방성

4) 상세 불명의 하반신 마비

치료병원 : 강산 대학 병원, 다나음 재활요양병원

치료내용 : 외고정기를 이용한 고정술 등

치료일시 : 1) 202X. 04. 25. ~ 202X. 05. 23. : 강산 대학 병원

2) 202X. 05. 23. ~ 현재까지 다나음 재활요양병원
입원 중.

보험금 청구인 : 박연정

안내받으실 분 연락처 : 073-456-9298

(핸드폰을 잃어버렸으니 입원 중인 병원으로 전화 주세요)

청구한 보험금이 3억이나 되었다. 3억 원이나 되는 돈을 지급하느냐 마느냐 하는 게 그의 손에 달렸다. 그는 어깨가 무거웠다.

다음으로 박연정의 보험증권을 살폈다.

보험증권

계약자 : 박연정 020812-4******

피보험자 : 박연정 020812-4******

나이 : 만 21세

보험기간 : 202X년 1월 29일 ~ 203X년 1월 29일 (30세 만기)

납입기간 : 10년 납

생존보험금 수익자 : 피보험자

사망보험금 수익자 : 법정상속인

보장내용 : 상해사망 4억, 상해후유장해 3억

그는 고개를 갸웃거렸다. 보험사에서 조사를 의뢰한 이유가 바로 일반적이지 않은 가입내용 때문이었다. 보통 다른 고객은 보험 만기가 80세, 100세인데, 박연정은 30세였다. 그뿐만이 아니었다. 보험에 가입한 지 3개월 만에 중대 사고가 일어났다. 우연일 수도 있지만, 마치 보험금을 노린 사람처럼 뭔가 께름칙했다. 일단 고의사고를

의심할 필요는 있었다. 그는 함께 첨부된 서류도 살폈다.

타사 보험조회 : 3건
보험금 지급 내역 : 없음

다드림 손해보험 말고도 세 군데 보험회사에 보험이 가입되어 있었다. 나머지 두 군데 보험사에도 청구했다면, 이번 사고로 수억에 달하는 보험금을 청구한 셈이었다. 여태 보험금을 받은 적은 한 번도 없었다.

조사에서 가장 먼저 해야 할 일은 고객 면담이었다. 그는 고객과 면담 약속을 정하기 위해 보험청구서에 적힌 전화번호로 전화를 걸었다. 휴대 전화번호가 아니라 지역 전화번호였다.

"네 7병동입니다."

"병동이요?"

그는 보험청구서를 다시 확인했다. 전화번호 밑에 작은 글씨로 무언가가 적혀있었다.

<핸드폰을 잃어버렸으니 입원 중인 병원으로 전화 주세요.>

전화를 받은 상대는 박연정이 입원한 병동 간호사였다.

"입원환자 중에 박연정 님이라고 계시나요?"

"실례지만, 누구시죠?"

간호사가 퉁명스럽게 되물었다.

"보험회사 직원인데요. 박연정 님께서 이 번호로 연락해달라고 부탁하셔서요."

"잠깐 기다리세요."

수화기 너머로 노랫소리가 흘러나왔다.

"네. 박연정입니다."

작고 힘없는 여자 목소리가 전화를 받았다.

"저는 다드림 손해보험사의 위임을 받은 성심 손해사정 회사의 김지섭이라고 합니다. 다드림 손해보험에 보험 청구하신 일로 연락드렸습니다."

"왜요? 뭐가 잘못됐나요?"

박연정이 물었다.

"아뇨. 잘못된 건 아니고, 조사가 진행될 예정이라 연락드렸습니다."

"네? 조사요? 조사는 왜 하는 거예요?"

"보험금 지급 여부를 결정하기 위해 사고 현장이나 병원 방문이 필요할 경우 조사가 진행됩니다. 만약 동의하시지 않으면 보험금 지급은 지연될 거고요."

그가 침착하게 대답했다.

"그런데 왜 다드림 손해보험이 아니라 다른 곳에서 조사하는 거예요?"

"조사가 필요할 경우, 보험업법에 따라 보험회사는 공인된 손해사정 법인에 조사업무를 위탁하는데, 보험사와 고객 간에 중립성을 유지하여 공정한 보험금 지급심사를 하려는 겁니다."

그가 외듯이 안내했다. 평소 다른 고객들에게도 흔히 듣는 질문이라 마치 AI처럼 답변이 튀어나왔다.

"조사를 진행하려면 먼저 고객님을 만나 뵈어야 하는데, 언제쯤 시간이 괜찮으세요?"

"아무 때나 괜찮아요."

"그럼, 제가 내일 오후 5시에 찾아뵙도록 하겠습니다. 어디로 가면 될까요?"

그는 보통 병원 점심시간이나 병원 진료가 끝나는 시간에 면담 약속을 잡았다. 건당 받는 수임료가 월 소득인 일이라 시간 관리를 잘해 한 건이라도 더해야 돈을 조금이라도 더 많이 벌 수 있다. 그에겐 시간이 돈이었다.

"다나음 재활요양병원 703호로 오세요."

"네. 그럼, 내일 뵙겠습니다."

그는 전화를 끊었다.

"공정한 거 맞지?"

그가 전화를 끊자, 김 과장이 모니터를 응시한 채 물었다.

"우리가 보험회사에서 수임료를 받는데, 공정할 수가 있나?"

김 과장이 중얼거렸다. 뭐든 허투루 넘기지 못하고 매사 진지한 김 과장을 보며 그는 피식 웃었다.

"같은 병원에서 백내장 수술한 고객 두 사람이 같은 날 배당돼서 실컷 병원에 가서 조사하고 이제 막 마무리하려는데, 아니 글쎄 보험사 담당자가 고객한테 안내하지 말고 서류 먼저 전산에 올려달라는 거야."

김 과장이 툴툴거렸다.

"요즘 보험사들 그러더라고요. 자기들이 먼저 검토해서 면부책 판단한 다음에 우리더러 안내만 해달라고요."

그는 박연정의 면담서류를 준비하며 건성으로 대답했다.

"공정한 심사를 하겠다고 손해사정 회사에 위임할 땐 언제고, 조사 결과에 개입하는 게 말이 되는 소리야?"

김 과장이 한숨을 푹 내쉬었다.

"차트나 떼다 주는 심부름꾼이나 다름없죠. 뭐. 그나저나 배당이 왜 이렇게 없어요? 이번 달은 차 기름값, 점심 밥값 내고 나면 남는 게 없겠는데요?"

"이번 분기엔 다드림 손해보험 배당이 몇 건 안 될 거래. 지난 분기에 실적이 안 좋았잖아."

"도대체 몇 위를 했길래요?"

"다드림 손해보험이 위탁하는 손해사정 회사 20곳 중 15위."

김 과장이 씁쓸한 미소를 지었다.

"왜 이렇게 실적이 나빴대요?"

"수도권 본부에서 민원을 2건이나 받았고, 처리기일도 전체 평균 3일이나 지연됐대. 또 면책률도 낮았고."

면책률이란 말에 그는 뜨끔했다. 회사 실적이 나빴던 데에 그가 한몫한 것이다.

"이러다 밥줄 끊기는 거 아니에요? 더 늦기 전에 다른 일 찾아봐야 하는 거 아닌가."

그가 혼잣말하듯 말했다.

"관두면 마땅히 할 게 있나?"

김 과장이 한쪽 눈썹을 들썩이며 물었다.

"윤 과장님이 차리신 독립 손해사정 회사는 요즘 어떻대요?"

"김 대리는 동생 학비를 내려면 당장은 곤란할 텐데. 내년에 동생이 졸업하고 나면 모를까."

맞는 말이었다. 그에겐 거둬 먹여야 할 동생이 있었다.

"왜요? 일이 많지 않은가 봐요?"

그가 물었다.

"독립 손해사정은 고객이 손해사정을 의뢰해야 하는데, 의뢰하는 건마다 수임료도 천차만별이고, 의뢰도 들쭉날쭉해서 매달 수입이 일정하지 않으니, 말이야. 어쩌다 보험금이 큰 건이 의뢰되면 수임료가 반년 치 연봉만큼 받으니 그나마 낫다고는 하던데."

그는 고개를 끄덕였다. 당장은 보험회사에서 주는 돈을 받으며 먹고 살 수밖에 없었다.

"그래도 자네는 부모님 돌아가시고 나온 보험금이 있으니 괜찮지 않아?"

김 과장이 고개를 들었다.

"네, 뭐… 그렇죠. 뭐."

그가 어색하게 웃었다.

"자넨 이직보다 연애가 더 급한 거 아니야? 통 연애하는 걸 못 봤어."

김 과장이 장난스레 웃었다.

"저 같은 빈털터리가 연애는 무슨요. 제 주제에 연애는 사치예요."

그가 한숨 섞인 목소리로 말했다.

"왜? 자네야말로 괜찮지. 보험금으로 받은 돈도 있겠다, 키도 크고 체격도 좋고, 얼굴도 그만하면 괜찮잖아? 누가 자네 박서준 닮았다고 그러던데?"

김 과장이 눈썹을 까딱였다.

"누가요?"

"어느 병원에 갔더니 예쁘장한 간호사가 그러더군."

그는 '픽' 하고 웃었다. 그러면 뭐 하나. 동생 뒷바라지 때문에 여자를 만난다는 건 꿈도 꿀 수 없는 일인데.

"오늘 말이야. 낮에 고객 집으로 면담하러 갔는데, 글쎄."

김 과장이 모니터를 넘겨보며 소곤거렸다.

"고객이 속옷도 입지 않고 하얀색 슬립만 입고 있지 뭐야."

그는 숨을 멈춘 채 눈을 번쩍 떴다.

"예뻤어요?"

김 과장은 대답 대신 피식거렸다.

"그래서 어쩌셨어요?"

"어쩌긴 뭘 어째. 면담 내내 허공만 보면서 서둘러 설명만 하고 사인받아 왔지. 뭐."

입꼬리를 씰룩거리며 고개를 젓던 그는 동작을 멈췄다. 흰 봉투가 책상 위에 그대로 놓여있었다. 그는 얼른 김 과장에게 고개를 돌렸다. 김 과장은 모니터를 보고 있었다.

"별별 생각이 다 들더라. 참. 사람이 돈 때문에 저러고 싶을까도 싶고, 한편으론 딱하기도 하더라니까."

"청구한 보험금이 많았어요?"

그는 김 과장을 슬쩍 보며 봉투를 가방에 집어넣었다.

"아니. 뭐 200만 원 정도."

다행히 김 과장은 흰 봉투를 보지 못한 것 같았다.

"겨우 그 돈 받자고 그런다고요?"

"돈이야 상대적인 거니까. 그 고객한테는 큰돈일 수 있지. 아니, 내게도 200만 원은 큰돈이야."

"맞아요. 큰돈이죠. 저부터도 통장에……."

그러고 보니 언제부턴가 돈의 개념이 없어져 버렸다. 평생 만져볼 수도 없는 큰돈을 주느냐 마느냐 하다 보니 생긴 직업병이었다.

"같이 즐기시지, 그러셨어요?"

그가 능청스럽게 웃으며 물었다.

"에잇. 난 말이야. 고객한테 커피 한잔도 얻어먹고 싶지 않아. 내 돈으로 계산하고 말지. 그거 다 뇌물이잖아. 괜히 커피 한잔 얻어먹고 조사하다가 뭐라도 나오기라도 해봐. 이러지도 저러지도 못하고 난감하잖아. 커피 한잔에 발목 잡히긴 싫어."

김 과장이 진저리를 치며 말했다.

"그럼, 뭐 그냥 보험금 지급하면 되죠. 어차피 과장님 돈도 아니고 주인 없는 눈먼 돈인데요. 뭘."

그는 서류 가방에 넣어둔 흰 봉투가 내심 신경 쓰였다. 고객이 건넨 돈 봉투를 받는다는 건 조사하다 보험금을 지급할 수 없는 사유를 발견하더라도 그 사실을 보험회사에 숨기고 보험금 지급에 결격 사유가 없다는 결과를 내놔야 하는 걸 의미했다.

"보험회사에서 주는 돈으로 먹고사는 우리가 객관성을 유지하긴 어렵겠지만, 적어도 양심은 잃지 말아야지. 보험회사에나, 고객한테나 말이야. 안 그래?"

김 과장이 모니터 너머로 눈길을 던지며 말했다. 그는 어색한 미소를 지으며 고개를 끄덕였다.

❀ ❀ ❀

다음 날 오후 4시 반, 오늘 하루에만 병원 다섯 곳을 다녀온 그는 조금 들뜬 기분으로 박연정을 만나러 갔다. 금요일 오후의 마지막 일정이었다. 고객 박연정만 면담하고 나면 퇴근할 생각이었다.

조사에서 서류분석 다음으로 중요한 건, 고객 면담이었다. 조사에 필요한 질문을 준비해 두고 고객에게 답변을 잘 끌어내면 조사가 한결 수월해진다. 그런 이유로 고객을 만나러 가는 길은 늘 긴장되지만, 어쩐지 오늘만은 마음이 편했다. 오늘 만날 고객은 젊은 여자였고, 보험금을 받은 적이 없는 거로 봐선 보험 약관을 잘 아는 건 아닐 터였다.

　박연정이 입원한 병원은 강산역을 마주 보는 팔봉산 중턱에 있었다. 그는 강산역 앞 중앙대로 반대차선에서 산복도로로 이어진 2차선 오르막길로 접어들었다. 가파른 경사에 사람들이 몸을 뒤로 젖힌 채 걸어 내려갔다. 자칫 미끄러졌다간 역 앞의 대로변까지 굴러갈 것만 같았다. 재작년 봄에 발품을 팔아 산, 출고된 지 8년이 지난 그의 BMW도 엔진 소리를 요란하게 울려대며 올라갔다.

　산복도로로 접어들자, 산복도로 옆에 다닥다닥 붙어있는 낡고 오래된 집들 뒤로 강산역 인근에 세워진 고층 빌딩이 내려다보였다. 병원은 어딨는 걸까. 산 어딘가에 병원이 있다기엔 사람들의 발길이 뜸했다. 산복도로에 사는 사람들이 아니고서야 환자들이 여기까지 올라올까. 고개를 갸웃거리며 구불구불한 산복도로를 따라가다 보니 '다나음 재활요양병원'이라 적힌 이정표가 나타났다. 그는 이정표가 가리키는 비탈길을 올라갔다. 비탈길은 병원 정문으로 이어져 있었다.

　병원 정문을 지나자, 생각지도 못한 모습의 병원이 나타났다. 병원은 마치 산이 양팔로 병원을 품고 있는 것처럼 산에 둘러싸여 있었다. 본관 건물 앞 계단식 화단에는 알록달록한 꽃들이 피어 있었다.

　그는 본관 건물 뒤편에 있는 옥외 주차장에 주차하고, 본관 건물로 들어가 엘리베이터를 타고 7층으로 올라갔다. 엘리베이터에서 내리자 알싸한 소독약 냄새와 음식 냄새, 온갖 체취가 뒤섞인 쿰쿰한 냄새가 진동했다. 그는 엘리베이터 홀 맞은편의 간호사 스테이션을 지나 703호로 들어갔다. 연정이 입원한 703호는 간호사 스테이션 바로 옆에 있었다.

703호는 침대 여섯 대가 있는 다인실이었다. 그는 침대에 앉거나 누워있는 환자 중 단박에 박연정을 알아봤다. 20대 젊은 여자는 단 한 사람뿐이었다. 그는 창가 바로 옆 침대에 누워있는 박연정에게 다가갔다.

"안녕하세요. 어제 전화 드렸던 김지섭입니다."

그가 박연정에게 명함을 내밀었다. 연정은 힘없이 손을 뻗어 명함을 받은 뒤, 희어 멀뚱한 눈으로 명함을 올려다봤다.

"죄송하지만, 침대 좀 세워주시겠어요?"

연정이 무표정한 얼굴로 어름어름 말했다. 그는 침대 발치로 가서 침대 머리를 올렸다. 연정이 앉은 자세가 되자, 그는 침대 옆에 놓인 파란색 플라스틱 의자에 앉았다.

"몸은 좀 어떠세요?"

그가 가방에서 면담보고서와 볼펜을 꺼내며 물었다. 형식적이긴 해도 그가 만나는 고객은 모두 환자이기 때문에 친근하게 몸 상태를 물으면 마음의 경계가 느슨해져 말하지 말아야 할 비밀도 털어놓았다. 연정은 눈으로 자기 다리를 가리켰다. 그는 연정의 다리로 눈을 돌렸다. 겉으로는 멀쩡해 보이지만, 혼자선 걸을 수 없는 다리였다.

"어떻게 다치신 거죠?"

그가 적절한 단어를 선택해 담담하게 물었다. 동정이나 연민을 드러내는 말은 고객의 기분을 상하게 할 수 있었다.

"이불을 털다가 아래로 떨어졌어요."

연정은 그의 눈길을 피한 채 침대 시트를 만지작거렸다. 보험회사에서 조사가 나오면 고객은 긴장하기 때문에 자기가 한 행동을 둘러대기도 하고, 거짓말을 하기도 하는데, 이때 고객의 행동이 긴장해서 나오는 행동인지, 무언가를 숨기려는 행동인지 파악해야 한다. 연정은 다른 고객들처럼 긴장한 듯 보였다.

"집이 몇 층이에요?"

"9층이요."

연정이 들릴 듯 말 듯 한 작은 목소리로 대답했다.

"난간이 있었을 텐데요?"

그는 자기도 모르게 취조하듯이 물었다. 고객들은 보험조사원을 만나면 그러잖아도 긴장한 데다 위압감을 느끼기도 해서 취조하듯이 물어보는 건 금물이었다. 같은 이유로 위압감을 주는 정장도 입지 않았다.

"창틀로 올라서서 까치발을 들었거든요."

그는 면담보고서 사고내용란에 조금 전에 연정이 한 말을 받아적었다.

"큰일 날 뻔하셨네요."

아파트 9층이라면, 죽지 않고 살아있는 게 다행이었다.

"다행히 이불이 나무에 걸렸거든요."

연정이 말했다. 보험조사원으로 일하면서 평소에는 상상도 하지 못한 사고를 많이 접해서인지, 박연정이 한 말에는 어떤 의심도 가지 않았다. 그는 그 밖에 몇 가지 질문을 끝내고 작성한 면담보고서를 연정에게 내밀었다.

"제가 작성한 내용이 맞는지 읽어보시고 밑에 서명하면 됩니다."

연정은 읽지도 않고 사인을 했다. 그는 연정이 사인하는 동안 의무기록 열람 신청용 동의서와 위임장을 꺼내어 연정에게 건넸다.

"이 서류는 고객님께서 수술받고 치료받았던 병원 진료기록을 발급받을 때 병원에 제출할 서류입니다. 진료기록은 개인정보이기 때문에 고객님께서 동의해 주셔야 발급이 되거든요."

연정은 그가 준비해 간 동의서와 위임장 다섯 부, 총 열 장을 받았다.

"어디에 가서 뭘 조사하시는 거예요?"

연정이 사인을 하며 물었다.

"사고 직후에 실려 가 수술받았던 병원에 가서 진료기록을 발급받을 거고요. 사고를 조사했던 경찰서에도 찾아갈 겁니다. 그밖에 조사하다가 확인할 필요가 있는 정보라면 더 알아볼 거고요."

"다했어요."

사인을 마친 연정이 동의서와 위임장을 그에게 내밀었다.

"마지막으로 신분증을 보여주시면 제가 사진 한 장 찍어가겠습니다. 병원에다 방금 사인한 동의서와 위임장, 고객님 신분증과 제 신분증을 제출해야 진료기록이 발급되거든요."

"신분증… 없는데요?"

연정이 어물어물 말했다.

"네?"

그가 눈을 번쩍 떴다.

"집에 있어요. 지갑 속에요. 사고 후에 한 번도 집에 간 적이 없어서요."

"핸드폰에 사진 찍어 둔 것도 없나요?"

"핸드폰도 없어요. 베란다에서 떨어질 때 없어진 것 같아요."

연정이 떨리는 목소리로 말했다.

"가족들이 가져다주지 않았어요?"

"가족도… 없어요."

연정은 무덤덤한 얼굴로 고개를 저었다.

"보육원에서 컸거든요."

"아. 죄, 죄송해요."

그는 연정의 눈을 보며 사과했다. 연정의 커다란 눈이 무신경하게 허공을 응시했다.

"정 필요하시면, 집에 가서 찾아가세요."

"집이요? 고객님이 안 계시는 집에 제가 어떻게……. 괜히 뭐라도 없어지기라도 하면…. "

"가보시면 아시겠지만, 가져갈 것도 없어요."

연정이 태연하게 말했다.

"아무리 그래도 주인 없는 집은 좀 그렇네요. 혹시 신분증을 가져다 달라고 부탁할 친구는 없나요?"

"친구도… 없어요."

연정이 고개를 저었다. 고객 신분증 없이는 조사를 진행할 수 없었다. 어쩔 수 없었다.

"하. 알겠습니다. 집 주소는 보험증권에 나와 있는 주소 그대로인가요?"

짧은 고민 끝에 그는 그러겠다고 했다. 간 김에 사고 현장을 직접 볼 수도 있었다.

"그대로예요."

연정은 현관 비밀번호를 알려줬다.

"조사는 주말과 공휴일을 제외한 14일 정도 소요될 겁니다."

연정은 시큰둥하게 고개를 끄덕였다. 그는 연정의 집 비밀번호를 머릿속으로 되뇌며 병실을 빠져나왔다. 그의 동생 또래인 연정을 보자, 그는 동생 지애가 떠올랐다. 지애는 지금 어디에 있는 걸까. 지애는 9개월 전에 집을 나갔다.

그날 저녁, 그는 불 꺼진 어두컴컴한 복도를 지나 집으로 걸어갔다. 복도 끝에서 두 번째 집 앞에 멈춰 선 그는 도어 록을 누르고 안으로 들어갔다. 그의 몸이 꽉 낄 것 같은 좁은 현관에 신발을 벗고, 벽을 더듬어 불을 켰다. 불이 켜지자, 현관 바로 앞에 놓인 식탁과 싱크대, 그리고 주방 겸 거실이 한눈에 들어왔다.

그는 현관 바로 옆 문간방 문을 열고 안으로 들어갔다. 9개월째 방치된 책상과 침대엔 하얗게 먼지가 내려앉아 있었다. 그는 책상 앞으로 다가갔다. 책상 위에는 지애가 가장 친한 친구 승현과 찍은 네 컷 사진이 꽂혀있었다. 6개월 전, 그날 밤도 오늘처럼 이 사진을 보았다. 지애가 집을 나간 지 석 달쯤 됐을 무렵이었다.

그날, 그는 지애 침대에 걸터앉아 지애에게 전화를 걸었다. 전화기가 꺼져있었다. 분명 한 달 전까지만 해도 켜져 있던 전화기가 한 달 전부터 완전히 꺼져버렸다. 방전됐을 거라 짐작했지만, 매일 핸드폰을 손에서 놓지 않는 지애가 충전하지 않고 방전이 되도록 놔둘 리 없었다.

그는 저장된 연락처 목록에서 승현의 연락처를 찾아 전화를 걸었다. 지애가 신입생일 때, 술에 취해 몸을 가누지 못하자 승현에게서 전화 온 적이 있었는데, 그때 연락처를 저장해 두었다.

"여보세요?"

신호가 다섯 번이 울린 뒤에야 승현이 전화를 받았다.

"지애 오빤데, 잘 지내지?"

3년 만에 한 통화에 그가 어색하게 인사했다.

"네. 안녕하세요."

승현은 웬일이냐고 묻지 않았다.

"혹시 지애랑 연락되니?"

그가 물었다.

"아뇨. 왜요?"

승현이 대답했다.

"석 달 전에 지애가 집을 나갔어. 그래서 혹시 너랑은 연락되는지 하고."

조금만 고개를 돌려도

그는 지애가 승현과 함께 있을 거로 생각했었다. 지애에겐 남자친구가 없었다.

"아, 그래서 휴학한 거예요?"

승현이 되물었다.

"응." 그가 대답했다.

"그럼, 그동안 지애한테 한 번도 연락 안 해보셨어요?"

처음엔 알아서 들어오겠거니 했다. 하지만 일주일이 지나도 지애는 돌아오지 않았다. 그다음 일주일 후에도 집에 들어오지 않자, 그는 지애에게 전화를 걸었다. 지애는 전화를 받지 않았다. 부재중 전화를 보면 전화하겠거니 하고 기다리다 보니 어느새 지애가 집을 나간 지 한 달이 지났다. 대체 왜 아무 연락이 없을까. 어디서 뭘 하길래. 그는 다시 지애에게 전화를 걸어보았다. 신호가 울렸다. 신호가 간다는 건 지애가 날마다 핸드폰을 충전한다는 뜻이었다. 그래. 어디서든 살아만 있으면 돼. 언젠가 돌아오겠지. 언젠가.

다음 날 오후, 지애에게서 메시지가 왔다.

[아는 언니 집에서 잘 지내고 있으니까 내 걱정은 하지 마.]

그는 길가에 차를 세워 답장했다.

[아는 언니 누구? 아는 언니 집이 어딘데? 집에는 언제 들어올 거야?]

답장이 없었다. 그로부터 또 일주일이 지났다. 이만했으면 이제 집에 들어오라 하려고 전화를 걸었지만, 이번에도 지애는 전화를 받지 않았다. 열흘 후에도 마찬가지였다. 그렇게 또 일주일이 지나 전화를 걸었을 땐, 전화기가 꺼져있었다. 그 후로 한 달이 지났지만, 지애 핸드폰은 여전히 꺼져있었다.

"지애를 마지막으로 본 게 언제야?"

"음… 석 달 전… 1월 말쯤이요. 그 후로는 연락해 본 적 없고요."

"왜? 왜 갑자기 연락이 끊긴 거야?"

"싸웠어요."

"왜? 뭐 때문에 싸웠는데?"

"별문제는 아니었어요. 돈을 좀 빌려달라고 했어요. 빌려주지 않았더니 버럭 화를 내더라고요. 그러곤 수강 신청도 안 하고, 연락도 끊겼어요."

"그래… 그랬구나."

또 돈이었다.

"그런데, 지애가 몇 달 전부터 좀 이상했어요. 워낙 돈을 잘 쓰긴 했지만, 그동안은 한 번도 돈을 빌려달라고는 하지 않는데."

"…그랬구나."

그는 지애가 왜 돈을 빌려달라고 했는지 짚이는 게 있었다.

"얼마 전부터 교회에 다니는 것 같던데, 거기서 만난 언니랑 가깝게 지내는 것 같았어요. 제 느낌이지만, 거길 다니면서부터 좀 이상해진 것 같아요."

"교회라고?"

금시초문이었다. 지애가 아는 언니 집에 있다고 했는데, 교회에서 만난 언니인가.

"혹시 지애가 다녔다는 그 교회, 어디 있는지 아니?"

그가 물었다.

"사암역 뒷골목에 있다고 들었는데 정확히는 저도 몰라요."

다음 날, 그는 사암역 뒷골목에 있는 모든 교회를 다 돌아다녔지만, 지애를 찾지 못했다. 그게 벌써 6개월 전 일이다.

지애는 대체 어디서 어떻게 지내는 걸까. 그는 지애 침대에 팔베개하고 옆으로 누웠다. 침대 옆 협탁 위에 못 보던 네 컷 사진이 놓여있었다. 지애가 어떤 여자와 함께 찍은 사진이었다. 승현은 아니었다. 누굴까. 지애가 함께 있다던 그 언니일까.

주말이 지나고 월요일이 돌아왔다. 온종일 병원을 돌아다니다 늦은 오후가 되자, 그는 사무실에 들어가기 전에 박연정 집에 들러 신분증을 들고나오기로 했다. 차에 올라탄 그는 박연정 집 주소를 내비게이션에 입력했다. 내비게이션은 지하철역인 사암역 인근으로 안내했다. 그는 사암역 교차로에서 유턴 신호를 기다리며 차창 밖을 바라봤다. 여섯 달 전, 승현과 통화 후 지애를 찾겠다고 온종일 돌아다닌 그 사암역이었다.

마침내 신호가 바뀌고 유턴해 반대차선으로 넘어간 그는 사암역 3번 출구를 끼고 골목길로 접어들었다. 골목길은 사암산 아래까지

완만하게 이어져 있었다. 그는 속도를 늦춰 오르막길을 올랐다. 그의 차 옆으로 교복을 입은 사내아이들이 가댁질하며 내려갔다. 골목길은 아파트 정문 앞까지 이어져 있었다.

아파트 정문을 지나 안으로 들어가자, 두 동짜리 낡은 아파트가 사암산을 등진 채 사암역을 내려다보고 있었다. 그는 A동 현관 앞 지상 주차장에 주차하고 A동으로 들어갔다. 길게 이어진 입구를 지나 엘리베이터 앞에 멈춰 선 그는 호출 버튼을 눌렀다. 엘리베이터는 꼭대기 층인 20층에서 내려왔다. 그는 피아노 치듯 손가락으로 다리를 두드리며 엘리베이터 계기판을 주시했다. 엘리베이터는 박연정 집이 있는 9층에서 잠시 멈추더니 다시 움직였다.

잠시 후 엘리베이터 문이 열리자, 야구 모자를 눌러쓴 여자가 내렸다. 짧은 순간, 그는 여자와 눈이 마주쳤다. 여자는 귀밑에 새겨놓은 칼 문신처럼 날카로운 눈으로 그를 흘낏거리더니 빠른 걸음으로 아파트 현관을 빠져나갔다.

그는 어깨를 으쓱이며 엘리베이터를 타고 9층으로 올라갔다. 엘리베이터에서 내리자, 양옆으로 현관문 두 개가 마주 보고 있었다. 그는 902호 앞으로 다가갔다. 막상 주인이 없는 집에 들어가려니, 입이 바싹 말랐다. 아무도 없다고는 했지만, 혹시 모를 누군가를 마주칠 수도 있다는 상상을 하니 머리털이 스르르 곤두섰다. 그는 떨리는 손으로 초인종을 눌렀다. 안에선 아무런 기척이 없었다. 정말 아무도 없는 걸까. 그는 엘리베이터 홀을 두리번거리며 연정이 말해 준 비밀번호를 눌렀다. 딸깍. 문이 열렸다.

그는 문을 열고 안으로 들어갔다. 현관에는 신발이 하나도 없었다. 그는 텅 빈 현관에 신발을 벗고 안으로 들어갔다. 하나로 연결된 주방과 거실에도 가구라곤 없었다. 현관 바로 옆 문간방도 텅 비어 있기는 마찬가지였다.

그는 화장실 앞을 지나 안방으로 들어갔다. 안방에는 싱글침대 하나와 부직포로 된 비키니 옷장 하나가 놓여있었다. 그는 비키니 옷장을 열었다. 사계절을 나기엔 턱없이 부족한 옷들 아래 지갑이 놓여있었다. 그는 주위를 두리번거리며 지갑을 열었다. 연정의 주민등록증이 꽂혀있었다.

그는 신분증을 챙겨 방에서 나왔다. 이젠 사고 현장을 확인할 차례였다. 그는 주방과 이어진 거실을 지나 베란다로 나갔다. 베란다 창문이 닫혀있었다. 누가 창문을 닫은 걸까. 연정은 사고가 난 후에 한 번도 집에 간 적이 없다고 했는데.

그는 창문을 열고 창틀로 올라섰다. 난간 높이는 그의 허리 높이쯤 되었다. 침대에 누워있던 연정의 키를 어림짐작해 볼 때, 가슴높이쯤 될 것 같았다. 난간이 있어 쉽게 고꾸라질 것 같지는 않았다. 그는 아래쪽을 내려다봤다. 바로 아래에 3층 높이만큼 되는 키 큰 나무가 있었다.

그때, 어디선가 날아든 시선이 느껴졌다. 시선이 날아든 곳은 놀이터 그네였다. 그네에는 조금 전 아파트 현관에서 만난 여자가 위를 올려다보고 있었다. 그의 시선을 느낀 건지 여자는 그네에서 일어나 아파트 정문으로 걸어갔다. 그도 베란다에서 나가려 뒤돌아서는데, 베란다 한쪽 구석에 의자가 덩그러니 놓여있었다. 의자가 베란다에 왜 있는 걸까. 설마 의자에 올라가서 이불을 털었던 걸까.

그는 1층으로 내려와 주차장 맞은편에 있는 경비실로 걸어갔다. 마침 경비원이 앞에 나와 그를 보고 있었다.

"9층에 살던 여자는 죽었소?"

그가 다가가자, 경비원이 물었다. 그가 눈을 번쩍 뜨자 경비원이 말을 덧붙였다.

"조금 전에 그 집 베란다에서 내려다보는 걸 봤소."

"아뇨. 수술 잘 받고 재활병원에 입원해 있어요."

그가 대답했다. 경비원은 한숨을 내뱉으며 눈을 지그시 감았다.

"그런데, 누구요?"

경비원이 눈을 슴벅이며 물었다.

"고객님께서 그날 사고로 보험에 청구하셨어요. 그래서 조사 중이고요."

"아하. 보험회사에서 나왔군그래."

경비원은 뒷짐을 지고 고개를 끄덕였다.

"혹시 그날 사고가 일어났을 때, 보셨어요?"

"으응. 봤지. 봤어. 살다 살다 그런 광경은 처음이었소. 그 모습이 어찌나 생생한지 아직도 매일 밤 꿈에 그 아가씨가 나온다니까."

경비원의 얼굴이 일그러졌다.

"내가 지금처럼 여기에 서서 쓰레기를 줍고 있는데, 나무 흔들리는 소리가 들려서 고개를 들어보니 여자가 떨어지고 있었소."

조금만 고개를 돌려도

그는 9층을 올려다봤다.

"이불이 나무에 걸리는 바람에 천만다행이었소. 안 그랬으면……."

경비원은 말을 잇지 못했다.

"내 평생 가장 참혹한 모습이었소. 처음엔 여자가 아스팔트 바닥에 앉아있는 줄 알았으니까. 여자의 몸통은 서 있었거든. 하지만 아니었소. 여자는 선 채로 바닥에 떨어지면서 허리 아래로 산산이 조각나버린 바람에 멀리서 보면 바닥에 앉아있는 모습이었던 게야."

그는 두 눈을 질끈 감았다.

"오른쪽 정강이뼈가 피부를 뚫고 나왔고, 왼쪽 다리는 문어 다리처럼 흐느적거리는 모습으로 바닥에 꺾여있는데, 그 아가씬 비명도 지르지 않고 그대로 앉아있는 거 아니겠소. 마치 자기한테 무슨 일이 일어났는지 모르는 사람처럼 말이오."

그는 머리털이 쭈뼛 서더니 뒤이어 속이 메스꺼웠다.

"그 후로 아무 소식이 없길래 죽었겠거니 싶었소. 사람이 그 지경이 됐으니 어떻게 살 수 있을까 했지."

"머리로 떨어지지 않아서 천만다행이네요."

"그게 다행이라고 할 수 있나. 살아도 산 것 같지 않을 텐데 말이오. 젊은 처자가."

경비원은 깊은 한숨을 내쉬었다.

"9층에서부터 떨어지는 모습은 못 보셨어요?"

"그건 보지 못했소. 세대를 올려다볼 일은 없으니까."

"혹시 아파트를 비추는 CCTV는 없나요?"

그가 주위를 둘러보며 물었다.

"여기 있잖소."

경비원이 경비실 초소 외벽에 설치된 CCTV를 가리켰다.

"그날 사고 장면도 찍혔나요? CCTV 좀 확인할 수 있을까요?"

"관리사무소에 요청해야 할 거요. 요즘은 워낙 개인정보다, 사생활 보호다 뭐다 해서 입주민들한테조차 잘 보여주지 않으니 말이오."

그는 경비원에게 인사한 뒤 돌아섰다.

"어이, 보험사 양반. 이거."

돌아보니 경비원이 핸드폰을 내밀었다.

"그 아가씨 만나거든 전해주소. 구급차가 떠나고 주변을 정리하는데 화단에 떨어져 있길래, 그 아가씨 핸드폰 같아서 보관해 두고 있었소."

"네. 전해줄게요."

그는 핸드폰을 건네받아 주머니에 넣은 뒤, 돌아서서 관리사무실로 갔다. 관리사무소에는 여자 직원 한 사람이 앉아있었다.

"어떻게 오셨어요?"

여직원이 그를 올려다봤다.

"4월 25일 12시 반경에 경비실 초소 외벽에 설치된 CCTV 영상을 열람할 수 있을까요?"

"무슨 일 때문에 그러시죠? 입주민이신가요?"

여직원이 눈으로 그를 훑었다.

"A동 902호에 사시는 입주민 추락사고로 보험금 지급 조사 중인데, 사고 장면을 확인하고 싶어서요."

그가 머리를 굽실거리며 말했다.

"죄송하지만, 입주민이 아니시면 CCTV 영상을 보여드릴 수 없어요."

여직원이 어색한 미소를 지으며 고개를 저었다. 그는 하는 수 없이 뒤돌아섰다.

이틀 후, 그는 박연정이 사고 후 실려 가 수술을 받은 강산 대학 병원으로 향했다. 박연정 신분증도 찾았으니, 다음은 연정이 치료받았던 병원 진료기록을 확인해야 한다.

산산이 조각난 연정의 다리뼈를 조각조각 맞춰 수술한 강산 대학 병원은 도내에서 유일하게 권역외상센터가 있었다. 병원 건물이 여섯 동이나 되는 강산 대학 병원은 지역 내 상급병원 중에서도 가장 규모가 큰 병원이라 멀리서도 눈에 띌 만큼 으리으리했다. 최근 몇 년에 걸쳐 증축하고, 리모델링하며 탈바꿈한 결과였다.

그는 주차를 마치고 외래 진료과가 있는 본관 A동으로 들어갔다. 새하얀 타일과 화려한 조명으로 마치 호텔 로비처럼 꾸민 병원 로비를 지나 번호표를 뽑고 기다렸다. 곧이어 그의 차례가 되자, 그는 박연정이 서명한 의무기록 사본 발급 동의서와 위임장, 그리고 그와 박연정 신분증 복사본을 원무과 직원에게 건넸다.

"차트 복사요."

직원은 그가 내민 서류를 받아 들고는 키보드를 두드리더니 접수증을 내주었다. 하루에도 수많은 보험 조사원이 다녀가기 때문에 척하면 착하고 알아들었다. 그는 접수증을 들고 연정이 치료받은 진료과를 돌아다니며 의무기록 사본 발급을 신청한 뒤, 의무기록 사본 발급 창구 앞에 놓인 대기 의자에 앉아 기다렸다.

잠시 후, 의무기록 사본 발급 창구에서 그를 부르자, 그는 의무기록 사본을 받아 들고 대기 의자로 돌아왔다. 병원을 빠져나가기 전에 요청한 서류가 제대로 발급됐는지, 빠진 건 없는지 확인해야 두 번 걸음 하지 않았다.

자리에 앉은 그는 첫 기록인 응급실 기록지부터 살폈다.

<ER RECORD>

C/C(Chief complain 주 호소) : 이불을 털다 베란다 밖으로 추락하여 내원.
Impression(진단명) : multiple fracture, R/O(다발성 골절, 의증)

다음은 경과 기록지였다.

조금만 고개를 돌려도

```
<PROGRESS NOTE>

202X. 04. 26. mental coma(혼수상태)
 .

 .

202X. 04. 28. mental stupor(의식 혼미한 상태)
202X. 05. 01. mental drowsy(의식 기면 상태)
202X. 05. 02. mental alert(의식 명료). PA(patient, 환자). 사고 직
전에 누군가가 자신에게 뛰어내리라고 한 말에 뛰어내렸다고
말하며, 누군지 묻는 말에는 횡설수설한 모습을 보임.
```

연정은 사고 후 일주일 만에 의식이 돌아온 모양이었다. 의식이 돌아온 후에 한 말은 이전에 했던 얘기와는 전혀 달랐다. 누군가가 뛰어내리라고 했다니. 그게 무슨 말인가. 뛰어내리라는 얘기를 듣고 뛰어내렸다면 고의로 사고를 일으켰다는 건가. 이불을 털다 떨어졌다더니 그에게 거짓말을 한 모양이었다. 왠지 일이 쉽게 풀릴 것 같았다. 계약자나 피보험자 또는 보험수익자가 고의로 사고를 일으켰을 땐, 보험금을 지급하지 않으며 보험계약을 해지할 수 있다.

다음은 협의 진료 기록지였다. 연정이 사고 후 일주일 만에 의식이 돌아오자, 주치의는 정신건강의학과에 협의 진료를 요청한 모양이었다.

<CONSULTANT NOTE>

202X. 05. 03.

consultation for PS.

일주일 전 fall down한 PA로, post op(수술 후). confusion(착란) 문
제로 의뢰하오니 고진선처바랍니다.

FROM. OS 정찬호.

202X. 05. 04.

사고 직전 베란다 밖으로 뛰어내리라는 말을 들었다고 함.

눈 맞춤 어려워하며, 경계하는 듯한 모습 보이며, 위축된 모습
보임.

이전에 환청, 환시를 경험한 적은 없다고 함.

정서적, 정신적 문제 추적관찰 필요.

FROM. PS 오주환.

그는 한숨을 내쉬었다. 약관에는 고의사고라 해도 피보험자가 심신
상실 등으로 자유로운 의사결정을 할 수 없는 상태에서 자신을 해친
사실이 증명된 경우에는 보험금을 보상한다는 예외 규정이 있었다.

그는 마지막으로 간호기록지를 펼쳤다. 입원했을 때부터 퇴원할
때까지 간호사가 기록해 둔 기록이라 양이 꽤 많았다.

<NULSE RECORD>

5월 6일. 일반 병실로 옮김.

5월 7일. 누워있음

5월 8일. 누워있음

.

.

.

5월 22일. 면회객 방문으로 앉아있음.

연정은 면회객이 방문한 단 하루만 빼놓고는 입원 기간 내내 가만히 누워 천장만 바라보며 지냈다. 하긴 그 몸으론 혼자서 움직일 수도 없었다. 가족도 친척도 없다던 연정을 찾아온 사람은 누굴까. 역시 고객 말은 전부 믿어선 안 되었던 걸까. 보험금을 받기 위해서라면 고객들은 불리한 말은 하지 않을뿐더러 때론 거짓말을 하기도 했다. 조사하면 다 밝혀질 그런 거짓말을.

진료기록으로 사고 경위도 확인했겠다 그는 느긋하게 이틀을 보냈다. 이제 사고 당시 출동한 사암 지구대에 가서 박연정 추락을 조사한 사건사고사실확인원을 발급받은 뒤 박연정 수임 건을 종결할 생각이었다.

사암 지구대는 사암 역 1번 출구 앞 대로변에 있었다. 그는 지구대 앞에 주차하고서 안으로 들어갔다. 지구대 안에는 젊은 남자 두명이 피의자대기석 앞에서 씩씩거리고 있었다. 그 옆에는 경찰들이 남자들을 에워싸고 있었다.

"어떻게 오셨어요?"

데스크 앞에 앉은 경찰이 고개를 들었다.

"안녕하세요. 성심 손해사정의 김지섭이라고 합니다. 봄에 저기 뒤에 있는 럭키 아파트 베란다에서 추락한 박연정 님 사고에 대한 사건사고사실확인원을 발급받을 수 있을까요?"

그가 경찰 등 뒤를 손가락으로 가리켰다.

"박연정 씨요?"

경찰이 키보드를 두드렸다.

"아, 이불 털다가 떨어지신 분이요?"

경찰의 눈동자가 모니터를 분주하게 훑었다.

"기억하시나요?"

"네. 기억나네요. 그분, 어떻게 되셨어요?"

"다행히 수술 잘 받고 지금은 재활병원에 입원해 계세요."

"다행이랄 수 있나? 이제 못 걷지 않나요? 평생 휠체어에 앉아서 살아야 할 텐데."

경찰이 피식 웃었다. 경찰의 두꺼운 팔뚝과는 어울리지 않는 가벼운 웃음이었다.

"그런데 보험에 얼마나 가입했길래 조사가 나와요?"

"가입한 지 석 달 만에 일어난 사고라서요."

그가 억지로 미소를 지었다. 고객 개인정보를 경찰에게 굳이 설명할 필요는 없었다.

"아, 그 여자가 자살이라도 했을까 봐 조사하는 거예요?"

경찰의 천진한 물음이 계속 그의 신경을 건드렸다.

"고의사고는 보험금이 지급되지 않으니까요."

그는 벽에 걸린 시계를 보며 손가락으로 데스크를 두드렸다. 발급해달라는 서류나 어서 발급해달라고.

"에이. 애 엄마가 갓난아기를 두고 자살하겠어요?"

경찰이 인쇄기에 손을 뻗어 인쇄물을 집어 들며 말했다.

"애 엄마요?"

"모르셨어요? 배에 제왕절개 수술 자국이 있었대요. 수술실에서 확인했다고 하더라고요."

"다른 수술이 아니고 제왕절개가 맞는다던가요?"

그가 고개를 갸웃거렸다. 가족이 없다고 하지 않았던가. 그에게 또 거짓말을 한 걸까. 그렇다고 하기엔 연정의 집엔 아이 흔적이 없었다.

"돌팔이도 아니고, 대학병원 의사가 그것도 구분 못 할까 봐요?"

경찰이 또다시 천진한 표정으로 피식 웃었다. 그는 경찰이 한 말을 대수롭지 않게 넘겼다. 연정의 계속된 거짓말이 불쾌하긴 해도 가족이 있든 없든 청구한 보험금에는 아무런 영향을 미치지 않는데다 그와는 상관이 없는 일이었다. 그에게 중요한 건, 정말 박연정이 고의로 뛰어내렸는가 하는 거였다.

"누군가에게 뛰어내리라는 말을 들었다고 하던데, 그 얘긴 못 들으셨나요?"

그가 조심스레 물었다.

"아. 그거요? 그거 때문에 마약 검사도 해봤는데 음성이었어요. 간혹 큰 사고를 겪으면 사람이 횡설수설해요. 자기한테 일어난 일이 꿈인지 진짠지 구분이 안 되는 거죠. 그야말로 넋이 나가서, 착란 증상 같은 거라고 하더라고요."

경찰의 말도 그럴듯했다. 그래서 정신건강의학과 진료도 더는 받지 않았던 게 아닐까.

"CCTV는 확인해 보셨나요?"

"당연히 했죠. 범죄 혐의점은 없었어요. 집에 혼자 있었거든요. 그나저나 단순 사고를 뭘 그렇게까지 조사해요?"

경찰이 서류에 도장을 찍으며 말했다. 그는 경찰이 느릿느릿 도장을 찍고 있는 서류를 내려다보며 손을 내밀었다.

"뭐, 사고가 있기 10분 전쯤에 젊은 여자가 그 집에서 나오긴 했어요. 박연정 씨는 그리고 10분 후에 떨어졌고요."

경찰이 그에게 서류를 내밀었다.

"젊은 여자요? 누군지 확인해 보셨어요?"

그가 동작을 멈추었다.

"박연정 씨의 의식이 돌아온 후에 물어보니 아는 언니가 다녀갔다고 했어요."

조금만 고개를 돌려도

경찰은 피의자대기석에 앉은 두 남자에게로 시선을 던지며 말했다. 조금 전까지 씩씩거리던 두 남자는 이제 진정이 되었는지 얌전히 앉아있었다. 그는 고개를 돌려 건네받은 서류를 확인했다.

사건사고사실확인원

사고일시 : 202X. 04. 25. 12:30

.

.

.

사건 개요 : 피해자는 202X. 04. 25. 낮 12시 30분경 자택 베란다에서 이불을 털다 난간을 넘어 아래로 추락함.

사고내용은 청구서에 적힌 것과 같았다. 문제는 경과 기록지였다. 경과 기록지에는 누군가에게 뛰어내리라는 말을 듣고 뛰어내렸다는 고의사고가 명백히 적혀있었다. 그는 경과 기록지를 근거로 보험금을 보상하지 않는다고 안내하기로 마음먹었다. 연정은 보험 청구가 처음이었고, 나이도 어린 데다 가족도 친구도 없다고 했으니, 보험금을 지급하지 않는다 해도 민원을 넣으라며 옆에서 부추길 사람도 없었다. 남편이 있다는 게 걸리긴 하지만, 반발이 심하면 한발 물러나면 그만이니까.

남편이 있다는 사실 말고 또 한 가지 걸리는 게 있었다. 정신건강
의학과 협의 진료 기록지였다. 사고 직후 응급실로 실려 온 연정은
곧바로 수술받았고, 의식이 없는 채로 중환자실에 머물며 그 후로도
두 차례 더 수술받았다. 사고 후 일주일 만에 의식이 돌아왔을 땐,
자기가 왜 병원에 누워있는지도 기억나지 않는 혼미한 상태였을 것
이다. 경찰 말대로 횡설수설하며 한 말일 수 있었다. 게다가 정신건
강의학과 진료는 두 번이 전부였다. 진료를 두 번 받았다고 심신상
실 상태에 있었다고 볼 수 있을까. 만약 그의 안내에 동의하지 않고,
심신상실 상태에서 뛰어내렸다고 주장하려면, 사고 당시에 심신상
실 상태에서 있었다는 걸 연정이 입증해야 한다. 이런 경우 연정이
독립 손해사정사에 의뢰하여 진행해야 하는데, 그렇게 되면 긴 싸움
이 된다. 싸움이 길어질수록 그가 받을 수임료 지급도 늦어질 테고.
그러니 연정에게 꼭 동의를 얻어내야 한다.

지구대를 나온 그는 지구대 앞에 세워둔 차에 올라탔다. 그가 조
수석에 올려둔 박연정 파일에 조금 전에 발급받은 서류를 막 끼워
넣으려는데, 전화벨이 울렸다. 지애 친구, 승현이었다.

"응. 승현아. 잘 지냈지?"

승현과의 통화는 4월 중순 이후 7개월 만이었다.

"아직 연락 없는 거죠?"

"응…. 그렇지 뭐."

그가 대답했다.

"교회엔 가보셨어요?"

"응. 너랑 전화 끊고 그다음 날에 사암역 인근에 있는 교회는 다 가봤는데, 못 찾았어."

그가 차창 너머로 주위를 둘러봤다. 낯익은 교회 간판들이 눈에 들어왔다.

"이상하네요. 분명히 사암역이라고 했는데."

승현이 한숨을 내쉬었다.

"지금까지도 안 들어오는 거 보면 이상하지 않아요? 무슨 일이 생긴 건 아니겠죠?"

"아는 언니 집에서 잘 지낸다고 했으니, 별일 없을 거야. 걱정하지 마."

그가 시동을 걸며 대답했다.

"맨날 핸드폰만 보는 앤데 핸드폰이 꺼진 게 아무래도 이상하잖아요."

지애 핸드폰은 3월 말에 꺼진 후로 지금까지도 켜지지 않고 있긴 했다.

"실종신고를 해보는 게 어때요?"

"실종신고?"

"계속 기다릴 수만은 없잖아요. 9개월이나 지났다고요."

그는 속으로 깜짝 놀랐다. 벌써 9개월이나 됐단 말인가. 일에만 정신 팔려 시간이 벌써 이렇게나 흘렀는지 까맣게 모르고 있었다.

"그래. 알았어. 오늘 실종신고 할게."

그가 대답했다. 썩 내키진 않았지만, 하는 수 없었다.

잠시 후, 그는 주소지 관할인 하서경찰서로 갔다. 하서경찰서는 사암 역을 지나 그가 사는 동네로 가기 전 대로변에 있었다. 경찰서 앞마당에 주차를 마친 그는 안내도를 따라 별관으로 들어갔다. 여성 청소년 수사팀은 별관 2층에 있었다.

2층으로 올라간 그는 '실종전담팀' 문패가 걸린 사무실 문을 열고 안으로 들어갔다.

"어떻게 오셨습니까?"

모니터처럼 얼굴이 네모난 형사가 모니터 너머로 고개를 들었다.

"실종신고를 하려고 왔습니다."

그가 쭈뼛거리며 서 있자, 형사가 자기 앞에 놓인 의자를 가리켰다.

"이쪽으로 와서 앉으세요."

그는 형사 앞에 놓인 의자에 앉았다. 모니터 뒷면에 '경장 이재수'라 적힌 이름표가 붙어있었다.

"누가 실종되신 거죠?"

"동생이요."

그가 곁눈질로 사무실을 둘러봤다. 사람들이 그가 하는 말에 귀를 기울이고 있는 것 같았다.

"여잔가요?"

"네."

"동생 이름이 뭐죠? 나이는요?"

네모난 얼굴이 모니터 너머로 그를 넘겨봤다.

"이름은 김지애고요. 나이는 스물세 살입니다."

그는 입이 바싹 말랐다.

"언제 실종됐어요? 마지막으로 본 날짜 말이에요."

이 경장이 키보드를 두드리며 물었다.

"9개월 전에, 그러니까 1월 28일에 집을 나갔어요. 그로부터 한 달 뒤에… 3월 1일에 잘 지내고 있다는 문자를 받았는데 그게 마지막 연락이었고요."

그가 기억을 더듬으며 두 손에 밴 땀을 바지에 문질러 닦았다.

"아, 가출이요."

이 경장이 혼잣말하듯 말했다.

"가출이긴 한데… 이렇게 오랫동안 돌아오지 않는 걸 보면 뭔가 문제가 생긴 것 같아요. 3월 25일부터는 핸드폰이 꺼져있거든요."

그가 더듬거리며 말했다.

"그러면 왜 여태 신고 안 하셨어요?"

이 경장이 눈을 치켜떴다.

"그게… 바빠서 시간이 이렇게나 지난 줄 몰랐어요."

그가 이 경장 눈을 피하며 대답했다. 이 경장은 입을 꾹 다문 채 그를 물끄러미 봤다.

"동생은 왜 집을 나간 거예요?"

"좀 다퉜어요."

어느새 그의 이마엔 땀이 삐질삐질 맺혔다.

"왜요? 뭐 때문에 싸운 거예요?"

"형제끼리야 뭐… 늘 티격태격하잖아요. 다른 사람들도."

그가 주위를 뚜렷거리며 말했다. 이 경장은 작고 길쭉한 눈을 번쩍 뜨더니 입을 앙다물었다.

"동생 인상착의가 어떻게 되죠?"

"키는 172센티미터고요. 몸무게는 52킬로그램쯤 되려나, 말랐어요."

그가 대답했다.

"동생 몸무게도 알고 있으시네요?"

키보드를 두드리던 이 경장이 뒤대는 투로 말했다.

"두발 상태와 옷차림은요?"

"염색하지 않은 단발머리에 운동복을 입고 나갔어요."

그가 기억을 더듬으며 대답했다.

"알았습니다. 돌아가셔서 기다리세요. 찾으면 연락드리겠습니다."

그는 힘이 쭉 빠진 채로 터덜터덜 경찰서를 나왔다.

❀ ❀ ❀

주말이 지나고 또다시 월요일이 돌아왔다. 아침 일찍 사무실로 출근한 그는 배당목록을 보며 이번 주에 해야 할 업무를 확인했다. 박연정 수임 건 처리기일이 8일째였다. 다음 주 화요일까지 종결하려면 적어도 이번 주 안에 조사 결과를 안내해야 한다.

조금만 고개를 돌려도

그날 오후, 그는 연정을 만나러 갔다. 연정은 침대에 꼼짝없이 누워 천장을 보고 있었다.

"뭘 그렇게 봐요?"

연정이 돌아봤다. 무슨 일이 있었던 건지 오늘따라 연정이 초췌해 보였다.

"침대 세워줄까요?"

연정은 해쓱한 얼굴로 고개를 끄덕였다. 그는 침대 발치로 가서 레버를 돌려 침대 머리를 세웠다.

"병원 밥 지겹죠?"

그가 간이탁자를 세우고 오는 길에 산 떡볶이를 내려놓았다. 연정이 떡볶이를 멀뚱멀뚱 바라봤다. 그는 포장 용기 뚜껑을 연 다음, 연정에게 나무젓가락을 내밀었다. 젓가락을 받아 든 연정은 아무 말 없이 떡볶이를 먹었다.

"강산 대학교 병원 진료기록에 보니깐 정신건강의학과 진료를 받았던데요?"

연정이 떡볶이를 다 먹어갈 때쯤, 그가 입을 열었다.

"주치의 선생님 권유로 진료받았어요."

연정이 젓가락을 내려놓았다. 정신건강의학과 진료기록은 연정에게 유리한 기록이니 인정하지 않을 이유가 없었다. 어쩌면 정신건강의학과 진료를 받은 게 의도된 걸지도 모를 일이었다. 보험을 잘 아는 고객은 자기가 한 말이 진료기록에 기록된다는 걸 알기에 병원에서 진료받을 때부터 사고내용을 조작하기도 했다.

"뛰어내리라는 환청을 듣고 뛰어내렸다고 되어있던데, 그것 때문인가요?"

"그렇긴 한데, 환청은 아니에요."

연정이 멍하니 침대 시트를 바라봤다.

"환청이 아니라고요?"

"언니가 뛰어내리라고 해서 뛰어내렸을 뿐이에요."

"언니요? 고의로 뛰어내렸단 건가요?"

그가 연정을 빤히 쳐다봤다. 연정은 여전히 시선을 피한 채 고개를 끄덕였다. 정말로 보험을 잘 모르는 걸까. 보험을 잘 안다면 고의로 뛰어내렸다고 순순히 말할 리가 없었다.

"잘 아시겠지만⋯ 고의로 일으킨 사고는 보험금이 지급되지 않아요."

그가 연정의 표정을 살피며 말했다.

"보험금을 못 받으면 안 돼요. 받아야 해요. 꼭"

연정이 들릴 듯 말 듯 한 작은 목소리로 말했다.

"⋯뛰어내리고 싶어서 뛰어내린 게 아니란 말이에요. 저도 왜 그랬는지 모르겠지만, 그땐 언니가 시키니 어쩔 수 없이⋯ 뛰어내린 거라고요."

그는 연정의 말을 이해할 수 없었다.

"언니가 뛰어내리라고 했다고요? 대체 왜요?"

"저를 위해서요. 좋은 언니였거든요. 돈도 없고, 아무것도 하지 못하는 저를 도와주려고 그랬어요."

"고객님을 위해서라니 그게 무슨 말이에요? 상식적으로 고객님을 위한다면, 뛰어내린다 해도 말려야 하는 거 아닌가요?"

그가 언성을 높이며 물었다.

"언니도 힘들었을 거예요. 오랫동안 제 생활비를 언니가 대주고 있었거든요."

"그 얘긴 보험금을 노리고 뛰어내리라고 했단 말인가요?"

그는 할 말을 잃었다. 아무리 힘들다고 해도 어떻게 동생에게 뛰어내리라고 할 수 있단 말인가. 그보단 차라리 아르바이트라도 해서 스스로 돈을 벌라고 하는 편이 낫지 않을까. 그는 보험증권과 청구서를 다시 살폈다. 연정의 직업이 사무직이라고 적혀있었다.

"직업이 사무직이면, 월급을 받잖아요. 그런데 왜 언니가 생활비를 대주고 있는 거예요?"

"전, 일해본 적 없어요. 언니가 일하지 않아도 된다고 했거든요."

"그럼, 여긴 왜 사무직이라고 적었어요?"

연정은 고개를 저었다.

"저도 몰라요. 제가 청구한 게 아니에요. 전, 보험에 가입된 줄도 몰랐어요."

"보험에 가입한 줄 몰랐다고요? 보험 가입을 직접 하신 게 아니란 말이에요?"

그가 눈을 번쩍 뜨며 물었다.

"네. 제가 가입한 게 아니에요. 언니가 면회 온 날, 병원비를 내주면서 보험에 청구할 거라고 했어요. 조사가 나올 거라고요. 전, 그때 알았어요."

연정이 말하는 언니가 간호기록지에 적힌 그 면회객이란 말인가.

"그럼, 여태 낸 보험료는요? 연정 씨가 낸 게 아니에요? 여기, 박연정 씨 조은은행 계좌에서 납부되고 있는데요?"

그가 보험증권에 적힌 계좌번호를 가리켰다.

<조은은행 박연정 5555-11-7896253>

연정이 그가 가리킨 곳을 스쳐봤다.

"그 통장은 언니가 가지고 있어요."

"연정 씨 계좌를 왜 언니가 들고 있어요? 통장은 다른 사람이 들고 있어도 핸드폰에 앱을 설치하면 연정 씨가 관리할 수 있잖아요?"

"제가 돈 관리하는 법을 모르니 언니가 관리해 주고 있어요. 핸드폰 앱으로 계좌 관리하는 건 위험하니 하지 말라고 했고요."

그는 끝이 보이지 않는 캄캄한 터널 속을 걷고 있는 듯했다. 어디까지가 진실이고 어디까지가 거짓인지 분간이 되질 않았다.

"그럼, 이 글씨도 연정 씨 글씨가 아니란 말이에요?"

그가 연정에게 보험청구서를 내밀며 물었다.

"언니 글씨체예요."

연정이 고개를 끄덕이며 대답했다. 연정이 한 말이 사실이라면, 고객에게 서면 동의를 받지 않고 이뤄진 계약이니 계약을 체결한 설계사에게 책임을 물어야 한다.

"그럼 가입한 보험설계사도 모른단 거죠?"

그가 보험증권에 적힌 설계사 이름을 손가락으로 짚었다.

*<가입 설계사 : 조은희(010-****-****)>*

"제가 말한 언니가 조은희예요."

연정이 말했다.

"연정 씨한테 뛰어내리라고 한 언니가 설계사 조은희 씨라고요?"

"네."

연정이 대답했다.

그는 머리가 지끈거렸다. 설계사가 뛰어내리라고 종용했다니. 보험설계사와 결탁한 보험사기 적발사례는 익히 들어와서 그리 놀라운 일은 아니었다. 계약서나 약관 등의 서류는 중의적이고 애매모호하게 쓰여 해석하기 나름인 데다 허점이 있어, 보험을 잘 아는 사람은 그 허점을 알아보게 마련이었다. 아무래도 보험설계사 조은희에게 경위서를 받는 게 좋겠다.

"조은희 씨와는 어떻게 아는 사이죠?"

"보육원에 있을 때 언니가 자원봉사 하러 왔었어요. 그때 친해져서 제가 보육원에서 퇴소할 때, 집도 얻어다 주고, 지금까지 먹을 것과 옷도 사다 주고 있어요."

"자원봉사요?"

"네. 역 앞에 있는 노숙인 쉼터에 봉사 활동하러도 가고, 교회에서 선도 활동도 한다고 했어요."

연정이 떨리는 목소리로 말했다.

"지난번에 지갑을 가져다줄 가족도, 친구도 없다고 했잖아요?"

"네. 없어요. 언니와는 지금 연락이 안 되거든요."

"병원비를 내줬다면서요?"

"제가 베란다에서 떨어진 날, 언니가 찾아와서 사정이 생겨서 핸드폰을 해지했으니, 연락이 안 될 거라고 앞으로는 알아서 찾아오겠다고 했었어요. 퇴원하기 전날에도 느닷없이 찾아왔던 거고요."

추락 직전에 연정을 찾아왔던 '아는 언니'도 설계사 조은희인 모양이었다.

"어떤 사정이요?"

"경찰이 뭔가를 오해해서 핸드폰을 해지했다고 했어요."

그는 고개를 갸웃거렸다. 연정은 점점 알 수 없는 얘기만 늘어놓았다.

"좋아요. 그런데 통장을 조은희 씨가 들고 있는 거면, 보험금도 조은희 씨가 받는다는 얘긴가요?"

연정이 고개를 끄덕였다.

"그럼, 연정 씨가 보험금을 받는 것도 아닌데 왜 뛰어내린 거예요? 이만하길 다행이지 하마터면 죽을 수도 있었다고요. 뛰어내리라고 한다고 9층에서 뛰어내리면 어떡해요?"

"… 아이를 데려올 수 있다고 했어요."

그가 눈을 번쩍 떴다.

"아이요? 아이가 어디 있는데요?"

"보육원에서 지내고 있어요."

제왕절개 자국이 있었다던 경찰의 말이 생각났다.

"아이 아빠는 뭐래요? 아이 아빠도 동의한 일이에요?"

연정은 고개를 저었다.

"아이 아빠는 없어요. 임신을 안 그다음 날 사라졌어요."

"사라졌다고요? 아이까지 생겼는데 갑자기 왜요?"

그는 자기도 모르게 커진 목소리에 놀라 주위를 둘러봤다.

"그 남자는 제가 임신한 줄 몰랐어요. 임신을 확인한 그날, 언니한
테만 말하고 그 남자에겐 말 안 했거든. 그랬는데 그다음 날 연락
도 없이 사라졌어요."

"그래도 그전부터 남자가 떠날 것 같단 낌새는 있었을 거 아니에
요?"

"깊은 관계가 아니었어요. 6개월 정도 만난 게 다였으니까요."

그는 눈을 질끈 감았다. 그의 질문에 술술 답하는 거로 봐선, 거짓
말 같진 않았다.

"그 남자는 어떻게 만났어요?"

"보육원에서 퇴소하고 나서 언니가 봉사 활동을 하는 데에 몇 번
따라갔어요. 가끔은 혼자서 가기도 했는데, 그때 만났어요."

"그 남자한테 아이를 가졌다고 말해볼 생각은 안 해봤어요? 전화
나 아니면 메시지로라도 말이에요."

"떠난 다음 날, 전화하니까 없는 번호라고 하더라고요. 그래서 그 후론 연락할 생각을 못 했어요."

"6개월 동안 만나면서 사는 곳도 몰랐어요?"

연정은 고개를 끄덕였다.

"그럼, 그 언니와 남자 말고는 연락하고 지내는 사람이 없는 거예요?"

"임신한 후로 언니가 몸조리해야 하니 집에만 있으라고 했어요. 밖에 돌아다니면 안 된다고요. 그래서 밖에 나가지 않고 집에서만 지냈어요. 그러니 만나거나 연락하고 지낼 사람이 없었고요."

"하."

그는 한숨을 내쉬었다. 답답하긴 해도, 그와는 상관없는 일이었다. 보험금 지급과도 상관이 없었다. 상관이 있다면, 그가 보험금을 지급하지 않는다고 안내해도 옆에서 부추길 사람이 없다는 것뿐이었다.

"좋아요. 그런데 연정 씨. 아니, 고객님. 저로선 친하다는 그 언니가 아끼는 동생한테 9층에서 뛰어내리라고 한다는 게 잘 이해가 되질 않네요. 그리고 고의사고는 보험금이 지급되지 않아요. 제가 고의 사고란 걸 안 이상 보험금을 지급할 수는 없습니다."

그는 서류 파일에서 동의서라 부르는 합의서를 꺼냈다.

"못 들은 거로 하면 되죠."

연정이 입속으로 웅얼거렸다.

"부탁이에요. 보험금을 받아야 아이를 데려올 수 있다고요."

그는 입술을 질끈 깨물었다. 어린 나이에 안타깝긴 하지만, 사정이 딱하다고 해서 보험금을 지급할 수는 없었다.

"정말 사실이에요. 언니가 제게 하는 말, 동영상에 찍혀있을 거예요."

"동영상이요?"

그가 눈을 번쩍 떴다.

"네. 뛰어내릴 때 잃어버리긴 했지만, 제 핸드폰에 저장되어 있을 거예요."

"동영상은 왜 찍었어요?"

"혼자서 동영상을 찍으며 놀고 있는데 갑자기 언니가 와서 끄지 못했어요. 옷 속에 넣어뒀다가 뛰어내리기 직전에 껐는데, 자동으로 저장되니까 아마 있을 거예요."

"이거 연정 씨 거죠?"

그가 가방에서 핸드폰을 꺼냈다.

"이거… 어디서 났어요?"

핸드폰을 받아 든 연정은 눈이 휘둥그레졌다.

"경비 아저씨께서 주셨어요."

연정은 거북이 등껍질처럼 산산이 조각난 액정을 보며 입술을 깨물었다.

"이거 고쳐주세요. 그럼, 제 말이 사실인지 아닌지 아실 거예요."

고개를 들자, 연정의 동그란 눈망울이 그를 보고 있었다. 처음으로 연정이 그의 눈을 똑바로 바라보았다. 그는 하는 수 없이 핸드폰을 도로 들고서 병실을 나왔다.

차에 올라탄 그는 보험증권에 적힌 설계사 조은희 번호로 전화를 걸었다. 우선 연정이 한 말이 사실인지 확인부터 할 생각이었다. 잠시 후 수화기 너머로 없는 전화번호라는 안내음이 흘러나왔다. 그는 고개를 갸웃거리며 박연정 건을 위임한 보험회사 담당자에게 전화를 걸었다.

"다드림 손해보험의 이윤재입니다."

"안녕하세요. 성심 손해사정의 김지섭입니다. 피보험자 박연정 님 수임 건으로 연락드렸습니다."

"접수번호 불러주세요."

담당자가 말했다. 그가 접수번호를 불러주자, 수화기 너머로 키보드를 두드리는 소리가 났다.

"아, 박연정 님요. 말씀하세요."

담당자가 말했다.

"박연정 님 가족 관계를 확인할 수 있을까요? 가입 경로도요."

또다시 키보드 소리와 마우스 클릭 소리가 연이어 들렸다.

"보험계약은 고객님 본인이 직접 했고, 가족관계증명서는 받아둔 게 없네요."

보험에 가입할 때 미성년자가 아니어서 가족관계증명서를 받지 않은 모양이었다.

"고객님이 직접 계약한 게 맞나요?"

"네. 맞습니다. 그런데 왜 그러시죠?"

조금만 고개를 돌려도

"고객님께서 직접 가입하신 게 아니라고 해서요. 그 일로 모집경위서를 받으려고 담당 설계사한테 전화를 걸었더니 없는 번호라고 하는데, 혹시 변경된 연락처를 알 수 있을까요?"

"네. 잠시만요."

또다시 마우스 소리가 들리더니, 잠시 후 담당자가 말했다.

"시간이 좀 걸릴 것 같네요. 알아보고 연락드리겠습니다."

결국, 합의서를 받지 못한 그는 이틀 동안 박연정 수임 건을 어떻게 처리할지 고민했다. 계속해서 시간을 끌고 싶진 않았다. 조사가 빨리 끝나든, 오래 걸리든 그가 받는 수임료는 똑같았다. 보험금을 지급하지 않는 '실적'을 낸다고 해도 인센티브는 얼마 되지 않았다. 얼마 되지 않는 인센티브를 받겠다고 고객과 실랑이하며 시간을 버리느니 차라리 빨리 끝내고 다른 수임 건을 하나라도 더 받는 게 그에겐 이득이었다. 수임 건을 종결해야 수임료를 받으니, 종결하지 않고 들고 있어 봐야 조사는 끝내놓고 수임료는 받지 못하는 상황이 돼버린다. 그러니 질질 끌지 않기 위해서는 보험금을 지급할 수밖에 없다. 어차피 그의 돈을 내어주는 것도 아니고, 보험사 담당자 돈도 아니었다. 보험사 돈이지만, 고객이 낸 보험료로 축적된 돈이었다. 고객이 낸 보험료로 보험금을 주겠다는데 뭐가 문젠가.

물론 박연정에게 보험금을 지급하려면, 경과 기록지에 '*사고 직전에 누군가가 자신에게 뛰어내리라고 한 말에 뛰어내렸다고 말하며…….*'라고 적힌 걸 보험사에 증명해야 한다. 한 가지 방법이 있긴 했다. '*누군지 묻는 말에는 횡설수설한 모습을 보임.*'을 근거로 의식이 돌아온 직후라 횡설수설했다고 주장하거나, 정신건강의학과 협진 기록지를 근거로 심신미약인 상태에서 뛰어내렸다고 주장해보는 것이다. 진료가 두 번밖에 되지 않는 게 꺼림칙하긴 하지만, 일단 말해보면 될 터이다. 만약 보험사에서 받아들이지 않으면, 그건 그때 다시 생각하면 되고.

마음을 정한 그는 그동안 발급받은 서류를 정리했다. 종결하기 위해선, 그가 작성한 종결보고서와 그동안 발급받은 서류를 첨부해서 보험사에 제출해야 한다. 한창 서류를 정리하는데, 현장 사진이 보이지 않았다. 종결 보고서를 쓸 때 사고 현장 사진을 첨부해야 하는데, 지난번에 갔을 때 사진을 찍는다는 걸 깜빡한 것이다.

다음 날, 그는 사고 현장 사진을 찍으러 또다시 연정의 아파트에 들렀다. 지난번처럼 그는 A동 현관 앞 지상 주차장에 주차를 마치고 아파트 현관으로 들어갔다. 그러잖아도 좁은 현관에 이사업체 직원들이 분주하게 이삿짐을 나르고 있었다. 그는 몸을 옆으로 돌아 게걸음으로 엘리베이터 앞까지 걸어갔다. 한 대뿐인 엘리베이터에 이삿짐이 꽉 들어차 있었다.

하는 수 없이 그는 계단으로 걸음을 옮겼다. 단숨에 계단을 오른 그는 마지막 계단 두 칸을 남겨두고 걸음을 멈췄다. 박연정 집 현관문이 활짝 열려 있었다. 숨을 고르며 상황을 파악하던 그때, 열린 현관문으로 하늘색 이삿짐센터 조끼를 입은 남자가 싱글침대를 들고 나왔다.

"저기, 잠깐만요."

이삿짐센터 직원이 엘리베이터에 침대를 실으려다 말고 뒤돌아 봤다.

"지금 뭐 하시는 거예요?"

그가 물었다.

"보면 몰라요? 이삿짐 옮기고 있잖아요."

남자가 대꾸했다. 남자의 오른 다리에 뱀이 휘감고 있었다.

"그게 아니라 누가 시킨 일이에요? 누가 짐을 빼라고 했냐고요."

"누구긴 누구겠어요. 여기 살던 사람이죠."

그가 눈을 번쩍 떴다. 박연정이? 연정은 갑자기 왜 짐을 빼는 걸 까.

"저기요. 바쁘니까 방해하지 말고 가던 길 가세요."

뱀 문신은 엘리베이터에 침대를 싣고 사라졌다. 계단을 마저 오른 그가 막 집 안으로 들어가려는데, 등 뒤에서 현관문이 열리는 소리 가 났다. 돌아보니 아기를 안은 젊은 여자가 앞집에서 나왔다. 여자 는 엘리베이터 호출 버튼을 누른 뒤, 박연정 집을 흘끔 봤다.

"안녕하세요. 뭐 좀 여쭤봐도 될까요?"

그가 여자에게로 다가갔다. 여자는 흠칫 놀라 뒷걸음질 쳤다.

"이 집에 살던 사람에 대해 아시는 게 있나요?"

그가 물었다.

"2년 전에 이사 왔는데, 집 밖을 안 나와서 잘 몰라요."

여자는 고개를 저었다.

"사람이 살지 않는 것처럼 워낙 조용해서 이사 간 줄 알았는데, 몇 달 전에… 아, 아니에요."

여자가 얼른 말을 멈췄다.

"몇 달 전에 사고 난 거요?"

그가 아는체했다.

"네, 맞아요. 사고가 나서야 그 여자가 아직도 살고 있었단 걸 알았어요."

여자는 또다시 연정의 집을 흘끔 봤다.

"혹시 다른 사람이 드나드는 건 본 적 있나요?"

"재작년엔 남자가 드나들더니 그 후론 어떤 여자가 가끔 오는 것 같았어요."

여자가 고개를 갸웃거리며 말했다.

"혹시 그 여자, 최근에 본 적 있으세요?"

"일주일 전쯤에 본 것 같긴 한데… 확실치는 않아요. 얼굴을 기억하는 건 아니라서요."

그때 문득, 일주일 전에 그가 찾아왔을 때 엘리베이터 홀에서 마주친 여자가 떠올랐다. 9층에서 내려왔던 그 여자, 혹시 그 여자였을까.

"사고가 있던 날, 무슨 소리는 못 들었나요?"

"아무 소리도 못 들었어요. 뭐, 큰 다툼이 아니고서야 다른 집에서 무슨 일이 일어나는지 알지 못하잖아요."

그때, 엘리베이터 문이 열리더니 뱀 문신이 내렸다.

"그럼, 전 이마."

여자는 다급히 엘리베이터에 올라탔다. 그도 박연정 집으로 발길을 돌렸다. 그가 연정의 집에 들어가자, 뱀 문신이 하던 일을 멈추고 그를 위아래로 훑었다.

"저기요. 당신 누굽니까? 누군데 남의 집에 막 들어오고 그래요?"

"이 집 주인한테서 가달라는 부탁을 받고 왔어요."

그는 뱀 문신을 지나쳐 베란다로 걸어갔다. 뱀 문신은 이삿짐을 옮기는 내내 그를 흘낏거렸다. 그는 애써 모른 척하며 사진을 찍었다. 그러는 동안, 어느새 집이 텅 비었다.

"저기요. 계속 있을 거예요? 이제 문 잠가야 해요."

등 뒤에서 뱀 문신이 말했다. 돌아보니 뱀 문신이 현관에 서서 그를 지켜보고 있었다. 하는 수 없이 그는 뱀 문신과 엘리베이터를 타고 1층으로 내려왔다. 아파트 현관 앞에 1톤 용달 트럭이 세워져 있었다. 트럭에는 짐을 다 싣고도 빈자리가 남아있었다.

"어디로 가시는 거예요?"

그가 차에 올라타려는 뱀 문신에게 물었다.

"집주인한테 직접 물어보세요."

뱀 문신은 말을 끝내기 무섭게 차에 올라타 아파트를 빠져나갔다. 그는 경비실 옆에 있는 놀이터로 걸어갔다. 발이 푹푹 빠지는 모래 놀이터였다. 그는 칠이 벗겨진 녹슨 그네에 앉아 9층을 올려다봤다. 고의로도 뛰어내릴 엄두가 나지 않을 것 같은 까마득한 높이였다. 그런데 어떻게 뛰어내릴 수 있었을까. 그가 9층을 올려다보며 몸서

리치던 그때, 전화벨이 울렸다.

"네. 김지섭입니다."

그가 전화를 받았다.

"다드림 손해보험의 이윤재입니다. 박연정 님 건으로 연락드렸습니다."

기다리던 보험회사 담당자 전화였다.

"설계사와 통화해 보셨나요?"

"그게… 설계사가 7개월 전에 사망했더군요."

이윤재가 말했다.

"네? 죽었다고요?"

그가 그네에서 벌떡 일어났다.

"네. 사망보험금이 지급됐어요."

"…확, 확실한가요?"

"사망진단서도 첨부됐으니 확실합니다."

이윤재가 대답했다.

"언제 사망했는지 날짜를 알 수 있을까요? 사인도요."

"사망일은 3월 25일이에요. 사고사고요. 친한 동생이랑 둘이 산에 올랐다가 사암산 정상에서 아래로 떨어졌다고 되어있어요."

3월 25일이라면, 박연정이 베란다에서 떨어지기 한 달 전이었다. 그렇다면 조은희가 연정에게 뛰어내리라고 말했단 게 거짓말이었단 말인가.

"그런데 사망보험금을 박연정 님이 받으셨어요. 보험에 가입할 때 사망보험금 수익자를 박연정 님으로 지정해 두셨더라고요."

그는 뭔가에 얻어맞은 듯 뒤통수가 얼얼했다. 대체 이게 다 무슨 말인가.

"박연정 님이 받았다고요? 사, 사망보험금이 얼마나 되죠?"

"5억이요."

이윤재가 대답했다.

"네? 5억이요?"

그는 할 말을 잃은 채 박연정 집을 올려다봤다. 아이를 데려오려면 보험금을 받아야 한다는 것도 모두 연기였단 말인가. 번번이 연정의 거짓말에 속고 있단 말인가. 그는 당장이라도 연정을 찾아가 따져 묻고 싶었지만, 민원이 발생하지 않도록 유의해달라는 담당자 요청사항이 그를 붙잡았다. 참아야 한다. 민원이 발생하면, 일이 끊긴다.

❋ ❋ ❋

이틀 후, 그는 외근 준비를 마치고 사무실을 나왔다. 중앙대로를 따라 줄지어 심어진 가로수 사이로 선선한 바람이 불어왔다. 그는 올해 들어 처음 꺼내입은 트렌치코트에 손을 찔러넣으며 SG전자 서비스센터가 있는 빌딩으로 들어갔다. 박연정 수임 건을 종결하기 전 마지막으로 연정이 말한 동영상이 존재하는지 확인해 보기로 했다.

서비스센터 안은 한산했다. 번호표를 뽑자, 곧바로 그의 차례가 되었다.

"액정이 깨져서 수리하려고요."

그가 앞에 앉은 남자 직원에게 박연정 핸드폰을 내밀었다.

"어쩌다 깨졌어요?"

직원은 검지로 금속 안경테를 밀어 올리며 핸드폰을 살폈다.

"떨어뜨렸어요."

직원이 핸드폰을 이리저리 보며 키보드를 두드리더니 고개를 들었다.

"타인 명의 핸드폰이네요. 핸드폰 명의자와는 어떤 관계죠?"

"아는 동생인데, 병원에 입원 중이라 대신 왔어요."

그가 대충 둘러댔다.

"음⋯⋯."

직원은 눈살을 찌푸리며 입을 꾹 다물었다. 혹시나 분실된 핸드폰은 아닌지 의심하는 모양이었다. 그는 서류 가방에서 박연정의 진단서를 꺼내어 내밀었다.

"연정이가 거동을 할 수가 없어서요."

"시간이 걸리니 뒤에 앉아서 기다려 주세요. 다 되면 부르겠습니다."

직원이 진단서를 유심히 보더니 시큰둥하게 말했다. 그는 대기용 의자에 앉았다. 기다리는 동안 그동안 발급받은 박연정 서류를 정리했다. 조사를 마무리하려면 그가 발급받은 서류를 요약해서 보고서를 작성해야 하는데, 가끔은 미처 확인하지 못한 중요한 내용을 마지막 검토 때 확인하는 바람에 처음부터 다시 조사를 해야 할 때가 있었다.

잠시 후, 적막을 깨고 그를 부르는 목소리가 센터 안에 울렸다.

"박연정 고객님."

그는 무릎 위에 펼쳐놨던 서류들을 한데 모아 옆에다 두고 창구로 걸어갔다.

"한번 확인해 보세요. 수리 비용은 18만 원입니다."

직원이 수리된 박연정 핸드폰을 내밀었다. 한 건의 수임료에 맞먹는 금액이었다. 그는 연정에게 받을 생각으로 영수증을 챙겼다.

자리로 돌아온 그는 핸드폰을 켜보았다. 핸드폰은 잠겨있지 않았다.

"아참. 핸드폰이 잠겨있지 않더라고요."

멀리서 직원이 말했다. 그는 제일 먼저 알림창을 확인했다. 각종 메시지와 부재중 전화가 와있었다. 눌러보니 죄다 스팸이었다. 사고가 일어나고 6개월이나 지났지만, 연락온 사람은 아무도 없었다.

다음은 연정이 말한 동영상이 존재하는지 확인할 차례였다. 그는 주위를 두리번거리며 사진첩을 열었다. 저장된 동영상은 단 하나뿐이었다. 그는 동영상을 재생했다. 카메라는 베란다에서 창밖을 찍고 있었다. 놀이터에서 노는 아이들과 아파트 정문을 오가는 사람들이 보였다. 그때, 도어 록 소리가 들리더니 카메라가 암전되고, 목소리만 들렸다.

"연정아. 너 주려고 사 왔어."

여자 목소리와 함께 부스럭 소리가 났다.

"고마워."

연정이 감정이 섞이지 않은 목소리로 말했다.

"나 아니면 누가 널 이렇게 챙겨주니? 나니깐 널 이렇게 챙겨주지. 안 그래?"

"응."

연정이 대답했다.

"그런데 연정아. 이번엔 네가 날 도와줘야겠어."

여자가 콧소리를 내며 말했다.

"내가? 내가 뭘 어떻게? 난 아무것도 할 줄 아는 게 없는데."

연정이 덤덤한 말투로 말했다.

"하. 넌 정말 이기적이고 피도 눈물도 없는 거 알지? 그러니깐 그 남자도 떠난 거야."

조금 전에 들렸던 콧소리는 온데간데없이 사라졌다.

"미안해. 내가 뭘 도와줘야 해?"

"경찰한테 오해받고 있어. 그래서 핸드폰도 해지한 거야."

"무슨 오해?"

연정이 물었다.

"내가 죽었다고 오해하고 있어. 그래서 내 이름으론 아무것도 할 수가 없어."

"응. 그러잖아도 경찰한테 연락이 와서 경찰서에 갔었어."

연정의 말이 끝나기가 무섭게 여자는 한숨을 푹 내쉬었다.

"연정아. 우리같이 돈 없고 힘없는 젊은 여자들 말은 아무도 믿어주지 않아."

"근데 그 일이 왜? 그 일을 내가 뭘 도와줄 수 있는데?"

연정은 여자의 푸념에도 무덤덤했다.

"그 일을 해결하려면 돈이 필요한데, 내가 지금 돈이 없어. 이 집 구해주고, 네 생활비 대주느라 돈을 다 써 버렸어. 한 가지 방법이 있긴 한데……."

"방법이 뭔데?"

연정이 물었다.

"아, 아니야. 됐어. 넌 못 하는 일이야. 내가 괜히 말을 꺼냈나 봐."

"왜? 뭔데? 말해봐."

연정이 재차 물었다.

"네가 저기 저 베란다에서 뛰어내려 줘야 해."

"베란다? 저기서 뛰어내려야 한다고? 그러다 죽으면?"

연정이 화들짝 놀란 목소리로 물었다.

"걱정 마. 죽지 않을 거야. 내가 밑에다 보이지 않게 뭘 깔아둘게. 내 말 믿지?"

"응. 언니 말은 믿지만, 그래도……."

연정이 말을 흐렸다.

"나 혼자 잘 살자고 그래? 이 집도 곧 전세 만기야. 다른 집으로 옮겨야 해. 전셋값이 올라서 2년 전보다 돈을 좀 더 보태야 집을 구할 수 있다고."

연정은 또다시 아무 말도 하지 않았다.

"네가 뭘 알겠어. 돈 벌겠다고 맨날 나만 이리 뛰고, 저리 뛰어다니지. 넌, 내가 구해준 집에서 내가 사다 준 음식 먹으며 편하게 사니까, 네가 뭘 알겠냐고!"

여자가 소리쳤다.

"나도… 알아. 그래서 내가 일하겠다고 했잖아."

연정이 자신 없는 목소리로 말했다.

"네가 세상을 몰라서 그런 멍청한 소리를 하는 거야. 네가 나가 일해봐야 뭘 얼마나 벌 수 있다고 그래? 누가 너 같은 애한테 월급을 주고 일을 시키겠냐고."

여자는 짜증 섞인 목소리로 말하더니, 뒤이어 발소리와 창문 열리는 소리가 연이어 났다.

"넌, 나한테 고맙고 미안한 감정도 없지? 그러니 그런 매정한 말을 하지. 됐어. 그만해. 하기 싫으면 하지 마!"

여자 목소리가 먼 곳에서 들렸다.

"아니야. 언니. 그게 아니라……"

"됐어. 내가 바보지. 난, 이번에 돈을 벌면 네 아이도 데려오려고 했는데."

"은성이? 정말 은성이 데려올 수 있어?"

연정이 큰소리로 물었다.

"돈 있으면 데려올 수 있지."

"그런데… 내가 뛰어내리면 어떻게 돈을 벌 수 있는데?"

"보험금이 나올 거야. 그 돈이면 집도 구하고, 아이도 데려올 수 있을 거라고."

"보험금? 무슨 보험금? 난 보험에 가입한 적 없는데."

"그런 게 있어. 넌, 말해봐야 몰라."

침묵이 흘렀다.

"언니. 이거… 나쁜 일 아니지?"

연정이 조심스레 물었다.

"넌, 왜 그리 모든 게 부정적이야? 이게 왜 나쁜 일이야? 내가 낸 보험료로 보험금을 받겠다는데 뭐가 나쁜 일이야? 됐어. 하기 싫으면 하지 마."

"아, 아니야. 언니. 해볼게. 할게. 뛰어내릴게."

연정이 말했다.

"잘 생각했어. 연정아. 내가 나가고 나면 10분 후에 뛰어내려. 그리고 경찰하고 오해를 풀 때까지는 너한테 연락 못 해. 내가 알아서 널 찾아올 테니까, 그렇게 알고 있어. 누가 내 얘길 물으면 모른다고 하고. 알았지?"

또다시 여자 목소리에 콧소리가 섞였다.

"응."

곧이어 현관문이 열리고 닫히는 소리가 나더니 영상이 끝났다.

"말도 안 돼."

조은희는 죽었다고 했다. 사망진단서까지 있으니 거짓말일 리는 없었다. 그렇다면 동영상이 조작된 게 아닐까. 그는 떨리는 손으로 동영상이 저장된 시각을 확인했다.

<202X. 04. 25. 12 : 20>

사고 직전에 찍힌 동영상이 맞았다. 그렇다면 연정이 베란다에서 뛰어내리기 전에 조은희가 아닌 친구를 집에 불러 동영상을 찍어둔 다음 친구를 내보내고 뛰어내리고선 조은희라 둘러댄 건 아닐까. 그가 조은희 죽음까지 알아낼 줄 모르고 죽은 조은희가 증언해 줄 수 없다는 걸 노리고 말이다. 그는 얼굴로 피가 솟구쳤다. 고작 22살짜리 고객이 던진 미끼를 덥석 물어버렸단 말인가. 그는 옆자리에 올려둔 업무 서류를 가방에 넣은 다음, 연정에게로 향했다.

그는 가속페달을 힘껏 밟았다. 연정의 거짓말에 놀아나 괜한 시간만 지체해 버렸다. 연정의 입으로 고의사고라고 했으니, 더는 흔들리지 않고 합의서를 받아낼 작정이었다. 단숨에 병원 앞 비탈길에 다다른 그는 두근거리는 가슴을 진정시키려 창문을 내렸다. 병원 정문으로 다가가자, 웅성거리는 소리가 들렸다. 무슨 일이지.

그는 앞유리창으로 얼굴을 들이밀며 천천히 병원 안으로 들어갔다. 병원 안에는 경찰차와 구급차 여섯 대의 붉은색, 푸른색 경광등 불빛이 사방을 명 들이고 있었다. 무슨 일이 일어난 걸까. 무거운 공기가 병원을 짓눌렀다.

조금만 고개를 돌려도

그는 주차를 마치고 병원 화단으로 걸어 나갔다. 병원 화단에는 잿빛 제복을 입은 경찰과 주황색 유니폼을 입은 구급 대원들, 그리고 하얀 가운을 입은 병원 직원들과 환자들이 한데 모여있었다. 그는 사람들 사이를 비집고 들어갔다. 사람들 앞에는 제복을 입은 경찰 서너 명이 양팔을 뻗어 구경꾼을 가로막고 있었다. 그는 까치발을 들고 서서 고개를 빼꼼히 내밀었다. 경찰 등 뒤로 폴리스라인이 처져 있었다.

"무슨 일이에요?"

그가 허공에 대고 물었다.

"휠체어에 탄 환자가 계단에서 굴러떨어졌대요."

웅성거리는 사람들 속에서 누군가가 대답했다. 누군가의 말처럼 구급대원 세 사람이 환자복을 입은 사람을 이동용 침대에 옮겼다. 이동용 침대는 이내 흰 천으로 덮였다. 사망한 모양이었다. 안타까운 일이긴 하지만, 구경이나 할 때가 아니었다.

그는 사람들 틈에서 빠져나왔다. 그가 본관 건물 앞으로 걸어가려는데, 때마침 이동용 침대가 그의 앞으로 지나갔다. 하얀 시트 밖으로 환자복을 입은 다리가 삐져나와 있었다. 여자였다.

그는 이동용 침대가 구급차에 실리는 걸 뒤돌아보며 본관으로 들어가 7층으로 올라갔다. 어수선하기는 병동도 마찬가지였다. 그가 엘리베이터에서 내려 복도를 지나는데, 간호사 한 명이 703호에서 나와 스테이션으로 뛰어갔다. 그는 고개를 갸웃거리며 703호 앞으로 다가갔다. 그때, 얼굴이 길쭉한 직사각형처럼 생긴 남자가 병실에서 나와 그를 지나쳐 갔다. 그 순간, 가슴이 덜컹 내려앉더니 등줄기가 서늘해졌다. 설마.

그는 병실로 뛰어 들어갔다. 침대에 누워있어야 할 연정이 보이지 않았다. 연정이 쓰던 관물대도 비어 있었다.

"박연정 환자. 어디 갔어요?"

박연정이 누워있던 침대에는 이제 갓 학생티를 벗은 간호사가 침대 시트를 벗기고 있었다.

"그게… 저… 조금 전에 사고로… 사망하셨어요."

다리에 힘이 풀렸다.

"사, 사망이라고요?"

그는 침대 난간을 손으로 짚어 몸을 지탱했다.

"글쎄… 저도 잘… 면회객이 와서 함께 나가셨다고만 들어서요…….."

간호사가 벗겨낸 시트를 가슴에 끌어당기며 고개를 저었다.

"면회객이요?"

"네. 어느 남자분이 찾아오셨어요."

간호사가 대답했다.

"남자요? 어떤 남자요? 혹시 그 남자 얼굴 보셨어요?"

"아뇨. 박연정 님을 휠체어에 태워 가는 뒷모습만 봤어요."

그는 깊은숨을 내쉬며 창가로 다가갔다. 조금 전 구급차에 실린 환자가 박연정이란 말인가. 대체 연정을 찾아온 남자는 누구며, 연정에겐 무슨 일이 일어난 걸까. 창밖엔 어느새 구급차는 보이지 않고, 형사들이 타고 온 승합차만 세워져 있었다. 경찰도 곧 떠날 모양이었다.

그는 1층으로 뛰어 내려갔다. 그가 본관을 빠져나와 화단으로 달려갔을 땐, 형사들이 차에 올라타고 있었다.

"저기요. 잠깐만요!"

그가 소리쳤다.

"무슨 일이죠?"

형사들이 일제히 뒤돌아봤다. 그는 숨을 몰아쉬며 형사 앞에 멈춰 섰다.

"보험조사원입니다. 얼마 전부터 박연정 님 보험 청구 건을 조사하고 있었습니다."

그가 명함을 꺼내어 형사에게 내밀었다.

"아아."

조금 전 병실 앞에서 마주친 형사가 명함을 받았다.

"그런데 무슨 일이죠?"

형사가 눈을 치켜뜨며 물었다.

"박연정 님께서 사망하셨다고 하던데, 어떻게 된 일인가요?"

그가 숨을 몰아쉬며 물었다.

"글쎄요. 그건 차차 조사해 봐야겠죠."

형사들이 굳은 얼굴로 차에 올라타더니 쾅 소리 나게 문을 닫았다.

"잠깐만요."

그가 다급하게 창문을 두드렸다. 이윽고 창문이 내려왔다.

"궁금한 게 있으면 며칠 있다가 경찰서로 찾아오세요. 우리도 조사할 시간이 필요하니까요. 지금은 바빠서 이만 가보겠습니다."

형사는 그에게 명함을 주고선 쌩하고 가버렸다.

미궁
속으로

※ ※ ※

　조금 전부터 내리기 시작한 비는 금방 그칠 것 같지 않았다. 그는 시동을 끄고 멍하니 앉았다. 차창에 달라붙은 빗방울이 주르륵 흘러내렸다. 금요일 늦은 오후에 일어난 박연정의 죽음. 연정의 느닷없는 죽음으로 일이 복잡하게 됐다. 연정에게 무슨 일이 있었던 걸까. 어쩌다 병원 화단에서 죽은 걸까.

　조사 중에 고객이 죽은 건 처음 있는 일이었다. 연정에게 일어난 '사고'와 '죽음'은 어떤 관련 있는 걸까. 자살에 실패해서 병원비를 낼 보험금을 받아내려고 그에게 거짓말을 했고, 보험금 지급이 되지 않는다는 말에 낙심한 나머지 자살한 건 아닐까. 아니다. 연정에게는 조은희 사망보험금으로 받은 5억이 있다. 그렇다면 조은희 사망보험금을 받으려고 조은희를 뛰어내리게 해 보험금까지 받았으나, 조사가 시작되자 자기가 저지른 잘못이 들통날까 봐 뛰어내린 건 아닐까. 그는 머리를 흔들었다. 그보단 연정이 죽기 전에 찾아온 한 남자와 관련된 건 아닐까. 베란다 추락 사고도 죽음도, 그 배후에 남자가 있었던 게 아닐까.

그는 핸들에 얼굴을 파묻었다. 이젠 어떻게 해야 할까. 이제 와 보험금을 지급한다 해도, 보험금을 받을 유가족이라곤 돌쟁이 아이밖에 없었다. 아이 아빠가 있긴 하지만, 법적으로 남편이 아니면 보험금을 받을 수 없다. 그렇다면 경과 기록지를 근거로 고의사고라 하여 보험금을 지급하지 않아도 되지 않을까. 보험금을 지급하지 않는다고 해도 연정에겐 항의할 가족도, 친구도 없으니.

그는 콘솔 박스를 열어 박연정 핸드폰을 꺼냈다. 혹시나 하는 마음에 전화번호부를 열어보았다. 저장된 전화번호는 단 하나뿐이었다.

<은성이 원장님>

아이를 보낸 보육원 원장인 듯했다. 다음은 통화목록을 눌러보았다. 화면을 위로 올려볼 필요도 없었다. 일부러 삭제한 건지, 아니면 박연정 말대로 평소에 연락하고 지내는 사람이 없었는지는 알 수 없지만, 통화목록은 단출했다. '은성이 원장님'과는 보름에 한 번씩 통화했고, 보육원 원장이 아닌 다른 사람과 통화한 기록은 저장되지 않은 전화번호로 단 한 건뿐이었다. 통화한 사람이 누군지는 알 수 없지만, 연정이 베란다에서 떨어지기 일주일 전에 한 통화였다. 통화 시간이 1분이 넘는 거로 봐서 잘못 걸려 온 전화는 아니었다. 누굴까.

그는 잠시 주저하다 조심스레 통화버튼을 눌러보았다. 통화연결

조금만 고개를 돌려도

음이 울렸다. 누군가가 받으면 뭐라고 해야 할까. 지금이라도 끊어야 하나. 고민하던 그때, 누군가가 전화를 받았다.

"임형섭입니다."

남자가 전화를 받았다. 사망 직전에 연정을 찾아온 면회객일까.

"실례지만…, 거기가 어딘가요?"

그가 떨리는 목소리로 물었다.

"경찰서입니다."

남자가 대답했다.

"경, 경찰서요?"

"네. 그런데요. 누구시죠?"

경찰이 퉁명스럽게 물었다.

"아, 저, 저는 7개월 전에 박연정 님과 통화한 기록이 있어서 연락드렸습니다. 혹시 박연정 님과는 무슨 일로 통화하셨는지 알 수 있을까요?"

"박연정 씨라고요? 잠시 기다리세요."

수화기 너머로 키보드 소리가 들렸다. 연정은 무슨 일로 경찰과 통화했을까.

"글쎄요. 박연정 씨라고는……."

그제야 그는 동영상 속에서 연정이 했던 말이 떠올랐다.

'그러잖아도 경찰한테 연락이 와서 경찰서에 갔었어.'

"아, 저, 저기 형사님. 혹시 조은희 사망사고를 수사하신 형사님이신가요?"

"조, 조은희 씨요?"

형사는 기억을 더듬는 건지 아무런 말이 없었다.

"아, 네. 조은희 씨요. 네 맞습니다. 그때, 박연정 씨를 뵀네요."

잠시 후, 형사는 기억났는지 건성으로 대답했다.

"박연정 씨께선 뭐 때문에 조사를 받은 건가요?"

그가 숨죽인 채 형사의 대답을 기다렸다.

"저기, 궁금하시면 직접 경찰서로 오세요. 하서경찰서 수사과 수사2팀의 경사 임형섭입니다."

형사는 짜증 섞인 목소리로 대답했다.

"아, 네네. 늦은 시간에 죄송합니다. 조만간 찾아가겠습니다."

그는 황급히 전화를 끊은 뒤, 핸드폰을 조수석에 툭 던졌다. 창밖엔 여전히 부슬비가 부슬부슬 내리고 있었다. 그래. 아무렴 어때. 어떻게든 되겠지. 그는 차에서 내려 손 우산을 쓰고서 아파트 현관으로 달려 들어갔다.

벽을 더듬어 불을 켰다. 사람의 온기가 사라져 버린 주방 겸 거실이 나타났다. 그는 젖은 코트를 탈탈 털어 벗은 뒤, 식탁 의자에 걸쳐두고 냉장고에서 맥주 한 캔을 꺼내어 소파에 털썩 주저앉았다. 우중충하고 칙칙한 집안 풍경에 쓸쓸함이 밀려들었다. 그는 괴괴한 거실을 채워줄 텔레비전을 켜고 단숨에 맥주 한 캔을 꿀꺽꿀꺽 들이켰다. 시원한 맥주가 식도를 타고 가슴으로 흘러내렸다. 답답한 가슴이 뻥 뚫릴 것만 같았다. 하지만 답답했던 가슴이 시원해진 것도 잠시 헛헛함이 찾아들었다.

그는 가죽이 쩍쩍 갈라져 까슬까슬해진 소파에 쭈그리고 누웠다. 소파가 그를 포근하게 감싸주듯 몸에 척 달라붙었다. 점점 눈꺼풀이 내려앉았다. 막 잠이 들려던 그때였다. 적막을 뚫고 전화벨이 울렸다. 그는 손을 더듬어 핸드폰을 찾아 전화를 받았다.

"안녕하세요. 오빠."

승현이었다.

"응. 잘 지냈니?"

그는 텔레비전 소리를 줄였다.

"실종 신고는 하셨어요?"

"응. 했어. 그날 바로."

그가 대답했다.

"그 후로 경찰한테선 아무 연락 없었어요?"

"기대하지 않는 게 좋겠어. 단순 가출이라고 생각하는 것 같아."

수화기 너머로 한숨 소리가 들렸다.

"늦었지만 SNS에 올려보는 건 어때요? 경찰만 믿지 말고 저희끼리라도 찾아봐야죠. 언제까지 지애가 돌아오기만을 기다릴 수는 없잖아요. 스스로 돌아올 수 없는 상황일지도 모르고요."

"스스로 돌아올 수 없는 상황?"

그가 물었다.

"......"

수화기 너머에선 아무런 소리도 들리지 않았다.

"그게 무슨 말이야? 너, 뭐 아는 거 있어?"

그가 소파에서 일어나 앉았다.

"없어요. 아는 거. 그냥 여태 돌아오지 않는 게 이상해서요. 돈도 없을 텐데……."

"돌아올 수 없는 상황이라는 건 범죄에 연루됐을지도 모른다고 생각하는 거야?"

그가 한 손으로 얼굴을 쓸어내렸다.

"그냥 해본 생각일 뿐이에요. 하도 답답해서."

그도 생각해 보지 않은 건 아니었지만, 아는 언니 집에서 잘 지내고 있다고 했으니, 문제는 없을 거로 생각했었다.

"실은, 지애가 만났다던 언니 말이에요. 지애가 종종 그 언니 얘길 했었는데, 그 언니… 뭔가 좀 이상했어요."

"왜? 지애가 뭐라고 했길래?"

"스물여섯 살인데 돈이 많다고 했어요. 집도 있고, 차도 있다고요. 그 언니랑 일하면 돈을 많이 벌 수 있을 거라며 그 언니를 좋아했어요. 무슨 일을 해서 그런 돈을 버는지도 모르면서요."

그가 잠자코 있자, 승현이 덧붙여 말했다.

"그 언니가 지애한테 집에서 나오라고 했대요."

그는 흠칫 놀랐다. 가출을 종용하는 언니라니. 썩 좋은 언니일 것 같진 않지만, 그렇다고 해도 범죄에 연루됐을지도 모른다는 생각은 조금 지나친 게 아닐까. 그 언니가 지애를 뭘 어떻게 한단 말인가. 하지만 승현이 한 말을 무시할 순 없었다. 자고로 여자의 촉은 무서

조금만 고개를 돌려도

운 법이니까.

"그러면 왜 지애를 말리지 않았어?"

"그 언니 좀 이상한 것 같지 않냐고 했더니 저더러 질투하냐고 하더라고요. 그래서 더는 그 언니 얘길 하지 않았어요."

"그래서 지애가 저번 학기에 등록하지 않아도 연락하지 않았던 거구나?"

"네. 맞아요. 그땐 기분이 좋지 않았는데, 그래도 집에서 잘 지내고 있는 줄 알았어요. 집을 나가 여태까지 연락이 안 되는 줄은 모르구요."

승현은 진심으로 지애를 걱정했다.

"그래. 네 말대로 SNS에 올려보자."

그가 말했다.

"저도 지금 바로 글 올릴게요."

승현이 다급히 전화를 끊었다. 그는 평소에는 사용하지 않던 SNS 계정에 로그인했다. 활동하지 않는 계정이라 글을 올린다고 해도 사람들이 얼마나 봐줄지는 알 수 없었다.

제일 먼저 실종 전단에 붙일 지애 사진을 찾아보았다. 지애 얼굴이 나온 사진은커녕 지애를 찍은 사진도 없었다. 여동생 사진을 찍는 오빠가 몇이나 되겠냐며 구시렁거리던 그때, 승현에게서 메시지가 왔다. 지애 사진이었다. 지애가 해사한 얼굴로 웃고 있었다. 지애가 웃고 있는 사진을 보니 금요일 밤마다 함께 떡볶이를 먹으며 깔깔거리던 때가 생각나 덩달아 웃음이 나왔다가 뒤이어 씁쓸한 감정이 밀려왔다. 어쩌다 이 지경까지 오게 됐을까.

그는 승현이 보내준 사진을 첨부해 글을 썼다.

<동생을 찾습니다>

이름 : 김지애

나이: 23

실종날짜 : 202X. 01. 28.

인상착의 : 키 172cm, 몸무게 52kg.

키가 크고 마른 체격이며, 작고 갸름한 얼굴에 쌍꺼풀이 없는 눈.

단발머리에 검은색 버킷 모자와 검은색 뿔테안경을 쓰고 다님.

주로 헐렁한 운동복을 입음.

그는 작성한 실종 전단을 올렸다. 제보가 얼마나 들어올까. 초조한 마음에 잠이 오질 않았다. 그는 밤새 자그마한 알림 소리에도 손을 뻗어 핸드폰을 확인했다. 몇 명이 게시글을 보았는지, 혹시 댓글은 달리진 않았는지 확인하다 보니 주말이 후딱 지나갔다. 주말 동안 의미 있는 제보는 없었다.

어김없이 월요일이 돌아왔다. 그는 비치적거리며 사무실로 들어갔다. 사무실에는 김 과장이 먼저 출근해 있었다.

"일찍 나오셨네요?"

그가 서류 가방을 책상에 내려놓으며 말했다.

"응. 골치 아픈 건 때문에."

김 과장이 그를 보며 쓴웃음을 짓더니 이내 모니터로 눈을 돌렸다.

"왜요? 무슨 건인데요?"

그가 컴퓨터를 켠 뒤, 사무실 한편에 놓인 전기 주전자 앞으로 걸어갔다.

"저번에 말한 백내장 말이야. 한 사람은 지급하고, 한 사람은 주지 않게 생겼어. 나이도 비슷하고, 가입 시기나 가입내용, 수술 전에 했던 검사 결과도 비슷한데 말이야. 참, 이게 뭐 하는 짓인지 모르겠어."

등 뒤에서 김 과장이 말하는 동안, 그는 전기 주전자에 물을 끓이고, 옆에 놓인 커피믹스를 종이컵에 쏟아부었다.

"왜요? 담당자가 두 건 다 부지급 안내해달라고 했다고 하지 않았어요?"

그가 종이컵에 뜨거운 물을 부으며 물었다.

"그래 맞아. 그랬지. 그래서 나야 그렇게 안내했는데, 의사 말만 믿고 몇 달 치 생활비를 모아 수술비를 냈던 가정주부는 내게만 항의했고, 공기업 임원인 고객은 불편한 기색을 내보이더니 금감원에 민원을 넣어버렸어."

그는 한숨을 내쉬는 김 과장에게 커피를 건넨 뒤, 자리로 돌아왔다.

"민원을 넣은 고객은 보험금을 받고, 그렇지 않은 분은 못 받았겠네요. 그나저나 금감원에다 민원을 넣어버렸으니 골치 아프게 됐네요."

그가 커피를 한 모금 마시며 말했다.

"그래 맞아. 고마워. 잘 마실게."

김 과장은 뒤늦게 인사한 뒤, 커피를 호로록 마셨다.

"그건 그렇고, 요즘 왜 이렇게 배당이 적은 거예요? 아무리 실적이 안 좋다 해도 배당이 너무 적은데요?"

그가 배당 목록을 확인하며 물었다. 새로 배당된 건이 한 건밖에 없었다.

"그러잖아도 나도 이상해서 다드림 손해보험에서 일하는 선배한테 알아봤는데, 선배 말로는 얼마 전부터 조사 건 90퍼센트를 자회사 손해사정 회사에 배당한대. 나머지 10퍼센트를 위탁 손해사정 회사에서 나눠 먹으니, 배당이 적을 수밖에."

그는 오늘 면담할 고객의 면담서류를 출력하며 한숨을 내쉬었다. 이젠 정말 다른 일을 알아봐야 하는 걸까. 그는 인쇄기로 걸어가 출력한 면담서류를 집어 들었다.

"그나저나 주말에 못 쉬었어? 얼굴이 거칠거칠한 게 영 피곤해 보여."

김 과장 말마따나 주말 동안 내린 비를 그가 몽땅 흡수해 버리기라도 한 것처럼 몸이 무거웠다.

"조사 중이던 고객이 저번 주 금요일에 죽었어요."

인쇄된 면담서류를 들고 자리로 돌아온 그는 의자에 털썩 앉았다.

"갑자기? 왜? 무슨 지병이라도 있었어?"

"아뇨. 상해사고로 재활요양 병원에 입원한 고객이었는데, 병원 화단에서 낙상했대요."

"어휴. 그거 골치 아프게 됐네. 어떤 건인데?"

김 과장이 모니터 너머로 얼굴을 내밀었다.

"이불을 털다 베란다에서 떨어졌다고 청구했는데, 고객 말로는 아는 언니가 뛰어내리라고 해서 고의로 뛰어내렸대요. 그런데 알아보니까 그 언니는 고객이 베란다에서 떨어지기 한 달 전에 죽었더라고요. 사망보험금도 고객이 받았고요."

"고객이 거짓말을 한 거야? 대체 왜 그런 말을 했을까? 고의로 뛰어내렸다고 하면 보험금을 받지 못할 텐데."

김 과장이 고개를 갸웃거렸다.

"그러니까요. 뭐가 뭔지 전혀 모르겠어요. 거짓말을 한 게 이번이 처음이 아니기도 하고요."

"음……. 보험금을 노리고 아는 언니를 죽이고 보험금을 받은 다음, 보험금을 노리고 베란다에서 뛰어내렸다?"

"그렇다고 하기엔 베란다에서 뛰어내렸다가 잘못 해서 죽으면 보험금을 받지도 못할 텐데, 뭣 하러 뛰어내리겠어요? 보험금을 노린 거라면, 좀 더 안전한 방법을 찾으려 하지 않았을까요?"

"글쎄. 생각하는 것보다 일반적인 상식을 벗어나는 사람들도 많아. 돈이 간절하다 보면, 이성을 잃는 거지. 내가 만나본 사람 중엔 보험금을 노리고 도끼로 자기 손가락을 자르는 사람도 있었어. 가족의 눈을 찔러 실명시키는 경우도 봤고."

그러고 보니 수상한 점이 있긴 했다. 보험금으로 5억 원을 받았는데, 집엔 가구도 살림도 없었다. 실제로 사는 집은 따로 있고, 급하게 아파트를 구해 일을 벌인 건 아닐까. 그에게 사고 현장을 보여줬으니 짐을 빼버린 것이고.

"그게 아니라면, 어떤 조직적인 배후가 있는 걸 수도 있고 말이야. 보험금을 노리고 두 여자를 차례로 죽인 거지."

그는 연정이 죽기 전에 찾아온 남자 면회객을 떠올렸다.

"정 께름칙하면, 그 언니 사망 경위를 한 번 조사해 봐. 고객한테 어떤 의심스러운 정황은 없었는지 말이야."

김 과장의 말이 맞았다. 박연정이 조은희 사망에 어떤 혐의점이 있어 조사받은 거라면, 보험사기를 뒷받침할 근거가 될 테고, 그렇다면 면책 근거가 더 확실해질 것이다.

그날 오후, 그는 하서경찰서에 찾아갔다. 수사과는 지난번 지애 실종신고를 했던 별관 2층에 있었다. 계단을 올라간 그는 수사2팀이라 적힌 사무실 앞에서 숨을 고른 채 노크하고 안으로 들어갔다.

"어떻게 오셨습니까?"

출입문을 등지고 앉은 젊은 형사가 돌아봤다.

"임형섭 경사님을 찾아왔습니다."

"저기로 가보세요."

젊은 형사가 손을 들어 안쪽 구석을 가리켰다. 형사가 가리킨 곳엔 얼굴이 넙데데한 형사가 한쪽 다리를 무릎 위에 걸치고 앉아 통화하고 있었다.

"어떻게 오셨어요?"

그가 다가가자, 임 경사가 자세를 고쳐 앉으며 올려다봤다.

"안녕하세요. 며칠 전에 통화했던 성심 손해사정의 김지섭입니다."

그가 임 경사에게 명함을 건넸다. 명함을 받아 든 임 경사는 명함을 들여다봤다.

"우리가 통화했었다고요?"

임 경사가 검지로 콧수염을 비비적거리며 물었다.

"박연정 님 일로 통화했습니다."

"아아. 앉으세요. 그나저나 무슨 일이죠?"

임 경사가 턱으로 맞은편에 놓인 의자를 가리켰다.

"8개월 전에 사망한 조은희 님 사고를 알고 싶어서 왔습니다."

그가 자리에 앉으며 대답했다.

"무슨 일 때문에 그러시죠? 사망보험금이 아직 지급 안 됐나요?"

"아뇨. 보험금은 지급됐다고 들었습니다. 저는 박연정 님 사고를 조사 중인데, 박연정 님께서 조은희 씨 사망 당시에 조사받았다고 해서요. 박연정 님께서 무슨 일로 조사를 받았는지 알 수 있을까요?"

"아, 네. 잠시만요."

임 경사가 키보드를 두드렸다.

"조은희 씨는 친한 동생과 사암산에 올랐다가 정상에서 발을 헛디뎌 추락사했어요. 조은희 씨 사망보험금 수익자가 박연정 씨로 되어있길래 참고인 조사를 했었고요."

잠시 후, 임 경사가 말했다.

"그럼, 박연정 님은 조은희 씨 사망과는 아무런 관련이 없단 말씀인가요?"

"진짠지 아닌지 몰라도 박연정 씨는 조은희 씨가 사망한 사실조차 모르고 있었어요. 사망보험금 수익자가 본인이라는 사실도요."

그가 고개를 갸웃거렸다.

"조은희 씨 부모님께선 딸의 사망보험금을 박연정 님께서 받았다는 걸 알고 있나요?"

"조은희 씨는 부모님이 3년 전에 사망해서 사실상 가족이 없었어요. 부모님께선 기초생활 수급권자였는데, 살아생전에 친척들하고도 왕래가 없었던 것 같고요. 그래서 친동생처럼 아끼던 박연정 님을 수익자로 지정해 둔 거로 판단돼서 참고인 조사만 하고 끝냈습니다."

역시 그의 직감은 틀리지 않았다. 사실 그는 박연정이 다른 고객들처럼 거짓말은 했어도 악의가 있다고는 생각하지 않았다. 단지 보험금을 받으려고 어쩔 수 없이 거짓말을 할 수밖에 없었던 걸 뿐.

"조은희 씨와 함께 산에 올랐던 사람은 누군가요?"

"평소 친하게 지낸 동생이었어요. 박연정 씨하고는 모르는 사이였고요."

"당연히 CCTV도 확인하셨겠죠?"

그가 임 경사를 곁눈으로 살피며 물었다.

"함께 산에 올랐던 동생 말로는 편백 나무숲 쪽 등산로로 올라갔다고 하더군요. 공교롭게도 그쪽은 등산로가 협소해서 CCTV가 없어요. 어쨌든 그리로 올라가 약수터에서 10분 정도 쉬었다고 했어요."

그는 잠자코 임 경사 얘기를 들었다.

"약수터에서 쉬는 동안 날이 저물려고 했대요. 그래서 함께 갔던 동생은 하산하자고 했고, 조은희 씨는 여기까지 왔으니, 정상까지 올라가 보자고 했다더군요."

임 경사는 그와 시선을 맞추지 않은 채 그날 있었던 일들을 줄줄 읊었다.

"구조대원이 산 정상에 올라갔을 땐, 동석자, 그러니까 신고자가 겁에 질려 있었다고 하더라고요. 도로 내려갔어야 했는데, 조은희 씨를 말리지 못한 자기 때문이라고요."

"사고는 어떻게 일어난 거죠?"

그가 물었다.

"신고자 말로는 조은희 씨가 사진을 찍으려고 정상에 있는 암석에 걸터앉으려다가 미끄러져 아래로 떨어졌다고 했어요. 그날 아침까지 비가 와서 산 정상이 미끄러웠거든요."

"다른 목격자는 없었나요?"

"이미 해가 지고 난 뒤라 다른 등산객들이 모두 하산해서 목격자는 없었어요. 뭐, 산 정상에 CCTV가 있을 리도 없고요."

"사망자가 조은희인 건 확실한 거겠죠?"

그가 물었다.

"그럼요. 뭐, 사체에 훼손이 좀 있긴 했어요. 떨어질 때 여러 암석에 부딪혔던 건지 알아볼 수 없게 얼굴이 으스러져 있긴 했지만, 함께 등산했던 신고자도 사망한 사람이 조은희라고 신원 확인해 줬고, 조은희 씨가 메고 있던 가방에 들어있던 지갑에서 신분증도 확인했어요."

그는 눈을 지그시 감았다. 사고 직전에 찾아왔다던 아는 언니도, 퇴원하기 전날 면회 온 면회객도 모두 조은희라던 말은 거짓말이었다.

"뭐, 산에서 충분히 일어날 수 있는 사고에요."

임 경사가 덧붙여 말했다.

"혹시 신고자가 누군지 알 수 있을까요?"

"그냥 뭐… 평범한 대학생이었어요."

임 경사가 한쪽 다리를 무릎에 걸친 채 손톱을 이리저리 봤다.

"혹시 신고자 연락처를 좀 알 수 있을까요?"

"저기, 김지섭 씨. 이 정도면 많이 알려드린 것 같네요. 원칙대로라면 수사 결과를 제삼자한테 말해줄 수 없다는 거 아시죠?"

임 경사가 깍지 낀 두 손을 앞으로 쭉 내밀더니 하품했다. 그만 가라는 뜻이었다. 그는 하는 수 없이 경찰서를 나왔다. 박연정이 조은희 사망과 아무런 관련이 없다는 걸 확인했으니 그거면 됐다. 그는 원래 하려던 대로 보험금을 지급하지 않기로 마음먹었다. 경과 기록지에도, 박연정 본인도 스스로 뛰어내렸다고 했으니 문제 될 게 없었다. 만에 하나 누군가가 이의를 제기한다고 해도, 그에겐 사고 직전에 찍힌 동영상이 있지 않은가. 비록 그 동영상이 실제상황인지 꾸며낸 상황인지는 몰라도.

다음 날 아침, 사무실로 출근한 그는 보고서를 작성했다.

최종 조사 의견 : 피보험자 면담과 강산 대학교 병원 의무기록을 종합해 볼 때, 피보험자가 스스로 베란다에서 뛰어내린 고의 사고로 확인됨.

202X. 05. 02. 일자 강산 대학교 병원 경과 기록지에 적힌 '사고 직전에 누군가가 자신에게 뛰어내리라고 한 말에 뛰어내렸다고 말하며, 누군지 묻는 말에는 횡설수설한 모습을 보임.'을 피보험자 박연정에게 확인해 본 결과, 보험금을 노린 친한 언니 지시로 베란다에서 뛰어내렸다고 증언함.

따라서, 급격하고 우연한 외래의 상해사고가 아닌, 고의사고로 판단되어 보험금을 지급하지 않는 것이 타당할 것으로 사료됨.

그는 그동안 발급받은 진료기록과 사건사고사실확인원을 스캔해서 보고서와 함께 보험사 전산에 올렸다. 이제 전송 버튼만 누르면 박연정 수임 건은 그의 손을 떠난다. 그 말은 보험사로부터 수임료가 입금된다는 걸 의미했다.

그가 막 전송 버튼을 누르려는데, 전화벨이 울렸다.

"김지섭입니다."

"안녕하세요. 다드림 손해보험의 이윤재입니다. 박연정 님 건으로 연락드렸습니다."

담당자 이윤재였다.

"아, 네. 그러잖아도 이제 막……"

그가 반가운 목소리로 조사 결과를 말하려는데, 이윤재가 말을 끊었다.

"박연정 님께서 사망하셨다는데, 알고 계셨나요?"

"아, 네. 일주일 전에 돌아가셨어요."

그가 얼른 대답했다.

"박연정 님 사망보험금이 청구되었습니다. 사망사고도 함께 조사해 주세요. 수임료는 각각 지급될 겁니다."

"네? 사망보험금 청구요?"

그는 무언가에 머리를 얻어맞은 듯 얼얼했다. 박연정의 사망보험금을 청구할 존재가 있었던가. 게다가 죽은 지 일주일 만에 사망보험금을 청구하다니. 마치 기다렸다는 듯이 보험금을 청구했다는 느낌을 지울 수 없었다.

"누, 누가 청구한 거죠?"

그가 물었다.

"박연정 님 남편이 청구했어요."

"네? 남편이라고요?"

그는 말문이 막혔다. 갑자기 사라져 연락이 되지 않는다던 아이 아빠 말인가. 그 남자가 박연정이 죽었단 걸 어떻게 알았을까. 그 순간, 사망 직전 남자 면회객과 밖으로 나갔다던 간호사의 말이 떠올랐다.

"네. 남편이요. 그런데 왜 그러시죠?"

"고객님께서 남편이 없다고 하셨거든요."

그가 대답했다.

"가족관계증명서에 배우자로 표시된 남자분께서 접수하셨어요. 그럼, 남편 아닌가요?"

이윤재가 빈정거리듯 말했다. 보험사 담당자들은 언제나 그를 하수인 정도로 대했다. 담당자에게 일을 수임받아 생계를 유지하는 거긴 하나, 그렇다고 그의 상관은 아닌데 말이다. 그는 당신도 회사의 하수인일 뿐이야. 하고 말하고 싶었지만, 속으로 꾹 삼키며 물었다.

"가족관계증명서가 첨부됐나요?"

"네. 가족관계증명서에는 남편도 있고, 아이도 있습니다."

그는 힘이 빠졌다. 박연정은 남자가 어느 날 갑자기 홀연히 떠났다고 했는데, 혼인신고는 언제 했단 말인가. 박연정이 또 거짓말을 했단 말인가.

"그렇군요. 이상하네요. 고객님께선 분명히 남편이 없다고 했거든요."

설마 남자가 박연정 몰래 혼인신고를 하고, 연정을 죽인 게 아닐까. 사랑하지 않는 사람과의 혼인신고, 사망보험금 수익자는 법정상속인. 보험사기를 벌이는 사례 중 흔히 볼 수 있는 유형이었다. 사랑하지 않는 여자라면 보험금을 노리고 뭔 짓이든 할 수 있을 테니까.

"고객님 말씀이 그렇다 해도 서류상에 배우자로 되어있으면, 저희로선 어쩔 도리가 없습니다. 사망보험금 수익자가 법정상속인으로 되어있기 때문에 보험금을 지급해야 한다면 아이와 남편에게 지급해야 합니다. 물론 다른 유가족이 나타나 남편이 없다고, 보험금을 남편에게 줄 수 없다고 나선다면 모르겠지만 말이죠. 그렇게 되면 긴긴 싸움이 될 거예요. 재판까지 가야 하는 거니까요."

전화를 끊은 그는 전산을 켜고 담당자가 새로 첨부한 박연정 사망보험금 청구서류를 열었다. 수임 의뢰서와 보험 청구서, 사망진단서, 가족관계증명서, 청구자 신분증이 차례로 화면에 나타났다. 수임 의뢰서에는 이번에도 역시 사고 경위를 확인해달라는 요청이 적혀 있었다. 병원에서 일어난 사고라 사고 경위를 확인할 수 있는 서류는 입원해 있던 병원의 당일 진료기록과 경찰 수사내용이 적힌 사건사고사실확인원뿐이었다. 두 서류만 확인하면 보험조사원으로서 더 조사할 수 있는 건 없었다. 간단한 건이었다. 사망진단서에 적힌 사망원인은 '사고사'였고, 처리기일은 12월 5일까지였다.

그는 보험청구서에서 청구자 연락처를 찾았다. 보험 청구자는 장현성. 그 옆에 연락처가 적혀있었다. 그는 남자에게 전화를 걸었다.

"여보세요."

목소리가 걸걸한 남자가 전화를 받았다.

"안녕하십니까? 청구하신 박연정 님 사망보험금과 관련하여 손해사정 업무를 위임받아 연락드렸습니다."

"아, 네."

남자의 목소리에서 귀찮은 내색이 묻어났다.

"청구하신 보험금과 관련하여 조사가 진행될 예정입니다. 자세한 건 고객님을 직접 만나 뵙고 안내해 드리려고 하는데, 어디로 가면 될까요?"

"내일 오후 2시까지 하북구에 있는 미도 공업으로 오세요."

그는 내일 찾아뵙겠다는 인사를 건네고 전화를 끊었다.

❀ ❀ ❀

다음 날 오후 1시, 그는 내비게이션에 '미도 공업'을 검색했다. 미도 공업은 강산역에서 중앙대로를 따라 20km 떨어진 산업단지 안에 있었다. 그는 내비게이션이 가리키는 대로 중앙대로를 따라 산업단지로 향했다.

잠시 후 산업단지와 가까워지자, 도로에 화물트럭이 많아졌다. 산업단지 중앙을 가로지르는 8차선 도로로 접어들었을 땐, 앞, 뒤, 옆할 것 없이 대형 트럭에 둘러싸여 시야가 꽉 막혔다. 그는 차선 변경을 하려고 룸미러와 사이드미러를 번갈아 봤다. 룸미러에 흰색 벤츠가 보였다. 강산역에서부터 줄곧 그의 뒤에 있던 차였다. 처음에는 같은 방향으로 가는 차겠거니 했는데, 아니었던 걸까. 아무래도 이상했다. 그는 혹시나 하는 마음에 두 번째 신호등에서 우회전하여 골목길로 접어들었다. 벤츠는 이번에도 뒤따라왔다. 제 길을 가는 게 아니라 그를 쫓아오는 것 같았다.

그는 다음 골목에서 핸들을 틀어 모퉁이를 돌았다. 산업단지는 모든 공장 담벼락이 바둑판처럼 교차로형 골목에 맞닿아 있어 계속해서 동행할 가능성은 작았다. 이번에도 벤츠가 쫓아왔다. 그는 고개를 갸웃거렸다. 정말 쫓아오고 있단 말인가. 그는 다음 골목에서 공장을 끼고 돌아 오른쪽 골목으로 갔다. 오른쪽 골목으로 직진하면 그가 처음 산업단지로 접어든 산업단지 초입이 나오게 된다. 그를 쫓아오는 게 아니라면 벤츠는 직진해야 한다. 잠시 후 룸미러에 또다시 벤츠가 나타났다. 그를 뒤쫓고 있는 게 확실했다. 누굴까. 대체 누가 미행하는 걸까.

8차선 도로로 나간 그는 가속페달을 밟은 다리에 온 힘을 실었다. 누군지는 몰라도 어떻게든 따돌려야 한다. 그는 차선을 이리저리 넘나들며 트럭들 사이를 빠져나갔다. 벤츠도 대형 화물차에 가려 보였다 사라지기를 반복했다. 그는 룸미러로 벤츠를 노려봤다. 당신 누구야. 대체 누군데, 날 쫓아오는 거야. 곤두선 신경이 팔딱거렸다.

그가 네 번째 신호등을 지났을 때였다. 갑자기 벤츠가 룸미러에서 자취를 감췄다. 룸미러와 사이드미러 어디에도 벤츠는 보이지 않았다. 어디로 사라진 걸까. 그제야 내비게이션에서 경로를 이탈했다는 안내음이 들렸다. 그는 땀에 젖은 손을 바지에 문질러 닦으며 경로를 다시 확인했다. 목적지는 5분 거리에 있었다.

잠시 후, 목적지에 도착한 그는 공장 앞 길가에 차를 세우고 안으로 들어갔다. 한 남자가 공장 앞마당에 우거진 등나무 아래에 앉아 있었다. 그가 공장 안으로 들어가자, 남자가 자리에서 일어났다. 장현성인 모양이었다. 그와 키가 비슷해 보이는 현성은 몸무게가 100킬로그램쯤 돼 보이는 거구였다.

"안녕하세요. 전화 드렸던 김지섭입니다."

그가 현성에게 명함을 내밀었다. 명함을 받아 든 현성은 보지도 않고 손에 쥐었다.

"앉으세요."

현성이 의자에 앉으며 말했다. 그가 따라 앉자, 현성이 캔 커피를 내밀었다.

"조사가 진행돼 놀라셨죠?"

그가 캔 커피를 건네받으며 말했다. 인사치레로 하는 말이었다.

"아뇨. 조사 나올 줄 알았어요. 보험회사에서 큰돈을 순순히 줄 리 없잖아요."

현성이 대꾸했다.

"사실 전, 좀 놀랐습니다. 박연정 님께선 남편이 없다고 했거든요. 아이는 있지만, 남편은 없다고요."

그도 똑같이 받아쳤다.

"그 여자가 그렇게 말하던가요? 저 몰래 혼인신고를 해버린 여자가 대체 무슨 속셈인지 모르겠네요."

현성이 쓴웃음을 지었다.

"몰래 혼인신고를 했다고요?"

그가 캔 커피 뚜껑을 따려던 걸 멈추고 고개를 번쩍 들었다.

"일주일 전에 경찰한테서 그 여자가 죽었다고 전화가 왔어요. 그래서 그걸 왜 제게 말하냐고 물었더니, 남편 아니냐고 하더군요."

"혼인신고 되어있다는 걸 몰랐단 말인가요?"

"네. 경찰한테 연락받고서야 혼인신고가 되어있다는 걸 알았어요. 저 몰래 제 도장을 찍어서 혼인신고를 한 모양이에요."

죽은 자는 말이 없으니, 현성의 말이 사실인지 아닌지는 현성만이 알뿐이었다.

"박연정 님이 사망할 때 함께 있었다던 남자가 현성 씨 아니었나 봐요?"

"전 아닙니다. 전 그때 일하고 있었고, 경찰한테 근무일지도 보내 줬어요."

현성이 아니라면, 연정을 찾아온 남자는 누구란 말인가.

"보험도 경찰이 말해줘서 알았어요. 아이가 있다는 것도 그때 알았고요."

현성이 고개를 저으며 헛웃음을 지었다.

"제 아이가 있다고 하니 아이를 위해서라도 보험금 받아야겠다는 생각에 청구한 겁니다. 그 여자한테 가족은 저와 아이뿐이라고 하니까요."

현성이 덧붙여 말했다. 현성은 연정이 임신했다는 걸 알기 전에 떠났으니 아이가 있다는 것도, 보험에 가입했다는 것도 몰랐을 것이다. 하지만 떠난 후에라도 보험에 가입한 사실을 알고 의도적으로 접근할 수도 있는 일이었다.

"박연정 님은 왜 몰래 혼인신고를 했을까요?"

"그렇게라도 가족을 만들려고 했겠죠. 뭐."

현성이 퉁명스럽게 대답했다.

"박연정 님을 왜 떠나셨어요?"

"사귀고 헤어지는 일이야 흔한 일 아닌가요? 저는 그 여자가 혼인신고 한 줄도, 임신한 줄도 몰랐으니 쉽게 헤어졌어요. 그 여자 행동이 이상했거든요."

"어떻게요?"

"돈에 대한 집착이 심했어요. 늘 '돈돈'거렸거든요."

현성의 손에 들린 종이컵 속 커피에 미세한 파동이 일었다.

"그래도 아이 엄마니까 장례식은 치러줬어요. 찾아올 사람이 없어 빈소는 차리지 않았지만요."

현성이 다급하게 덧붙였다.

"아이는 만나보셨나요?"

"일 때문에 아직 가보진 못했어요. 곧 찾아가 봐야죠."

현성이 눈을 찡그렸다. 갑자기 나타난 아이의 존재에 머릿속이 복잡한 듯 보였다.

"아이는 지금 어디에 있죠?"

"강산역 맞은편 팔봉산 아래 더희망 보육원에 있다고 들었어요."

팔봉산이라면, 연정이 입원했던 다나음 재활요양병원이 있는 곳이다.

"박연정 님께서 조은희란 보험설계사 소개로 보험에 가입했더라고요. 박연정 님 말씀으론 친한 언니였다고 하던데, 조은희란 분을 알고 계십니까?"

그가 물었다.

"아뇨. 모릅니다."

현성이 공장 안으로 들어오는 화물차를 보며 손 인사를 했다.

"이제 들어가 봐야겠네요. 하실 말씀 끝났으면 이만 들어가 볼게요."

현성이 자리에서 일어섰다.

"조사가 끝나면 연락드리겠습니다. 아이를 위해서 보험금을 드릴수 있으면 좋겠네요."

그도 따라 일어났다. 현성은 뒤도 돌아보지 않고 건들건들 걸어갔다. 현성이 한 말이 모두 사실일까. 박연정이 죽기 전에 찾아온 면회객이 장현성이 아니라면 누구란 말인가.

차로 돌아온 그는 선바이저를 내려 지난번에 끼워둔 명함을 꺼내었다. 일주일 전 연정이 죽은 그날, 형사에게서 받은 명함이었다.

<하북경찰서 수사과 수사1팀 경사 이영훈>

하북경찰서라면, 산업단지에서 멀지 않은 곳에 있었다. 박연정이

조금만 고개를 돌려도

죽은 지도 어느덧 일주일이 되었으니 지금쯤이면 어느 정도는 수사가 이뤄지지 않았을까.

잠시 후, 그는 하북경찰서 수사1팀 사무실 문을 열고 안으로 들어갔다. 이 경사는 사무실 제일 안쪽에 앉아있었다. 그는 이 경사에게로 걸어갔다.

"어떻게 오셨어요?"

모니터를 보던 이 경사가 고개를 들었다.

"안녕하세요. 성심 손해사정의 김지섭이라고 합니다. 박연정 님 사고를 알고 싶어서 왔습니다."

"아아. 병원에서 봤었죠?"

그가 고개를 까딱였다.

"앉으세요."

그는 이 경사 맞은편 철제의자에 앉았다.

"수사가 어디까지 진행됐는지 알 수 있을까요? 경찰 수사가 끝나야 저도 조사를 마칠 수 있어서요."

"아, 사건사고사실확인원 발급 말이죠? 그건 좀 더 시간이 필요합니다. 그보다 박연정 씨 보험 청구 건을 조사하고 있다고 하셨던 것 같은데, 뭘 청구한 거죠?"

이 경사가 뱀처럼 예리한 눈으로 그를 찬찬히 뜯어봤다.

"7개월 전에 베란다에서 추락했었습니다. 그것 때문에 입원하셨던 거고요. 그 사고와 관련된 수술비와 후유장해 진단금을 청구했습니다."

그가 눈살을 찌푸리며 대답했다. 설마 박연정이 병원에 입원한 사유조차 수사하지 않았단 말인가.

"아, 그렇죠. 그날은 무슨 일로 병원에 가셨죠?"

이 경사는 기다란 얼굴을 옆으로 기울였다.

"조사 중에 궁금한 게 있어 뭘 좀 여쭤보려고 찾아갔었습니다."

"아. 그러시군요. 그럼, 오늘은 무슨 일로?"

이 경사가 눈썹을 들썩이며 물었다.

"사망보험금도 접수되어 함께 조사하게 됐습니다."

그가 입술을 질끈 깨물었다.

"박연정 씨 남편이 벌써 보험금을 청구하셨나 보군요."

이 경사가 각진 턱에서 일자로 뚝 떨어지는 굵은 목을 손으로 긁적였다.

"박연정 님 남편 말로는 형사님께 연락받고서야 혼인신고가 되어 있다는 것도, 보험에 가입된 것도 알게 됐다고 하던데 사실입니까?"

"네. 맞아요. 박연정 씨가 몰래 혼인신고를 했었나 봅니다. 두 사람이 헤어지고 난 후에 보험에 가입해서 보험에 가입된 건 당연히 몰랐던 것 같고요."

"장현성 님은 박연정 님 사망사고와 아무런 관련이 없단 말씀이죠?"

그가 물었다.

"아, 그날 박연정 씨를 찾아온 면회객 말씀하는 거죠? CCTV를 확인해 보니까 박연정 씨가 면회객하고 병실에서 나와서 본관 건물 앞 화단으로 가더라고요. 사진을 찍으려고 했던 것 같아요."

이 경사는 한쪽 팔꿈치를 책상에 걸친 채, 몸을 기댔다.

"면회객이 휠체어를 화단 끝에 세운 다음에 뒤돌아서 건물 쪽으로 걸어갔어요. 병원이 산속에 둘러싸여 있고, 마침 화단에 예쁜 꽃도 피어 있었으니, 꽃과 나무를 배경으로 박연정 씨 모습을 사진에 담아주려고 했던 모양이에요."

연정에게 예쁜 꽃들을 보여주고, 사진까지 찍어주려 했다면 친밀했을 것이다. 연정이 입원해 있던 6개월 동안 아무런 연락이 없던 사람이 불쑥 병원에 찾아왔단 건, 연정이 사고로 다쳐 입원한 걸 알고 있는 사람이었을 것이고.

"면회객이 핸드폰을 들자, 박연정 씨가 휠체어를 점점 뒤로 밀더군요. 면회객이 더 뒤로 가라고 했는지, 스스로 뒤로 물러난 건지는 몰라도요."

이 경사는 책상 위에 놓인 컵을 들더니 목을 축였다.

"그런데 이상한 건, 박연정 씨가 추락하기 바로 직전, 그러니까 3초… 전에 면회객이 전화를 받느라 뒤로 돌더라고요. 그래서 면회객은 연정 씨가 사고 난 걸 보지 못했어요."

그는 마음속으로 3초를 세어보았다. 찰나라고 보긴 어려웠다. 길다면 꽤 긴 시간이었다.

"게다가 그 사람이 전화를 받더니 급히 병원 밖으로 달려 나갔어요. 급한 일이 생긴 사람처럼요."

그가 고개를 갸웃거렸다.

"맞아요. 이상하죠? 보통 사람이라면, 아무리 급한 일이 생겼어도 연정 씨한테 간다고 말하고 갈 텐데 그냥 가버렸어요."

이 경사가 쓴웃음을 지었다.

"신고는 누가 한 거죠?"

"그 면회객이 막 병원 입구를 빠져나가던 그때, 병원 직원이 계단 아래로 떨어진 박연정 씨를 발견해서 곧장 신고했어요."

신고가 늦은 건 아니었다.

"면회객이 누군지 확인해 보셨나요?"

"신원 파악 중인데, 아직은 아무것도 확인된 게 없어요."

"…남잔가요?"

그가 물었다.

"확실치는 않지만, 키가 170센티미터에 몸무게 60킬로그램쯤 되는, 체구가 작은 남자로 추정됩니다."

"확실치 않다니 무슨 말씀이죠?"

"병원에 설치된 CCTV를 다 확인해 봤는데 이 사람 말이죠…. CCTV에 제대로 찍힌 게 없어요. 먼저 본관 건물 입구에 있는 CCTV에 찍혔고요. 다음은 엘리베이터 안에서 찍혀야 하지만, 엘리베이터를 타지 않았어요. 비상계단으로 움직인 것 같은데 비상계단에는 CCTV가 설치되어 있지 않았어요. 병동에는 간호사 스테이션과 복도 양쪽 끝에 CCTV가 있는데, 비상계단에서 나오면서부터 병실까지 줄곧 고개를 숙인 채 전화 통화를 하며 걸어가더라고요. 그래서 얼굴 식별이 쉽지 않고요."

아무래도 의심적은 행동이었다.

"두 사람이 병실에서 나온 후에는 박연정 씨 혼자 엘리베이터를 타고 내려왔어요. 그 사람은 계단으로 내려온 것 같아요. 건물을 빠져나올 때도 따로 나왔어요. 그땐 뒷모습이 찍혀서 걸음걸이 말고는 확인할 수 있는 게 아무것도 없고요. 의도한 건지는 몰라도 CCTV에 최대한 적게 찍히는 방법으로 이동했어요. 완전히 피할 수는 없으니까요."

이 경사가 손가락으로 책상을 두드리며 말했다.

"그래도 CCTV를 보셨으면 아시잖아요. 남자인지 여자인지."

"하. 참."

이 경사는 성가시다는 듯 고개를 저으며 컴퓨터 모니터를 가리켰다. 그는 의자에서 일어나 모니터를 들여다봤다. 모니터에 CCTV 영상을 찍은 사진이 있었다. 누군가가 병원 건물로 들어오는 화면이었다.

"이게 제일 잘 나온 모습입니다."

잘 나왔다고 한 화면이 고작 한 손으로 핸드폰을 귀에 대고 고개를 푹 숙인 모습이었다. 전화 통화를 하는 것 같았다. CCTV에 찍히고 있다는 걸 의식한 행동은 아닐까. 아쉬운 건, 화질이 좋지 않아 얼굴을 식별할 수 없었다. 게다가 검은색 버킷 모자를 푹 눌러쓰고 검은색 뿔테안경까지 쓰고 있었다. 형사가 남자라고 추정한 건, 모자 밖으로 삐져나온 머리카락이 없는 것으로 보아 머리카락이 짧은 탓이었다. 게다가 헐렁한 운동복을 입고 있는 모습이 남자처럼 보이기도 했다. 체구로 보아 장현성은 아니었다. 하지만 어딘가 모르게 낯이 익었다.

"그 시간대에 그곳에서 전화 통화한 사람들은 조사해 보셨나요?"

그가 면회객이 신은 운동화를 유심히 보며 물었다. 언젠가 유행했던 범고래를 닮은 운동화였다.

"기지국 조회를 해봤는데, 사고가 난 시간에 병원에서 수 발신된 전화 중에 박연정 님과 관련된 사람은 없었어요. 모두 신원확인이 됐고요."

이 경사가 미간을 찌푸렸다.

"목격자 증언은 다 확보가 됐나요? 함께 병실을 썼던 환자들에게 물어보면 누군지 특정할 수 있지 않을까요?"

"글쎄요. 지금까지 확인된 건 이 정도입니다. 아직 일주일밖에 되지 않았잖습니까. 그러니 오늘은 이만 돌아가시죠. 이 정도면 충분히 친절을 베푼 것 같군요. 경찰이 보험회사 조사에 협조해야 할 필요는 없으니까요."

이 경사가 의자에서 일어났다. 그는 연정이 마지막에 함께 있었던 사람이 누구인지, 둘은 마지막에 어떤 대화를 나눴는지, 왜 그 사람은 연정에게 아무런 말도 없이 떠났는지 아무것도 알아내지 못한 채 경찰서를 나왔다. 아직은 사건사고사실확인원은 발급되지 않는다고 하니 경찰 수사가 종료될 때까지 기다리는 수밖에 없었다.

월요일이 돌아왔다. 사건사고사실확인원이 발급되기까지 기다리는 동안, 사망 당일 의무기록을 확인하기 위해 다나음 재활요양병원에 갔다. 어쩌면 사고 현장인 병원에 단서가 있을지도 모른다.

그는 오후 진료가 시작되는 시간에 맞춰 병원을 찾았다. 병원 정문과 가까워지자, 그는 속력을 늦추고 주위를 둘러봤다. 병원 주변에 설치된 CCTV는 단 두 대뿐이었다. 병원 정문으로 오르는 비탈길 초입과 정문 입구에 각각 설치되어 있었다. 병원으로 통하는 길이 오직 비탈길 한 곳뿐이라 두 대로도 충분했다.

본관 뒤편 옥외주차장에 주차를 마친 그는 차에서 내려 병원 안에 설치된 CCTV를 살펴봤다. 병원 앞마당에 설치된 것도 단 두 대뿐이었다. 병원 정문에서 본관 건물 입구와 화단을 비추는 것과 반대편 병원 안쪽에서 본관 건물 입구와 화단을 지나 병원 정문을 비추는 것. 이 CCTV 두 대에 사고 모습이 찍혔을 것이다. 경찰이 확인한 것도 이 CCTV 두 대였을 것이고.

그는 사고 현장인 본관 건물 앞 화단으로 걸어갔다. 화단에는 국화가 형형색색 피어 있었다. 연정은 왜 휠체어를 뒤로 밀었을까. 화단이 계단식으로 되어있어 아래로 떨어질 수 있다는 걸 모르진 않았을 텐데. 병원 화단을 오가는 사람은 없었다. 재활이 필요한 사람들에게 소소한 행복을 주려고 화단을 꾸민 듯했지만, 정작 환자들은 화단에서 꽃을 구경하기보다는 옥외주차장 한편에 마련된 등나무 아래서 담배를 태웠다.

본관 건물로 들어간 그는 1층 접수 데스크로 걸어가 번호표를 뽑았다. 주로 재활치료를 받으며 요양하러 입원하는 병원이라 그런지, 접수하려는 환자가 없어 접수 데스크 앞은 썰렁했다. 그는 텅 빈 접수 데스크로 걸어가 박연정이 서명한 의무기록 사본 발급 동의서 한 부를 건넸다.

"박연정 님 차트 복사 부탁합니다."

앞에 앉은 여자 직원은 대꾸도 없이 키보드를 두드렸다. 그에겐 익숙한 일이었다.

"정신건강의학과도 접수할까요?"

"정신건강의학과요?"

그가 고개를 번쩍 들었다.

"네. 두 번밖에 안 되긴 한데."

여직원이 무표정한 얼굴로 그를 올려다봤다.

"접수해 주세요."

그는 병원을 둘러봤다. 출입구 정면과 접수 데스크 앞에 CCTV가 있었다. 출입구 정면에 설치된 CCTV에 찍히지 않고 건물로 들어오는 방법은 없었다. 형사가 말한 면회객이 제법 뚜렷하게 나온 것도 출입구에 설치된 CCTV였다.

접수를 마친 그는 접수증을 들고 엘리베이터로 걸어갔다. 엘리베이터는 출입구 맞은편에 있었다. 엘리베이터 홀에는 엘리베이터 두 대가 나란히 있고, 그 옆에 비상계단 출입문이 있었다. 그는 면회객의 동선을 따라 비상계단 출입문을 열고 안으로 들어갔다. 유도등의 희미한 빛이 캄캄한 계단을 비추고 있었다. 이 경사가 말한 대로 비상계단에는 CCTV가 없었다. 면회객은 비상계단에 CCTV가 없다는 걸 미리 알고 있었던 것 같다.

연정이 입원했던 7층에서 문을 열고 밖으로 나갔다. 병동에는 엘리베이터 홀 앞에 있는 간호사 스테이션에 설치된 CCTV가 엘리베이터 홀을 비추고 있었고, 복도 양 끝에 설치된 CCTV가 간호사 스테이션 양옆으로 이어진 기다란 복도를 따라 줄지은 병실을 비추고 있었다. 그는 간호사 스테이션으로 걸어갔다.

"안녕하세요. 성심 손해사정에서 나왔습니다."

컴퓨터 앞에 앉아있던 간호사가 고개를 들었다.

"일주일 전에 일어났던 박연정 님 사고를 알고 싶어서 왔습니다."

"아아, 네."

간호사가 그를 알아봤다. 연정에게 면회 온 그를 본 모양이었다.

"그날 박연정 님께서 무슨 일로 밖에 나가셨는지 아시나요?"

그가 물었다.

"누군가가 찾아왔었어요."

간호사는 하던 일을 멈추고 대답했다.

"혹시 면회객 얼굴을 기억하시나요?"

"간호사실에 들리진 않아서 전 못 봤지만, 다른 간호사가 그분이 병실로 들어가는 뒷모습을 봤다고 했어요."

그가 병동을 둘러봤다. 연정이 입원했던 703호는 스테이션 바로 옆이라 병실로 오가는 사람들이 훤히 바라다보였다.

"혹시 같은 병실에 입원한 환자 중에 두 사람이 대화하는 걸 들은 사람은 없나요?"

"그러잖아도 형사님들이 오셔서 병실에 계신 분들에게 여쭤봤는데, 들어오자마자 '밖으로 나가자.'라고 말하는 목소리밖에 듣지 못했다고 했어요. 그러고는 휠체어에 태워서 곧장 밖으로 나갔다고 하고요."

그가 고개를 갸웃거렸다. 면회객은 자신의 정체를 들키지 않으려고 했던 것 같았다.

"남자 목소리였나요?"

그때, 다른 간호사 한 명이 다가왔다.

"박연정 님을 찾아오신 면회객 말씀이세요? 옆에 계셨던 환자분께서 남자인지 여자인지 모르겠다고 했어요. 그 환자분께서 형사님께도 그렇게 말씀하신 거로 알아요."

새로 다가온 간호사가 아는체하며 대화에 끼어들었다.

"옷차림도 헐렁한 데다 모자를 눌러쓰고 검은색 뿔테안경에 마스크까지 꼈으니 남자인지 여자인지 알 수가 없죠."

스테이션에 앉은 간호사가 덧붙여 말했다.

"병실에 CCTV는 없나요?"

"사생활 보호 문제로 병실에는 CCTV가 없어요. 그리고 많은 병실에 전부 CCTV를 설치하려면 비용 문제도 있고요."

맞는 말이었다. 그때 또 다른 간호사가 다가왔다.

"다른 목격자는 없나요?"

이제 막 무리에 끼어든 간호사가 머뭇거리며 입을 열었다.

조금만 고개를 돌려도

"박연정 님 사고 얘기 중인 거죠? 실은… 며칠 전에 경찰들이 다녀가고 나서 다른 병동에 있는 간호사와 밥을 먹는데 그 사고 얘기가 나왔어요. 그 간호사 말로는 여자인 것 같다고 했어요."

"여자요?"

"사고가 일어나기 전에 병원 화단을 지나고 있었는데, 두 사람이 대화하는 걸 들었대요. 사진을 찍어 주겠다고 하면서. ……더 뒤로 가라고 하면서요."

간호사의 눈동자가 불안하게 흔들렸다.

"그 얘길 형사한테도 말했나요?"

"아뇨. 안 했을 거예요. 왜요? 그게 중요하나요?"

"그게…….'

그는 검지로 이마를 긁적이며 말을 아꼈다.

"사고사로 종결될 거라는 소문이 돌았거든요. 그래서 굳이 말할 필요가 없겠다 싶었어요. 사진 찍다가 사고가 났구나 싶었든요. 그리고…….'

간호사가 동료 간호사들과 눈빛을 주고받았다.

"왜요? 또 뭐가 있나요?"

그가 물었다.

"그게… 누군가 찾아와 물어도 박연정 님 사고 얘긴 말하지 말라는 지시가 있었어요."

간호사가 쓴웃음을 지으며 말했다.

"지시요?"

그가 관심을 보이자, 스테이션에 앉은 간호사가 후배 간호사를 흘 끗거렸다.

"아참. 그날 아침에 스테이션으로 박연정 님이 몇 호실에 입원했 는지 알려달라는 전화가 왔었다고 했어요. 그분도 여자분이셨다고 하고요."

스테이션에 앉아있던 간호사가 뒤늦게 생각났다는 듯이 말했다. 생각지도 못한 정보였다. 간호사들이 한 말을 종합해 보면, 사고 직 전에 연정을 찾아온 면회객은 남자가 아닌 여자였다. 여자는 사고가 있던 날 아침에 병동으로 전화해서 연정이 몇 호실에 입원했는지 파악한 다음, 허둥대지 않고 곧장 병실로 찾아왔다. 그러고선 사진 을 찍어 준다고 꾀어 연정을 계단 앞에 세워뒀고, 연정에게 더 뒤로 가라고 지시한 뒤, 전화 통화를 하는 척 뒤돌아서을 것이다. 그러니 기지국 조사에서도 그 시간대 통화자 중에 박연정과 관련된 사람은 없었던 거고.

"감사합니다. 혹시 또 생각나시는 게 있으면 연락 주세요."

병동을 빠져나온 그는 외래 진료실이 있는 2층으로 내려가 정형 외과와 정신건강의학과에 가서 의무기록 사본 발급을 신청한 뒤, 1 층 접수 데스크로 내려갔다. 의무기록 사본 발급을 요청하는 사람이 그뿐이라, 기다리지 않고 사본을 받았다.

그는 대기 의자로 돌아와 앉았다. 5개월이 넘는 긴 입원 기간으로 진료기록 사본이 국어사전만큼이나 두꺼웠다. 두꺼운 진료기록을 훑어보던 그는 협진 기록지를 발견했다.

<CONSULTANT NOTE>

202X. 11. 07.
consultation for PS.
6개월 전 fall down한 환자로 타병원에서 post op.
paraplegia(하반신 마비)로 전원하여 본원에서 care 중입니다. 며
칠 전부터 insomnia(불면), anxiety(불안), agitation(초조) 호소하
오니 고진선처바랍니다.

FROM. OS 전재수.

202X. 11. 08.
PTSD R/O(외상후 스트레스 장애, 의증)로 지속적인 follow up(경과관
찰) 필요합니다.

FROM. PS. 정승태

11월 7일이라면 그가 연정을 두 번째로 찾아간 다음 날이었다. 그날, 연정은 처음 만났을 때와 다르게 초췌하긴 했었다. 연정에게 무슨 일이 있었던 걸까.

정신건강의학과 경과 기록지는 협진 기록지 바로 뒤에 있었다. 연정은 11월 8일과 사망 당일인 11월 10일 이틀 동안 정신건강의학과에서 진료받았다. 박연정의 죽음이 정신건강의학과 진료와 관련

있는 건 아닐까. 첫 번째 자살 시도에 실패하고 두 번째 시도에서 성공한 건 아닐까. 그게 아니라면, 평생 걷지 못하는 신변을 비관한 건 아닐까. 원칙적으로 자살은 보험금 지급 사유에 해당하지 않지만, 만약 자살할 정도로 스스로 제어할 수 없는 정신상태, 즉, 우울증 진단으로 오랫동안 치료를 받아왔다거나, 자살 직전 스스로 통제할 수 없을 만큼 급격한 감정 상태 혹은 정신이 명료하지 않아 본인도 어쩔 수 없는 감정 상태에서 벌어진 일이라는 의학적 판단이 있다면 자살이라 해도 예외적으로 보험금을 지급해야 한다.

그는 접수 데스크로 걸어갔다. 인기척에 여직원이 고개를 들더니 그를 보자, 귀찮은 듯 물었다.

"빠진 게 있나요?"

"아뇨. 정신건강의학과에 접수해 주세요."

여직원은 말없이 키보드를 두드리더니 접수증을 내주었다.

"2층으로 올라가세요."

그는 접수증을 들고 비상계단으로 성큼성큼 뛰어올라 정신건강의학과 외래 진료실로 갔다. 잠시 후, 진료실 앞에 부착된 모니터에서 여자 목소리 같은 기계음이 흘러나왔다.

"박연정 님 진료실로 들어오세요."

그는 진료실로 들어갔다.

"들어오세요. 어디서 오셨죠?"

진료실에는 40대 초반으로 보이는 남자 의사가 그를 맞이했다.

"다드림 손해보험으로부터 수임받은 손해사정 회사에서 나왔습니다. 박연정 님에 대해 여쭤보려고 왔습니다."

그는 의사 맞은편에 놓인 환자용 의자에 앉았다.

"네. 그러세요. 그 환자는 두 번밖에 진료받지 않았는데, 뭐가 그리 궁금하실까요?"

의사가 고개를 한쪽으로 기울이며 말했다.

"그게 진료 일자가 사망 직전이라서요. 이 병원에서 다섯 달 넘도록 입원했었는데, 그동안은 아무 문제 없다가 왜 갑자기 정신과 진료를 받았는지 궁금합니다."

그가 정중하게 물었다.

"아, 그러시구나. 첫 진료에선 사고 후 생긴 외상후스트레스 장애라고 생각했어요. 박연정 님 증상이 그랬거든요."

의사는 고개를 바로 세우며 팔짱을 꼈다.

"둘째 날 진료에선 그게 아닐 수도 있겠다는 생각이 들었어요. 그동안 몰랐는데 뭔가 잘못됐다는 걸 깨달았다고 했거든요."

의사가 검지로 안경을 올렸다.

"어떤 잘못이요?"

"글쎄요. 박연정 님께서 그건 말씀하지 않았어요. 환자들이 이 진료실에 온다고 해서 모든 걸 곧장 털어놓지는 않거든요."

"그럼, 왜 갑자기 잘못을 깨달았을까요?"

"저한테 진료받으러 오기 전날에 면회객이 왔나 보더라고요. 박연정 님께서 말하지 않아서 잘은 모르겠습니다만, 면회객이 다녀간 후로 심경 변화가 생긴 듯했어요."

다른 면회객이 찾아온 게 아니라면 의사가 말하는 면회객은 바로 그였다. 그를 만나고 연정이 깨달은 건 뭘까.

"그럼, 그 깨달음 때문에 잠도 자지 못하고, 불안해하고 초조했다는 거군요. 크게 심각한 건 아니었나 봐요?"

"자살할 만큼의 심각한 증상이 아니었냐고 묻는 거죠?"

"꼭 그런 건 아니지만, 큰 문제는 아닌 듯 보여서요."

그가 둘러댔다.

"글쎄요. 그 깨달음 때문에 PTSD와 유사한 증상을 보였어요. 눈도 잘 마주치지 못했고, 무기력했어요. 마치 범죄 피해자 같은 모습이랄까요."

그가 고개를 번쩍 들었다.

"범죄 피해요? 그럼, 자신이 범죄를 당했다는 걸 깨달았던 걸까요?"

"그냥 제 추측이라고 해두죠. 진료 두 번만으로 진단하기엔 아무래도 무리가 있거든요. 만약 소견서를 써달라고 하시면, 그 내용은 써줄 수가 없습니다. 보험회사는 의사 개인적인 소견도 서류에다 적어 공식화하려고 해서 참."

의사는 쓴웃음을 지으며 고개를 저었다.

"알겠습니다. 사고 당일 아침에는 어떤 낌새도 없었나요?"

"자살할 낌새 말이죠? 그런 건 없었습니다. 베란다에서 떨어진 사고도 자살 시도는 아니었을 거라는 게 제 생각이고요."

"확신하는 이유가 있습니까?"

그가 묻자, 의사가 피식 웃었다.

"자살을 생각할 만큼의 의지도 없었거든요. 삶과 죽음을 스스로 생각하고 판단할 수조차 없을 만큼 무기력한 상태였어요."

"그렇다면, 사망 직전의 상태와 사망사고는 무관하단 말씀이죠?"

"그렇다고 생각합니다. 공교롭게 시기가 맞아떨어지긴 했지만, 정말 우연히 발생한 사고입니다."

의사가 확신하듯 대답했다. 우연히 발생한 외래의 사고라. 보험회사에서 보험금을 지급하겠다고 정의하는 '보험 사고'와 맞아떨어졌다. 경찰도 면회객의 행적엔 의문을 품지 않고, 우연히 일어난 '사고'에 초점을 두고 있었다. 정신건강의학과 진료도 사망사고와는 관련이 없고, 자살도 아니었다. 면회객의 행적이 의심스럽긴 하나, 굳이 그가 나서서 일을 크게 만들 필요는 없었다. 그러니 경찰 수사만 마무리되면 그도 이쯤에서 끝내면 된다.

병원을 나온 그는 산복도로를 지나다 문득 이 근처에 박연정 아이가 지내고 있는 보육원이 있다는 게 생각났다. 엄마라고 불러보기도 전에 엄마를 잃은 아이. 그는 아이가 궁금했다. 아이는 어떻게 지내고 있을까. 그는 내비게이션에 보육원을 검색했다. 장현성이 말한 팔봉산에 있는 보육원은 병원에서 10분 거리에 있었다. 그는 보육원으로 차를 몰았다.

정확히 10분 후, 목적지에 도착했다는 안내음이 나왔다. 창밖을 보니 담벼락에 '더희망 보육원'이라고 적힌 간판이 걸려있었다. 밖에서 보면 시골 폐교처럼 보이는 보육원은 사방이 산으로 둘러싸여 마치 요새 같았다.

그는 보육원 담벼락 옆에 차를 세워두고 보육원으로 들어갔다. 보육원 입구를 지나자, 나무가 터널처럼 우거진 길이 보육원 건물로 이어져 있었다. 그는 현무암 판석이 깔린 길을 따라 보육원 건물 입구로 걸어갔다. 보육원 건물 앞에는 넓은 운동장이 있었다. 운동장에는 아이들이 뛰어놀고 있었다.

그는 보육원 건물 안으로 들어갔다. 건물에 들어서자, 왁자지껄한 아이들 소리가 터져 나왔다. 그가 어디로 가야 할지 몰라 주위를 두리번거리던 그때, 단발머리를 한 중년 여성이 다가왔다.

"무슨 일로 오셨습니까?"

중년 여성은 빨간색 뿔테안경 너머로 그를 위아래로 훑었다.

"박연정 님께서 보험 청구하신 일로 조사 중인 손해사정 회사 직원인데요. 박연정 님 아이를 좀 볼 수 있을까요?"

그가 쭈뼛거리며 물었다.

"저는 이 보육원 원장이에요. 그런데 무슨 일로 그러시죠?"

그가 제대로 잘 찾아온 모양이었다.

"지나가는 길에 박연정 님 아이가 이곳에 있다고 한 게 생각나서요."

원장의 미간이 씰룩거렸다. 고민하는 듯했다.

"따라오세요."

원장은 짧은 고민 끝에 그를 안으로 안내했다. 그는 원장을 따라 복도를 뚜벅뚜벅 걸어갔다. 아이들 소리로 복도는 시끌벅적했지만, 그와 원장 사이엔 엄숙함이 감돌았다. 원장은 복도 끝에서 걸음을 멈췄다. 돌아보니 복도로 나 있는 유리창으로 방이 훤히 들여다보였다. 그는 유리창으로 다가갔다.

"저 아이예요."

원장이 가리킨 곳에 손바닥만 한 등이 보였다. 이제 겨우 걸음마를 뗐을 것 같은 아이는 구부정하게 뒤돌아 앉아서 뭔가를 꼼지락거렸다. 아이를 보니 박연정이 생전에 어떤 사람이었건 간에 아이에게 보험금이 지급됐으면 좋겠다는 생각이 어렴풋이 들었다.

"아이 엄마가 죽었다는 소식은 들으셨죠?"

그가 아이에게 시선을 고정한 채 물었다.

"네? 그게 무슨 말씀이죠? 연정 씨가 죽었다고요?"

원장의 눈이 휘둥그레졌다.

"못 들으셨나요? 아이 아빠가 찾아오지 않았나요?"

"아이 아빠라뇨? 연정 씨는 미혼모예요."

원장이 단호하게 말했다. 장현성은 아직도 아이를 찾아오지 않은 모양이었다. 그래 놓고 아이를 위해서 보험금을 청구했다고 말했단 말인가.

"박연정 님과 종종 통화하셨죠?"

"그럼요. 최근까지 통화했었는데……. 연정 씨가 어쩌다…"

원장의 목소리가 파르르 떨렸다.

"최근이요? 박연정 님에겐 핸드폰이 없었을 텐데요?"

"사고로 입원한 후로는 병동에 있는 전화로 아이 안부를 물어왔어요."

"아."

그가 고개를 끄덕였다. 어쩌면 일부러 아이와 가까운 곳에 있는 병원에 입원했던 게 아닐까.

"박연정 님께 왜 병원에 입원하게 됐는지 아무런 얘기도 못 들으셨나요?"

원장이 고개를 돌려 그를 올려다봤다.

"뭘 알고 싶으신 거죠? 뭘 의심하시는지는 모르겠으나, 연정 씨가 고의로 보험금을 받으려고 하진 않았을 거예요."

"그게 무슨 말씀이죠? 아시는 거라도 있나요?"

그가 물었다.

"연정 씨를 알게 된 지 얼마 되지 않아서 연정 씨를 잘 안다고는 할 수 없겠죠. 하지만 직감이라는 게 있잖아요. 연정 씨를 볼 때마다 느껴졌던 것들…. 뭐랄까, 나쁜 사람은 아니란 생각이 들었어요. 오히려 가엽다고 해야 할까요."

원장은 아이에게로 다시 고개를 돌렸다.

"어떤 점에서요?"

"연정 씨가 보육원에서 컸다고 가엽게 생각하는 게 아니에요. 그보단 연정 씨한테 누구에게도 말하지 못하는 사정이 있는 것 같았어요. 도와주고 싶었는데, 자신이 위험에 처했단 걸 자각하지 못하는 것 같아서 관뒀는데……. 그때 저라도 도와줬어야 했나 봐요."

조금만 고개를 돌려도

원장은 흔들리는 목소리를 억누르며 간신히 말했다.

"그게 무슨 말씀이죠?"

"잘은 모르지만, 아이를 보육원에 보낸 게 연정 씨 자의가 아닌 것 같았어요. 연정 씨는 자신이 보육원에서 컸기 때문에, 아이만은 제 손으로 키우고 싶어 하는 눈치였거든요."

"그렇다면 직접 키우면 됐을 텐데요? 제가 알기로 박연정 님은 매일 집에 있었다고 했어요."

그는 박연정에게 조은희 사망으로 받은 거액의 사망보험금이 있었다는 말은 하지 않았다.

"물론 경제적인 이유도 있었겠죠. 하지만 그보다는 다른 이유로 아이를 맡기는 것 같았어요."

"무슨 이유죠?"

"친한 언니가 아이를 보육원에 보내라고 했대요."

"친한 언니라고요?"

그가 깜짝 놀라 눈을 크게 떴다. 그 순간, 머릿속에서 '조은희'라는 이름이 떠올랐다.

"혹시 그 사람이 조은희 씨인가요?"

"그쪽도 아시는군요?"

"조, 조금이요. 계속 말씀해 주시겠어요?"

그가 떨리는 목소리로 말했다.

"연정 씨가 아이를 키우고 싶고, 키울 수 있다면, 언니 의사와 상관없이 아이를 키우라고 했더니 안 된다고 하더라고요. 언니가 시키는 대로 해야 한다고요."

"왜죠?"

"경제적인 도움을 받고 있다고 했어요. 그러니 계속해서 도움을 받으려면 시키는 대로 할 수밖에 없는 상황이지 않았을까요? 그래서 제가 스스로 일을 해서 상황이 좋아지면 아이를 데려가라고 했더니 일도 할 수 없다고 하더라고요."

"왜요?"

"그 언니가 집 밖에 나가지 못하게 하는 것 같았어요. 그래서 어쩌다 허락을 받은 날에야 아이를 보러 왔어요."

연정이 그에게 한 말과 같았다.

"그 언니라는 사람은 왜 아이를 보육원에 보내라고 했을까요?"

"글쎄요. 그건 제가 알긴 어렵군요."

원장은 난처한 얼굴로 고개를 저었다.

"단지 그 이유만으로 박연정 님이 위험한 상황에 있다고 생각하신 건가요?"

"단지 그 이유라니요. 성인이라면 누구에게나 당연한 일임에도 연정 씨는 스스로 제 삶을 결정할 수 없었어요."

원장이 한 말이 사실인지도 모른다. 하지만 조은희는 박연정이 베란다에서 뛰어내리기 한 달 전에 이미 죽었다. 자신을 옥죄던 사람이 죽은 데다 사망보험금도 받았으니, 아이를 얼마든지 데려올 수도 있었다. 하지만 연정은 그러지 않았다. 겉으로 드러난 진실은 그렇다 해도 그는 원장이 한 말을 믿고 싶었다. 정신건강의학과 의사도 연정이 뭔가 잘못됐음을 최근에 깨달은 것 같았다고 했다. 대체 연정에게 어떤 어려움이 있었던 걸까.

"그렇군요. 말씀 감사합니다. 혹시 또 연정 님에 대해 생각나시는 게 있으면 연락 부탁드립니다."

그가 원장에게 명함을 건넨 뒤, 뒤돌아섰다.

"저보다는 연정 씨가 성장한 보육원 원장님께서 연정 씨를 더 잘 알지 않을까요? 정 궁금하시면 그리로 가보세요."

원장이 말했다. 맞는 말이었다.

"박연정 님이 지냈던 보육원이 어딘지 아시나요?"

그가 뒤돌아보며 물었다.

"하서구에 있는 꿈자람 보육원이라고 들었어요."

원장은 현관까지 그를 배웅했다. 자신이 위험에 처한 줄도 모르고 살던 연정은 그가 찾아간 이후로 뭔가 잘못됐음을 깨달았다. 그리고 깨달음을 얻은 지 사흘 만에 죽었다. 뭔가를 깨달은 연정은 정신건강의학과에서 진료받아야 할 만큼 힘들었던 것 같다. 힘든 연정을 찾아온 여자는 누굴까. 그 여자는 무슨 일로 연정을 찾아왔고, 왜 아무런 말도 없이 홀연히 사라진 걸까.

연정이 보육원을 퇴소한 건 2년 하고도 6개월 전이었다. 그중 1년 반 동안은 집에서 나오지 않았고, 6개월은 병원에서 지냈다. 연정이 사람들을 만나며 지낸 건 보육원에서 지낼 때와 보육원에서 퇴소한 직후 6개월 정도까지였다. 그렇다면 면회객이 누군지 연정이 자란 보육원 원장이라면, 알 수 있지 않을까.

다음 날, 그는 연정이 어린 시절을 보낸 꿈자람 보육원에 갔다. 보육원은 연정이 살았던 아파트에서 멀지 않은 곳에 있었다. 내비게이션은 사암 지하철역 출구가 있는 큰길 맞은편 주택가를 가리켰다.

내비게이션 안내를 따라 목적지에 도착한 그는 골목길에 주차하고 차에서 내렸다. 꿈자람 보육원은 주택가 한가운데 있었다. 그가 담벼락에 가까이 다가가자, 안이 훤히 들여다보였다. 보육원 앞마당 한편의 화단에는 꽃들이 피어 있었고, 다른 한편에는 커다란 미끄럼틀이 있는 놀이터가 있었다. 놀이터에는 아이들이 시끌벅적 뛰어놀고 있었다.

그는 보육원 정문을 지나 화단 사잇길을 따라 아이들이 생활하는 생활동 건물로 들어갔다. 그가 입구로 들어서자, 단정하게 차려입은 여인이 다가왔다.

"어떻게 오셨어요?"

"원장님을 좀 뵐 수 있을까요?"

여인은 해사하게 웃으며 따라오라고 했다. 그는 여인을 따라 복도 끝 원장실로 들어갔다. 원장실 안에는 아무도 없었다.

"앉으세요."

여인은 2인용 둥근 탁자를 가리켰다.

"마실 것 좀 드릴까요?"

여인이 책상 옆으로 걸어가며 물었다. 책상 옆에는 커피포트와 커피믹스, 녹차티백 등을 놓아둔 자그마한 탕비 공간이 마련되어 있었다.

"괜찮습니다."

그의 대답에도 여인은 녹차 티백을 우려낸 찻잔을 들고 와 앞에 앉았다.

"무슨 일로 오셨어요?"

앞에 앉은 여인이 원장인 모양이었다.

"2년 전에 퇴소한 박연정 님에 대해 알고 싶어서 왔습니다."

"연정이요?"

원장이 동그랗게 눈을 뜨며 되물었다.

"연정이 하고는 어떻게 아는 사이죠?"

"박연정 님께서 보험금을 청구하셔서 조사하고 있습니다."

그가 대답했다.

"보험회사에서 나오셨군요. 그런데 연정이가 보험에 가입했다고요?"

원장은 고개를 갸웃거렸다.

"네. 올해 1월 말에 가입하셨습니다."

"아, 그렇군요. 그런데 연정이가 무슨 일로 보험금을 청구한 거죠?"

"베란다에서 떨어져 크게 다쳤습니다. 그리고… 12일 전에 사망하셨고요."

그가 조심스레 대답했다.

"네? 지금 뭐라고 하셨어요? 사, 사망이요? 연정이가 죽었다고요?"

원장은 녹차를 마시려다 말고 컵을 내려놓았다. 원장의 손이 파르르 떨리고 있었다.

"어쩌다… 연정이가……."

원장의 눈시울이 금세 붉어졌다.

"베란다에서 떨어졌을 때 많이 다쳤어요. 그래서 여섯 달 동안 병원에 입원했었고요. 그러다 2주 전에 병원에서 휠체어에 탄 채로 굴러떨어졌습니다."

"하. 맙소사. 잘 살길 바랐는데……."

원장은 두 눈을 질끈 감았다.

"…그래서 뭘 알고 싶어서 오신 거죠?"

원장이 떨리는 목소리로 물었다.

"박연정 님이 이곳에서 생활할 때 어땠는지 알 수 있을까요?"

"연정이는 여섯 살 때 보육원에 왔어요. 그러니까 부모로부터 버림받았다는 걸 인지할 수 있는 나이였죠."

원장은 자리에서 일어나 캐비닛으로 걸어가더니 바인더 하나를 들고 와 자리에 앉았다. 바인더 안에는 박연정에 관한 기록들이 꽂혀있었는데, 원장은 그중에서 그림 한 장을 꺼내 보여줬다.

"연정이가 여덟 살 때 그린 그림이에요."

커다란 나무 아래 앉아있는 여자아이를 그린 그림이었다. 우스꽝스럽게도 크고 튼튼한 나무가 꼭 사람 같았다.

"뭘 그린 것 같으세요?"

"글쎄요."

그가 고개를 갸웃거렸다.

"나무는 연정이 오빠예요. 연정이는 나무 그늘에 앉아있고요. 연정이가 보육원에 올 때 오빠와 함께 왔어요. 그나마 오빠가 있어 연정이에겐 나무 그늘이 있었던 거죠. 연정이보다 네 살 많았던 오빠는 연정이보다 4년 먼저 퇴소했어요. 규정이 그렇거든요. 만 18세가 되면 퇴소해야 해요. 혼자 힘으로 자립하기엔 아직은 어린 나이죠."

원장이 깊은 한숨을 내쉬었다.

"그래도 연정이 오빠 씩씩했어요. 어쩌면 연정이 때문에라도 용기를 냈던 건지도 몰라요. 저도 아직 세상 물정 모르는 나이면서 동생이 퇴소하고 나면 함께 살 집을 마련해야 한다는 책임감이 그 아이 어깨를 짓눌렀던 것 같아요. 그래서 어느 공장에서 하루에 열다섯 시간씩 일했다고 하더라고요."

그는 잠자코 연정이 그린 그림을 바라봤다.

"2년 만에 차가운 시신으로 돌아왔어요. 하루 열다섯 시간씩 일하다 보니 피로가 누적된 거죠. 깜빡 잠이 들었고 기계에 끼었다고 하더라고요."

원장은 눈을 질끈 감았다.

"빈소도 없이 겨우 장례만 치러줬어요. 찾아올 사람이 없으니까요."

그는 고개를 끄덕였다.

"그 아이가 죽고 남은 건 3천만 원이 든 통장이었어요. 동생과 함께 살 집을 마련하려고 2년 동안 안 먹고 안 쓰고 모았던 거예요. 그 돈을 제가 들고 있다가 연정이가 퇴소할 때 줬어요. 그 돈으로 원룸 정도는 구할 수 있었을 거예요."

그는 눈을 찡그렸다. 연정은 돈이 없어 조은희라는 언니가 구해준 집에 살고 있다고 했다.

"혹시 박연정 님에게 준 통장 계좌번호 기억하시나요?"

"그럼요. 저와 계좌도 만들고, 퇴소하기 전까지 제가 보관했었으니까요."

원장은 바인더를 한참 동안 뒤적거렸다.

"여기 있네요. 혹시나 하고 통장 사본을 보관해 뒀거든요."

원장은 통장 앞면을 복사한 종이를 보며 말했다.

"조은은행 계좌에요."

"혹시 뒷번호가 7896253 맞나요?"

그의 물음에 원장이 고개를 번쩍 들었다.

"보험금 청구서에 이 계좌번호를 적으셨거든요."

"아직도 그 계좌를 쓰고 있나 보네요."

그는 머리가 복잡했다. 연정이 말한 대로라면 원장이 말한 계좌는 조은희가 가지고 있다고 했다.

"혹시 조은희 씨라고 아시나요? 박연정 님 말로는 이곳에 봉사활동하러 왔었다고 하던데."

"은희 씨요? 그럼요. 알죠. 연정이 퇴소를 앞두고 은희 씨가 봉사하러 왔어요. 그때 둘이 친해진 것 같더라고요. 연정이가 퇴소할 때, 걱정하는 제게 은희 씨가 도와주기로 했다고 했어요."

원장이 부드러운 미소를 지었다.

"조은희 씨는 어떤 사람이었나요?"

"좋은 사람이었어요. 씩씩하고 싹싹했어요. 생글생글 웃는 모습이 어찌나 이쁜지 주변 사람들에게도 행복을 주는 그런 사람이에요. 연정이한테 좋은 언니가 생긴 것 같아 마음이 놓였었고요."

"박연정 님이 퇴소한 후에도 봉사 활동하러 왔었나요?"

그가 물었다.

"아뇨. 연정이가 퇴소하고부터는 오지 않았어요. 듣기로는 역 앞에 있는 노숙인 쉼터로 봉사 활동 간다고 하더라고요. 그런데 왜 그러시죠?"

원장이 바인더를 덮으며 물었다.

"조은희 씨도 7개월 전에 사망하셨거든요."

원장의 눈이 휘둥그레졌다.

"아니… 어쩌다……."

원장의 얼굴에 혼란스러운 기색이 나타나더니 잠시 후 얼굴빛을 바로잡으며 말했다.

"그럴 리가요. 7개월 전이라면… 그즈음에 원생 중 한 아이가 은희 씨를 만났다고 했어요."

"그때가 정확히 언젠지 기억나시나요?"

그가 눈을 번쩍 뜨며 물었다.

"잠깐만요."

원장은 밖으로 나가더니 잠시 후 사내아이를 데리고 들어왔다.

"이 아이가 학교 마치고 걸어오는 길에 은희 씨를 봤다고 했어요."

그가 사내아이를 올려다봤다. 그와 체격이 비슷한 중학생 사내아이였다.

"너, 혹시 조은희 씨를 본 게 언젠지 기억나니?"

그가 물었다.

"중간고사 마지막 날이었어요. 시험 기간이라 일찍 마쳤거든요."

사내아이는 고개를 끄덕이며 작은 목소리로 대답했다.

"중간고사 마지막 날?"

"네. 4월 마지막 주였어요."

그는 심장이 덜컹 내려앉았다. 4월이라면, 조은희가 죽고도 한 달이나 지난 때였다.

"네가 본 사람이 정, 정말 조은희 씨가 맞았니?"

"네. 확실해요. 인사도 했거든요."

"몇 시쯤이었는지도 기억나니? 어디서 봤는지도."

그가 다급하게 물었다.

"1시 조금 안 됐을 때였어요. 사암 중학교에서 큰길로 내려가는 골목에서 봤어요."

사암 중학교라면 연정이 살던 아파트 바로 옆이었다.

"혹시 그날이 4월 25일이 맞을까?"

그의 물음에 원장이 탁자에 놓인 달력을 넘겨 아이에게 내밀었다.

"맞아요."

아이가 대답했다. 그의 심장이 터질 듯이 달음박질했다. 연정이 사고가 났던 시각은 12시 30분이니 1시라면, 연정의 집에서 빠져 나가던 참이란 계산이 나왔다. 그렇다면 동영상 속 여자가 정말 조은희란 말인가.

"연정이가 은희 씨와 무슨 일이 있었나요?"

원장이 걱정스러운 얼굴로 물었다.

"아, 아닙니다. 아직은 확인하는 중이라서요. 좋은 정보 감사했습니다."

보육원에서 나와 차에 올라탄 그는 먹다 남은 생수병을 열어 입에 털었다. 덜컹거리는 가슴이 진정되질 않았다. 조은희가 살아 있단 말인가. 박연정이 한 말도 모두 사실이란 말인가.

그때, 메시지 알림음이 울렸다.

[SNS 확인해 보셨어요?]

승현이 보낸 메시지였다. 알림창을 내려보니 일에 정신 팔려 미처 확인하지 못한 알림들이 쌓여있었다. 그중 SNS 알림 메시지를 누르자, 그가 쓴 게시글로 연결됐다. 글에는 많은 댓글이 달려있었다.

미궁 속으로

[고현역 뒷골목에서 봤어요.]

[고현동에 있는 GU 편의점 알바생 같아요.]

.

.

.

[고현역 인근 고시원에 사는데, 고시원에서 비슷한 사람을 봤어요.]

그는 백 여건에 가까운 댓글을 하나씩 읽었다. 장난스러운 댓글도 제법 그럴듯한 목격담도 있었다. 그는 많은 댓글에 공통으로 확인되는 '고현역'을 검색해 보았다. 차로 두 시간이나 떨어진 지역으로 그가 한 번도 가본 적 없는 곳이었다. 아무런 연고도 없는 곳에 지애가 있을 리 없었다. 그가 댓글들을 하나씩 검증하던 그때, 전화벨이 울렸다. 승현이었다.

"응. 승현아. 잘 지냈지?"

"네. 오빠. 댓글 봤어요?"

승현이 한껏 들뜬 목소리로 말했다.

"응. 보고 있었어."

그가 대답했다.

"아무래도 지애가 고현동에 있는 것 같아요."

승현이 희망에 찬 목소리로 말했다.

"지애가 거길 어떻게 알고 가겠어? 나도 조금 전에 검색하고서야 그런 곳이 있는 줄 알았는데."

그는 룸미러를 보며 머리카락을 매만졌다. 그가 아는 한 지애는 한 번도 강산시를 벗어나 본 적이 없는 데다 낯선 지역에 갈 이유 또한 없었다.

"동기 중에 지애를 본 것 같다는 애가 있어요. 지애랑 친하지 않았던 애라 지애가 맞는지는 긴가민가하다곤 하는데, 그 애가 본 곳도 고현동에 있는 편의점이었어요."

"흠. 그래?"

그는 한 손으로 턱을 쓸었다.

"오빠가 한 번 가보는 게 어때요? 정말 지애일 수도 있잖아요."

승현이 말했다. 시계를 보니 2시였다. 왕복 다섯 시간은 걸릴 터라 지금 다녀오려면 오후에 하려고 했던 일들을 모두 내일로 미뤄야 한다. 그렇다고 주말까지 기다리기엔 사흘이나 더 기다려야 했다.

"알았어. 가볼게."

그는 영 내키지 않았지만, 한번 가보기로 했다. 전화를 끊고 나자, 승현이 지애를 봤다던 편의점 주소를 보내왔다.

[거산시 **구 고현동 GU26 대학로점]

그는 내비게이션에 편의점 주소를 입력한 뒤 곧장 출발했다. 쭉 뻗은 고속도로를 따라 남쪽으로 내려가다 보니 뒤엉켰던 머릿속도 정리되었다. 박연정은 고의로 베란다에서 뛰어내렸고, 갑작스럽게 일어난 사고로 죽었다. 조은희와의 관계는 둘만의 사적인 문제이니 그는 참견할 필요가 없다. 그는 지애를 찾으러 다녀와서 오늘 밤에 박연정 건을 종결하기로 마음먹었다. 더 고민해 봐야 시간만 지체될 뿐이었다.

두 시간 만에 목적지에 도착했다. 편의점에서 조금 떨어진 공영주차장에 주차를 마친 그는 편의점으로 걸어갔다. 대학가 앞이라 그런지 지애 또래의 많은 대학생이 거리를 오갔다. 그는 학생들을 지나쳐 편의점 앞으로 다가갔다. 막상 두 시간이나 걸려 달려와 놓고 선뜻 들어갈 용기가 나지 않았다. 입이 바싹바싹 말랐다. 그는 넌지시 유리문 너머로 계산대를 봤다. 계산대에는 편의점 마크가 찍힌 조끼를 입은 남자 아르바이트생이 계산하고 있었다.

그는 편의점 안으로 들어갔다. 둘러봐도 남자 아르바이트생 말고 다른 아르바이트생은 보이지 않았다. 그는 온장고에서 캔 커피를 꺼내 들고 계산대로 갔다. 아르바이트생이 능숙한 동작으로 바코드를 찍었다.

"1,800원입니다. 카드는 앞에다 꽂아…"

"저기."

그가 아르바이트생의 말을 자르며 조심스레 입을 열었다.

"네?"

"여기에서 일하는 또 다른 아르바이트생이 있나요?"

그가 카드를 꺼내 카드단말기에 꽂으며 물었다.

"다른 시간대에 있는 거로 알아요. 주말에만 하는 사람도 따로 있고요."

조금만 고개를 돌려도

아르바이트생은 대수롭지 않게 대답했다.

"그중에 여자도 있나요? 김지애라고, 사람을 찾는데요."

그는 하고 싶은 말이 정리되지 않은 채 터져 나왔다.

"글쎄요. 이름은 모르는데요."

"그럼 혹시, 알아볼 방법은 없을까요?"

그가 단말기에서 카드를 뽑으며 물었다.

"그럼, 사장님께 여쭤보시든…"

그때 마침 걸려 온 전화벨이 또다시 아르바이트생의 말을 끊었다. 다드림 손해보험 담당자, 이윤재에게서 걸려 온 전화였다.

"자, 잠깐만요."

그가 한 손을 들며 전화를 받았다.

"김지섭입니다."

"박연정 님은 왜 아직도 처리가 안 되고 있어요?"

이윤재가 다짜고짜 물었다.

"아직 조사 중입니다."

그가 화를 억누르며 대답했다. 사망보험금 조사를 수임받은 지 이제 겨우 6일째인데, 아직도 처리가 안 되었다니.

"경찰 조사도 끝났다는데, 뭘 더 조사하겠다는 거예요?"

"경찰 조사가 끝났다고요? 어떻게요?"

"사고사로 종결됐답니다."

하루 종일 책상 앞에만 앉아있는 이윤재는 대체 어디서 그런 말을 들었을까. 게다가 불과 이틀 전에 경찰서에 방문했을 때만 해도 아직 처리 중이라 하지 않았던가.

"고객님께서 금융감독원에 민원을 넣었어요. VOC도 아니고, 금감원 민원이요. 그러니 오늘 바로 종결해 주세요."

이윤재가 한숨을 푹 내쉬었다. 금융감독원에 접수된 민원은 보험사의 아킬레스건이자, 이윤재 실적에 반영되어 진급에 영향을 미쳤다.

"알겠습니다. 종결하죠. 그런데 제가 지금 멀리 외근을 나와서요. 사무실에 들어가면 7시가 넘을 것 같아요."

민원에 벌벌 떠는 담당자가 한심해 보이긴 했지만, 빨리 종결하는 게 그에게도 좋았다.

"안 됩니다. 지금 바로 사무실로 들어가서 처리해 주세요."

그가 한숨을 내쉬며 아르바이트생을 힐끔 봤다. 아르바이트생은 곁눈질로 그를 주시하고 있었다.

"아니, 사망보험금 처리기일은 이제 겨우 6영업일밖에 안 됐잖습니까? 약관상으로 아무 문제가 없어요."

"후유장해 진단금은요?"

"……"

그는 대답하지 못했다. 두 건을 한꺼번에 처리하려고 들고 있었던 게 어느덧 20영업일째였다.

"그리고 고객님께서 민원을 넣을 줄 몰랐나요? 그런 낌새가 있었을 텐데요. 왜 말씀 안 하셨어요?"

"아뇨. 전혀 그런 낌새 없었습니다."

장현성은 아이 때문에 보험을 청구했을 뿐 자기는 아무런 관심이 없는 듯이 행동했다. 물론 그렇게 연기했을 것이다. 사람들은 돈 앞에서 자신의 욕망을 고스란히 드러내지 않는 법이니까.

"늦더라도 오늘 중으로 꼭 보고서 올려주세요. 내일 아침에 출근하면 제일 먼저 처리할 테니까요. 그리고 고액이라 고객님 계좌번호도 다시 한번 확인해 주시고요."

"알겠습… 자, 잠깐만요. 저기, 설계사 조은희 사망보험금이 박연정 님 계좌로 지급됐다고 했죠?"

"네. 그런데요?"

이윤재가 귀찮은 듯 물었다.

"보험 청구는 누가 하신 거죠?"

수화기 너머로 마우스 딸깍거리는 소리가 몇 번 들리더니 이윤재가 말했다.

"박연정 님이 했어요."

"청구서에 적힌 이름이 박연정 님이란 말씀이죠? 혹시 조은희 씨 사망보험금이 지급된 박연정 님 계좌번호 좀 확인해 주시겠어요?"

"조은은행 7896253으로 끝나는 계좌에요. 저기, 김 대리님. 이제 더는 조사하시지 않으셔도 됩니다. 오늘까지 꼭 종결해 주세요."

이번에도 조은희가 들고 있다던 바로 그 계좌였다.

"알겠습니다. 하나만 더 부탁드려도 될까요? 조은희 씨 보험 청구서와 박연정 님께서 보험에 가입할 때 작성하신 계약서 좀 전산에 올려주세요. 마지막으로 그것만 확인하고 오늘 중으로 꼭 보고서 전송하겠습니다."

이윤재는 귀찮아하는 목소리로 그러겠다고 말한 뒤 전화를 끊었다. 그는 손에 쥔 캔 커피 뚜껑을 열어 벌컥벌컥 들이켰다. 계약서에 적힌 서명이 박연정 필체가 맞는지 아닌지 확인하면, 자기가 가입한 게 아니라는 연정의 말이 거짓말인지 아닌지 알게 될 것이다.

캔 커피를 모두 비우고 나자, 뒤통수가 따끔거렸다. 아르바이트생이 그를 흘깃거리고 있었다. 그는 비스킷 하나를 집어 들고 계산대로 다가갔다.

"아까 말하던 거요. 사장님 말이에요."

"네. 1,600원이요. 카드는 앞에 꽂아주세요."

"사장님 연락처 좀 알려주시겠어요? 사장님께 여쭤볼게요."

그는 카드를 다시 카드단말기에 꽂았다.

"네. 여기요."

아르바이트생은 메모지에 전화번호를 적어 주었다. 그는 편의점 사장 연락처를 받아 들고서 서둘러 사무실로 향했다.

퇴근 시간이 겹치는 바람에 8시가 다 되어서야 사무실에 도착했다. 왕복 다섯 시간 넘게 운전했더니 발걸음을 뗄 때마다 온몸의 관절이 삐거덕거렸다. 마음 같아서는 곧장 퇴근해 집으로 가고 싶었지만, 그럴 수 없었다. 약속한 박연정 수임 건을 종결해야 했다. 금감원 민원은 그가 속한 회사 실적에도 반영되어 앞으로의 수임 건수에 영향을 미쳤다.

빌딩엔 모든 불이 꺼져있었다. 다른 사무실이 모두 퇴근한 시간이었다. 그는 주차를 마치고 엘리베이터를 타고 2층으로 올라갔다. 곧이어 엘리베이터 문이 열리자, 그는 캄캄한 복도로 터덕터덕 걸어 나갔다. 그때, 어둠 속에서 그에게 날아든 시선이 느껴졌다. 주위를 둘러봤다. 창문이 없는 복도엔 어떤 빛도 들지 않아 아무것도 보이지 않았다. 피곤한 탓에 헛것이 느껴진 걸까. 그는 다시 발걸음을 뗐다. 어서 보고서를 전송하고 집에 가서 쉬고 싶었다.

사무실 앞에 다다른 그가 도어 록을 열고 번호를 누르려던 그때였다.

"김지섭 씨."

어둠 속에서 한 남자가 그를 불렀다. 돌아보니 검은 그림자가 눈앞에 짙게 드리웠다. 남자는 코앞에 있었다.

"누, 누구세요?"

그는 사무실 문을 등지고 엘리베이터 쪽으로 돌아섰다. 비상계단과 복도 끝에도 사람 형체가 아른거렸다. 한 사람이 아니라 세 사람이었다. 두 사람도 그에게 다가왔다. 그는 꼼짝하지 않고 멈춰 섰다. 남자들이 그를 에워쌌다.

"김지섭 씨. 당신을 김지애 씨 존속살해 혐의로 체포하겠습니다. 당신은 묵비권을 행사할 권리가 있고, 당신이 하는 말은 불리한 증거가 될 수 있으며, 변호사를 선임할 권리가 있습니다."

남자들이 그를 붙들었다.

"살, 살해요?"

심장이 곤두박질쳤다. 살해라니. 대체 그게 무슨 말인가. 그는 눈앞이 캄캄했다.

"김지섭 씨. 저희와 함께 경찰서로 가주셔야겠습니다."

모럴
해저드

❀ ❀ ❀

　　그는 형사들 손에 이끌려 승합차에 올라탔다. 그를 체포한 형사는 다름 아닌 지애 실종신고를 했던 이재수 경장이었다. 그의 양옆에 형사들이 앉았다. 그는 형사들 가운데 끼어 앉아 창밖을 보았다. 어둠이 내려앉은 도로에 붉은색 브레이크등이 핏물이 흐르는 듯 줄지어 있었다. 대체 어떻게 된 일일까. 가출로 처리할 것처럼 하더니 그동안 수사를 했던 걸까. 동생을 살해했다니. 대체 무슨 근거로 그런 말을 하는 걸까. 설마 지애 시신을 찾은 걸까.

　　잠시 후, 그가 탄 승합차가 하서경찰서 앞마당으로 들어갔다. 그는 형사들에게 붙들린 채 차에서 내렸다. 형사들이 그를 에워쌌다. 형사들에 이끌려 경찰서 안으로 들어가자, 복도를 메운 엄숙한 공기가 그를 짓눌렀다. 그는 절로 어깨가 움츠러들었다.

　　그는 3주 전, 실종 신고할 때 앉았던 그 의자에 앉았다. 형사들이 그를 둘러쌌다.

　　"동생을 왜 죽였습니까?"

이 경장이 눈을 번뜩이며 물었다.

"동생을 죽이다뇨? 제가 동생을 왜 죽이겠습니까?"

그가 형사들을 돌아보며 되물었다.

"그럼, 김지애 씨는 지금 어디에 있습니까?"

이 경장의 날카로운 눈빛이 그의 눈을 파고들었다.

"그걸 알면 제가 실종신고를 왜 했겠습니까?"

그가 목소리를 높였다.

"7개월 전부터 김지애 씨 생활반응이 전혀 없습니다. 김지섭 씨가 집을 나갔다고 주장한 지 두 달쯤 지난 후부터요."

"맞아요. 그래서 실종신고를 한 거라구요."

이 경장이 코웃음을 쳤다.

"이봐요. 김지섭 씨. 그러면 왜 곧바로 실종신고를 하지 않은 거죠? 김지섭 씨 주장대로라면, 김지애 씨가 1월 28일에 집을 나갔고, 3월 25일에 핸드폰이 꺼졌습니다. 실종신고를 한 건, 11월 3일이고요."

"……"

그는 아무 말도 할 수 없었다. 일에 정신 팔려 시간이 가는 줄 몰랐단 걸 형사가 이해해 줄 리 없었다.

"동생을 살해하고 3월 25일까지 두 달 동안 시신을 유기하고 범행 현장을 치운 거죠? 시신을 유기하는 과정에서 찍혔을지 모를 CCTV 저장 기간 때문에 10개월이나 지난 후에야 실종신고를 했던 거고요."

조금만 고개를 돌려도

"아닙니다! 대체 무슨 말씀을 하시는 겁니까!"

참다못한 그가 소리쳤다.

"그게 아니라면, 동생이 사라졌는데도 대체 왜 신고를 하지 않은 거죠?"

이 경장이 주먹으로 책상을 내리쳤다.

"싸웠어요. 싸우고 나갔으니, 당분간은 집에 오지 않을 거로 생각했고요."

"싸웠다고요? 무슨 일로 싸웠죠?"

이 경장의 눈이 번뜩였다.

"돈 때문에요. 돈 때문에 싸웠어요."

지애가 그릇을 던지듯 식탁에 내려놓았다.

"대체 돈 언제 줄 거야?"

지애가 얼굴을 찡그리며 말했다.

"하루 종일 일하다 들어온 거 안 보여? 꼭 그렇게 돈 얘기부터 해야겠어?"

바쁘게 돌아다니느라 온종일 굶은 그는 신경이 바짝 곤두섰다.

"내가 등록금 달라고 한 게 언젠데, 왜 아직 안 주냐고. 오늘이 등록 마지막 날이란 거 몰라?"

그도 알고 있었다. 지애 등록금을 줘야 한다는 사실은 일하는 내내 어깨를 짓눌렀다. 하지만, 지애에게 내어줄 돈이 없었다.

"엄마 사망보험금 다 어쨌어? 그 돈이 다 오빠 거야? 그럴 거면,

내 돈 줘. 내 앞으로 나온 보험금 달란 말이야!"

지애가 소리쳤다.

"그동안 학비에다 학원비, 생활비로 다 썼는데, 네 돈이 어딨어? 네가 돈을 얼마나 쓴 줄 알아? 그동안 네가 용돈 달라는 대로 다 줬잖아. 너, 저기 있는 명품 가방이랑 화장품들 다 엄마 보험금으로 산 것들이잖아."

지애는 외모를 꾸미는 데에 많은 돈을 썼다. 대학생 형편에 맞지 않는 명품을 사들였다. 지애 카드값을 해결하는 건 언제나 그의 몫이었다. 어떤 때는 그의 한 달 수입이 지애 가방 하나에 고스란히 들어갔다.

"도대체 어쩌려고 그래? 대체 언제까지 네 뒤치다꺼리를 해야 하냐고?"

"뭐? 뒤치다꺼리? 내가 돈을 많이 써서 없는 거라고? 거짓말하지 마. 오빠가 엄마 보험금으로 주식이랑 코인에 손대서 돈이 없는 거잖아. 그거 지금 어떻게 됐어? 어떻게 됐냐고!"

그는 아무런 대꾸도 하지 못했다. 지애 말이 맞았다. 지애가 많은 돈을 쓴 건 맞지만, 등록금을 낼 수 있을 만큼은 남아있었다. 문제는 돈을 향한 그의 욕망이 자꾸만 커지는 데 있었다.

"이제야 알겠네. 다 날린 거지? 그래서 더 작은 집으로 이사 가자고 했던 거잖아. 오빠의 그 돈 욕심 때문에 엄마, 아빠 목숨값을 다 날려버린 거야!"

지애 말이 맞았다. 돈. 모든 게 다 돈 때문이었다.

"지금 당장 주식도 코인도 처분해. 남은 돈이라도 달란 말이야. 학교는 가야 할 것 아니야."

진저리가 났다. 지애와 하는 모든 대화는 돈으로 귀결됐다.

"안돼. 다시 오를 때까지 처분할 수 없어. 월급날까지만 기다려."

그는 고개를 저었다. 지금 팔기엔 아까웠다. 언젠간 오를 거라는 희망이 그의 발목을 잡았다.

"등록일이 오늘까진데, 어떻게 월급날까지 기다려!"

그는 한숨을 내쉬었다.

"그럼, 네가 나가서 다른 애들처럼 아르바이트라도 하던가!"

"결국, 그게 불만이구나? 아르바이트라도 해서 용돈이라도 벌어서 쓰라고? 오빠 번 돈으로 우리 생활비를 내는 게 그렇게 아까웠구나? 그래. 알았어. 그렇게 내가 쓰는 돈이 아까우면 내가 이 집에서 나가줄게."

그렇게 지애는 가방 하나 들고 집을 나갔다. 지애가 없으니, 한동안은 속이 시원했다. 부모님이 돌아가신 후로 처음으로 마음이 편안했다. 누군가의 보호자가 되는 일은 너무나 버거웠다.

"김지섭 씨가 동생을 죽였다는 정황도, 범행동기도 있는 만큼 수사에 협조해 주셔야겠습니다. 핸드폰 있으시죠? 핸드폰은 압수수색 대상이니 제출해 주세요. 그리고 범행 장소였던 집도 압수수색 대상으로 수사할 예정입니다."

그는 마지못해 핸드폰을 내밀었다. 그의 핸드폰을 받아 든 형사들은 분주히 움직이기 시작했고, 그는 유치장에 갇혔다.

그는 무릎을 가슴으로 끌어당겨 옆으로 누웠다. 냉기 서린 서늘한 바닥이 가슴을 후벼팠다. 엄마마저 돌아가시자, 그는 어린 동생을 돌보겠다고 아등바등하며 살아왔었다. 그런데 그 결과가 겨우 유치장 신세라니.

지애가 아홉 살이 되던 해에 아버지는 고층 아파트 외벽을 페인트칠하다 낡은 밧줄이 끊어져 돌아가셨다. 불행 중 다행이라고 해야 할까. 아버지 죽음으로 거액의 보험금이 나왔다. 엄마는 아빠의 사망보험금과 식당에서 설거지하며 번 돈으로 그와 지애를 부족함 없이 키워 주셨다. 그렇게 엄마만은 그와 지애 곁에 영원히 계실 줄 알았다.

세 가족의 짧은 행복도 잠시, 그의 입대를 앞두고 엄마는 숨 쉬는 걸 힘들어했다. 병원에 가보라고 권유했지만, 엄마는 그가 입대한 후에야 병원에 가셨고, 그가 첫 휴가를 나왔을 때 청천벽력과 같은 소식을 전했다. 폐암 3기라고. 엄마는 아무런 준비 없이 떠나버리는 것보다 그가 마음의 준비를 하는 게 나을 거란 생각에 첫 휴가를 나왔을 때 털어놓았다. 그날, 그는 엄마에게 통장을 받았다. 통장에는 아버지 사망보험금 절반이 들어있었다. 치료비는 걱정하지 않아도 된다고 했다. 아버지의 사망보험금을 받으시고는 엄마도 보험에 들어뒀다고 했다.

엄마는 암 진단비와 사망보험금을 고스란히 남긴 채 돌아가셨다. 실제로 발생한 치료비만큼 나온 보험금으로 치료비는 모두 충당되었기 때문이었다. 부모님 보험금은 그와 동생의 대학 등록금을 낼 수 있을 만큼 충분했다. 문제는 지애의 방황이었다. 지애는 엄마가 떠난 후로 한동안은 방안에 처박혀 나오질 않더니, 몇 년 전부터는 옷과 가방, 화장품을 사들이며 엄마의 빈자리를 채웠다. 갈수록 늘어나는 지애 카드값은 감당할 수 없는 수준까지 이르렀다. 어떨 땐 그의 한 달 수입을 훌쩍 뛰어넘기도 했다. 스물한 살에 엄마가 돌아가신 그와는 달리 열다섯 살에 엄마를 떠나보낸 지애에게 엄마의 빈자리는 컸다. 오빠인 그가 아무리 마음을 쓴다 해도 엄마의 빈자리를 채워줄 수는 없었다. 동생의 힘든 마음을 알기에 묵묵히 감당해 내곤 했지만, 그도 점점 지쳐갔다. 아등바등 일하며 발버둥 쳐봐도 그의 통장은 밑 빠진 독처럼 돈이 새어 나갔다.

그러던 어느 날, 대학 동기 모임에서 주식과 가상화폐에 투자하여 그의 연봉만큼의 수익을 본 친구들 얘기를 듣게 됐다. 그만 빼고 다른 친구들은 모두 주식투자를 하고 있다고 했다. 친구들의 성공담을 듣고 솔깃해진 그는 지애 등록금 몫으로 놔둔 돈을 모조리 주식과 가상화폐에 투자했고, 얼마 못 가 돈이 반토막 나 버렸다. 암담하긴 했지만 다시 회복되리라는 희망 때문에 정리하지 못했고, 그러다 보니 지애 등록금을 내줄 수 없게 됐다.

철커덕하고 자물쇠 열리는 소리가 나더니 철창문이 열렸다. 열린 문으로 남자가 어기적어기적 걸어들어왔다. 불량해 보이는 남자를 보자 그제야 유치장에 있다는 게 실감 났다. 그는 벽을 향해 옆으로 돌아누웠다. 뭔가 잘못된 게 틀림없었다. 가출로 여기던 경찰이 갑자기 살인 사건이라 초점을 맞춘 데는 뭔가 이유가 있을 터였다. 도대체 경찰은 뭘 찾은 걸까. 설마 지애 시신을 찾은 건 아니겠지.

그는 자리에서 벌떡 일어났다. '김지애 씨 지금 어디에 있습니까?'라고 묻는 이 경장 목소리가 머릿속에서 맴돌았다. 알면서도 떠보려는 거였을까. 아니면 정말 지애가 어딨는 줄 모르는 걸까. 괜히 돈 얘기를 한 게 아닐까. 돈 얘기는 괜한 오해를 불러일으킬 수 있는 위험한 발언이었다. 이제부터 경찰들이 하는 질문에 아무 생각 없이 대답해서는 안 돼. 정신 차려. 정신만 차리면, 여기서 나갈 수 있을 거야.

"어이, 형씨."

남자 목소리가 그를 불렀다. 돌아보니 조금 전에 들어온 남자가 그를 노려보고 있었다.

"거 좀 가만히 앉읍시다. 거 참 정신 사납게."

그러고 보니 그가 일어나 있었다. 그가 일어서서 정신없이 서성인 모양이었다. 그는 다시 벽을 보고 돌아누웠다. 낯설기만 한 유치장 모습이 눈에 들어왔다. 영원히 익숙해지지 않을 것만 같은 모습이었다. 유난히 긴 밤이었다.

그는 밤새 뒤척이다 선잠에서 깼다. 쇠창살 너머 경찰 책상을 등진 벽시계가 7시를 가리키고 있었다. 길었던 밤이 지나고 아침이 밝은 모양이었다. 시간이 멈춘 듯 더디게 흘러갔다. 경찰은 정오가 되도록 아무런 소식이 없었다. 대체 무슨 일이 벌어지고 있는 걸까.

그는 쇠창살 앞으로 다가가 경찰을 불렀다.

"저기."

책상 앞에 앉아있던 경찰이 고개를 들었다.

"무슨 일이죠?"

"여기서 언제쯤 나갈 수 있나요?"

그가 묻자, 형사는 한쪽 입꼬리를 올리며 웃었다. 지금쯤이면 담당자 이윤재에게서 전화가 와있을 것이다. 왜 아직 보고서를 올리지 않았느냐고. 그와 온종일 통화가 안 되면 본사에 연락할 테고, 본사에서 걸려 온 전화도 받질 않는다면, 상황은 걷잡을 수 없이 커진다. 그러니 그가 피치 못할 사정으로 보고서를 올리지 못했다는 걸 알려야 한다.

"글쎄요. 그래도 여기가 구치소보단 나아요."

그는 뭔가에 얻어맞은 듯 눈앞이 캄캄했다.

"구치소라고요? 제가 왜……"

쇠창살을 잡고 있던 손이 덜덜덜 떨렸다. 이대로 이곳을 빠져나가지 못 할지도 모른다는 불길한 기분이 그를 덮쳤다.

"저, 저기 전화 한 통화만 할 수 있을까요? 잠깐이면 되는데요."

경찰은 대꾸도 하지 않았다. 그때, 어느 경찰이 들어와 그와 대화를 나누던 경찰에서 뭔가를 속삭였다. 두 사람은 고개를 까딱이며 이야기를 주고받더니 고개를 들었다.

"김지섭 씨. 누가 면회를 왔다네요."

경찰이 다가와 철창문을 열었다.

"나오세요."

그는 경찰을 따라 나갔다.

"누가 면회 온 거죠?"

그가 복도를 따라 걸으며 물었다. 그를 찾아올 사람이 없었다. 그가 이곳에 있다는 걸 아는 사람이 없었다.

"가보시면 알겠죠. 아, 모르려나?"

경찰을 따라간 곳은 면회실이 아닌 조사실이었다. 조사실 안에는 검은색 정장을 입은 남자가 앉아서 그를 기다리고 있었다. 처음 보는 얼굴이었다. 그는 남자를 곁눈질로 살피며 남자 앞에 앉았다.

"앉으세요. 김지섭 씨."

남자가 옅은 미소를 지었다.

"누구시죠? 절 아세요?"

그는 주위를 둘러봤다. 천장 모서리마다 설치된 CCTV가 그를 지켜보고 있었다.

"저는 하북경찰서 보안과 소속 경위 정세원입니다."

"보안과요?"

그가 고개를 갸웃거렸다. 최근에 그가 만난 경찰 중에 보안과 소속은 없었다. 형사과도 수사과도 아닌 보안과라니.

"저는 오늘 김지섭 씨를 참고인 조사하러 왔으니 긴장하지 않으셔도 됩니다."

"그렇죠? 제가 동생을 죽이지 않았다는 게 확인되셨죠? 그렇다면 이제 풀어주세요. 급한 일이 있어서 나가봐야 합니다. 빨리 처리해야 할 일이 있거든요. 지금쯤 난리가 났을 겁니다."

그가 엉덩이를 들썩거리며 말했다.

"저는 김지섭 씨가 입건된 사건은 모릅니다. 참고인 조사를 요청하려고 김지섭 씨에게 전화를 걸었는데 전화를 받지 않아서 집에 찾아갔었어요. 거기서 압수수색 중인 경찰을 만나 김지섭 씨가 입건됐다는 얘기를 듣고 여기로 찾아왔을 뿐입니다."

그는 두 눈을 끔뻑거렸다. 지애 일 말고도 경찰을 만날 일이 뭐가 있단 말인가. 설마 박연정 일 때문일까.

"조은희 씨 아시죠?"

정 경위가 나지막한 목소리로 물었다.

"조, 조은희 씨요? 개인적으로 아느냐고 묻는 겁니까? 그렇다면 전, 그 여자를 모릅니다. 만난 적도 없고요."

정 경위는 입가에 옅은 미소를 머금은 채 고개를 저었다.

"제 질문이 잘못됐나 봅니다. 다시 여쭤볼게요. 조은희라는 이름 들어보셨죠?"

"네. 들어 봤어요."

그가 고개를 끄덕였다.

"저는 조은희 씨와 관련된 여러 사건을 조사하고 있습니다."

정 경위가 눈에 힘을 주어 그를 바라봤다.

"여러 사건이요?"

그가 물었다.

"김지섭 씨. 조은희 씨에 대해 어디까지 알고 있죠?"

정 경위는 대답하지 않은 채 질문을 이어갔다.

"어쩌면 조은희가 살아있을지도 모른다는 것과 박연정 님 사고와 관련 있을지도 모른다는 것 말고는 아는 게 없습니다."

정 경위는 생각에 잠긴 듯 눈을 내리깔고선 말이 없었다.

"……그리고 조은희 씨가 보험금을 노렸을지도 모른다는 것도요. 물론 어디까지나 저 혼자만의 추측이긴 합니다만."

"박연정 씨라고요? 어떤 사고죠?"

정 경위가 눈을 치켜뜨며 물었다.

"아파트 베란다에서 추락했습니다. 그리고 후유장해 진단금을 청구했고요. 그 일로 박연정 님을 만났다가 조은희 씨 얘길 들었습니다. 조은희 씨가 뛰어내리라고 했다더군요."

"또 다른 피해자가 있었군요. 박연정 씨는 지금 어디 계시죠? 한번 만나보고 싶은데요."

"죽었습니다."

"죽었다고요?"

정 경위가 눈을 번쩍 떴다.

"네. 2주 전에 병원에서 추락사했습니다."

"경찰 조사가 진행 중이겠군요? 경찰은 뭐라고 하던가요?"

"사고로 종결한 거로 알고 있습니다."

그가 대답했다.

"사고요?"

정 경위가 고개를 갸웃거렸다.

"수상한 점이 있긴 한데……, 사고에 직접적인 영향은 미치지 않앗지만, 박연정 님께서 죽기 직전에 찾아온 사람이 있었습니다."

"그게 누구죠?"

정 경위가 눈살을 찌푸리며 물었다.

"CCTV를 확인한 경찰은 키가 170센티미터쯤 되는 남자라고 했습니다. 병원 간호사들은 여자인 것 같다고 했고요."

"조은희 씨도 키가 큽니다. 그리고 남자로 꾸미는 것쯤은 그 여자에겐 일도 아닐 거고요."

그가 고개를 번쩍 들었다. 박연정을 죽인 것도 조은희 짓이란 말인가. 하지만 무엇 때문에 박연정을 죽인단 말인가. 박연정의 사망보험금 수익자는 법정상속인으로 되어있어 그녀가 받을 수도 없는데.

"관할 경찰서가 어디죠? 담당 형사도요."

"하북경찰서 이영훈 경사입니다."

"아, 이 경사님이요. 알겠습니다. 같은 경찰서이니 제가 한번 알아보죠. 그렇다면 김지섭 씨는 그 세 가지 사실밖에 모른다는 거군요?"

정 경위가 그의 눈을 살피며 물었다.

"왜요? 다른 뭔가가 더 있나요?"

그의 물음에 정 경위는 의미심장한 미소를 지었다.

"김지섭 씨는 무슨 이유로 조은희 씨가 살아있을지도 모른다고 생각하신 거죠?"

정 경위는 이번에도 그의 질문에 대답하지 않았다.

"박연정 님 차트에 유일하게 면회객이 찾아온 날이 있었어요. 누구냐고 물어봤더니 조은희 씨가 찾아왔다고 하더군요. 그날은 조은희가 사망한 이후였고요."

정 경위는 생각에 잠겼다.

"그래서 저는 박연정 님이 저한테 거짓말을 했다고 생각했었는데, 박연정 님이 자란 보육원에 갔다가 또 다른 목격담을 들었어요. 그날도 조은희가 죽었다던 날 이후였고요."

정 경위는 아무렇지 않게 고개를 끄덕였다.

"박연정 씨한테서 조은희에 대한 다른 얘기는 못 들으셨나요? 탈북민과 관련된 얘기 말이에요."

"탈북민이요? 아뇨. 듣지 못했습니다."

그는 고개를 저었다.

"탈북민은 모르겠고, 보육원과 노숙인쉼터에 봉사 활동하러 다닌다고는 들었어요. 또 교회에 다닌다고도요."

정 경위가 눈을 번쩍 떴다.

"그런데 도대체 뭘 수사하고 계신 거죠?"

그가 물었다.

"한 탈북민이 실종됐다는 첩보를 입수했습니다. 그 일을 수사하다 보니 사라진 탈북민이 한 명이 아니라 셋이더군요. 그리고 그와 비슷한 시기에 노숙인 세 명도 사라졌단 것도 알게 됐습니다. 이들이 사라진 경위가 서로 연관 있다고 보고 수사 중입니다."

"그 사람들 실종이 조은희와 관련됐다는 겁니까?"

"확실치 않습니다. 제가 지금 드릴 수 있는 말은 김지섭 씨가 아시는 건 조은희가 저지른 범행의 일부일 뿐이라는 겁니다."

"조은희가 살아있는 건 맞습니까?"

"글쎄요. 그 질문도 대답해 드릴 수 없겠네요. 조은희가 사망하고 나서 핸드폰도 해지됐고, 금융거래 같은 공식적인 생존 반응도 없습니다."

그는 정 경위의 눈동자가 흔들리는 걸 보았다.

"그런데 이해가 잘 가지 않네요. 조은희가 박연정 님을 죽일 이유가 없습니다. 보험금을 노렸다기엔 박연정 님 사망보험금 수익자는 법정상속인입니다. 조은희 씨는 박연정 님 사망보험금을 받을 수 없다고요."

"글쎄요. 실종자마다 상황이 다르긴 하지만, 모두 보험금과 관련되어 있다고 보고 있습니다. 박연정 씨 경우는 어떤 식으로 보험금을 빼돌리려 했는지 모르겠지만, 결국 조은희 손에 보험금이 들어가게 될 겁니다. 그게 아니라면, 자기가 저지른 범행이 박연정 씨 말실수로 세상에 드러나게 될까 봐 두려워했을 수도 있겠고요."

그가 고개를 끄덕였다. 그는 생각하지 못한 점이었다.

"자, 이만 돌아가 보셔도 좋습니다. 김지섭 씨가 해주신 말씀이 저에게 큰 도움이 됐습니다. 그리고… 동생을 꼭 찾길 바랄게요."

정 경위가 급히 마무리하는 투로 말했다. 그는 떠밀리듯 자리에서 일어나려다 말고 뒤돌아섰다.

"저기, 그런데 제가 조은희를 알고 있다는 건 어떻게 아셨죠?"

"아, 조은희 사망사고를 수사했던 하서경찰서 임 경사를 찾아갔다가 김지섭 씨가 다녀갔다는 얘길 들었습니다. 그래서 혹시나 김지섭 씨가 조은희 씨에 대해 뭔가를 알고 있을지도 모른다는 생각에 연락드렸던 거고요. 그리고, 김동환 과장님과 같이 일하시죠?"

"김 과장님이요? 김 과장님을 어떻게 아시는 거죠?"

그가 눈을 번쩍 떴다.

"한 달 전에 뵀었습니다."

정 경위가 옅은 미소를 지었다.

"한 달 전에요? 대체 무슨 일로?"

"그건, 직접 물어보시죠."

그는 고개를 까딱이며 뒤돌아섰다. 대체 김 과장님은 무슨 일로 정 경위를 만났던 걸까.

"저기, 김지섭 씨."

정 경위가 그를 불렀다.

"몸조심하세요. 조은희를 결코 만만하게 봐선 안 됩니다."

그가 돌아보며 눈썹을 들어 올리자, 정 경위가 이마를 긁적이며 말했다.

"아, 유치장에 계시니, 그나마 다행이군요."

그는 유치장으로 돌아왔다. 그날 밤도 이 경장은 코빼기도 보이지 않았다. 유치장 중앙을 지키고 있는 경찰도 그에게 아무런 관심이 없는 듯 온종일 컴퓨터 화면만 응시했다. 그에게 말을 걸어 주는 이 하나 없자, 잡다한 생각이 말을 걸어왔다.

조사실에서 만났던 정 경위는 조은희와 관련된 실종자가 박연정까지 아홉 명이라고 했다. 박연정을 피해자라고도 했다. 박연정이 했던 말들이 거짓이고, 조은희는 죽었다고 여긴 탓에 오류가 생겼었다. 조은희가 살아있다고 가정하니, 연정이 했던 말들이 모두 맞아떨어졌다. 연정에게 뛰어내리라고 말했단 것도, 연정이 증거로 제시한 동영상도. 그렇다면 정말 조은희가 살아 있단 말인가. 정 경위는 조은희가 살아있다는 걸 아는 것처럼 보였다. 이미 죽었다면 경찰이 뒤쫓을 이유가 뭐가 있단 말인가.

밤새도록 조은희에 대한 생각을 골똘히 하다 보니 어디선가 누린내가 풍겼다. 몸을 일으켜 뒤돌아보니 경찰이 철창 안으로 음식을 밀어 넣고 있었다. 시간을 보니 점심때가 된 모양이었다. 그는 쇠창살 앞으로 기어가 음식을 가져왔다. 순댓국이었다. 그는 몇 숟갈 뜨는 둥 마는 둥 하다 숟가락을 내려놓았다. 입맛이 없었다.

그는 밤새 못 잔 잠을 청하며, 오후 내내 누워 선잠을 잤다.

"김지섭 씨."

그를 부르는 소리에 눈을 떠보니, 경찰이 쇠창살 앞으로 다가와 그를 바라보고 있었다.

"나오세요."

경찰이 철창문을 열었다. 그는 철창문 밖으로 나가 경찰을 따라갔다. 이번에도 조사실이었다. 조사실 안에는 이 경장이 앉아있었다.

"앉으세요."

이 경장은 깍지 낀 손을 내려다보며 말했다. 그는 이 경장 맞은편에 앉았다.

"자택과 휴대전화, 차량 압수수색을 모두 마쳤습니다."

그는 두 손을 바지에 쓱 문질렀다.

"주어진 48시간이 다 되어 안타깝지만, 김지섭 씨를 풀어줄 수밖에 없게 됐습니다."

경찰들은 그가 지애를 죽였다는 증거를 찾지 못한 모양이었다.

"하지만 안심하진 마세요. 의심스러운 정황을 찾긴 했지만, 구속영장이 발부되기에는 아직은 더 보충해야 할 점이 있어서 이번에는 풀어드리지만, 저희는 김지섭 씨가 김지애 씨를 살해했다는 확실한 증거를 꼭 찾을 겁니다."

이 경장의 턱이 움찔거렸다. 간신히 분노를 참아내고 있었다.

"좋을 대로 하시죠. 과연 증거를 찾아내실 수 있을지 모르겠지만요."

그는 떨리는 손을 들키지 않으려 두 손을 책상 아래로 숨겼다.

"그래요. 이만 가보세요."

그는 자리에서 일어났다. 다리가 후들거렸다. 이대로 가도 되는 건지 미심쩍었다.

"저기, 김지섭 씨."

이 경장이 그를 불렀다. 그는 슬며시 뒤돌아봤다.

"핸드폰 가져가셔야죠."

이 경장이 그에게 핸드폰을 내밀었다.

그는 핸드폰을 받아 들고 경찰서를 나왔다. 바람이 쌀쌀했다. 이틀 만에 쐰 바깥 공기지만, 그다지 상쾌하지 않았다. 깨질 듯 아픈 머리도 좀처럼 맑아지질 않았다.

그는 경찰서 앞마당에 주차된 그의 차에 올라탔다. 차 안에는 온갖 물건이 흐트러져 있었다. 시신을 유기하는 과정에서 남았을지 모를 지애 혈흔이나 머리카락 따위를 찾으려고 먼지 하나까지 샅샅이 뒤진 모양이었다. 차에서 무언가를 찾아냈을까. 찾지 못했으니 그를 풀어준 거겠지. 이틀 동안 경찰이 한 헛고생을 떠올리니 '픽' 하고 웃음이 나왔다. 그나저나 이 경장에게 중요한 걸 묻지 못했다. 지애 시신을 발견한 거냐고. 범행증거를 찾지 못해서 그를 풀어주기는 했지만, 그를 체포한 데는 이유가 있었을 텐데.

그는 시동 걸다 말고 핸드폰을 켰다. 역시나. 부재중 전화가 56통이 와 있었다. 보험사 담당자들과 본사 팀장, 고객들이었다. 전화 목록을 보자 숨이 턱 막혔다. 모두 그에게 돈을 달라고, 보고서를 달라고, 연락을 달라고 독촉하는 전화들뿐이었다. 이들 중 갑자기 사라진 그가 걱정돼서 연락한 사람은 아무도 없었다. 어쩔 수 없었다. 그가 선택한 일이었고, 그 일로 밥을 먹고 살았다. 돈을 벌려면 그 어떤 연락도 외면할 수 없었다. 이제 이틀 동안 연락되지 않았던 일을 수습해야 한다. 누구에게 가장 먼저 연락해야 할까. 그는 본사 장기보험 보상팀장에게 전화를 걸었다. 신호음이 몇 번 울리더니 팀장이 전화를 받았다.

"김 대리님. 윤명호입니다."

"팀장님. 잘 지내셨죠?"

그가 숨죽인 채 물었다.

"그거야 제가 물어볼 말이죠. 무슨 일 있으신 거예요? 왜 이렇게 연락이 안 되죠?"

팀장이 뒤대는 투로 말했다.

"아, 그게 저……, 죄, 죄송합니다."

그가 우물거리자, 팀장이 한숨을 내쉬었다.

"다드림 손해보험 이윤재 담당자가 김 대리님과 통화가 되질 않는다고 난리가 났었습니다. 고객 민원이 들어왔는데도 처리하지 않고 잠적했다고요."

팀장은 점점 흥분했다.

"그것만이 아니에요. 기사 보셨죠? 고객이 보험사 횡포로 보험금을 지급하지 않고 있다고 커뮤니티마다 글을 작성하는 바람에 방송국에서도 취재요청이 왔었대요."

"죄, 죄송합니다. 제가 억울한 일에 휘말려 유치장에 있다가 조금 전에야…"

"그래서 박연정 님 건은 어떻게 진행되고 있죠? 경찰에서도 사고사로 결론이 났다면서요."

팀장이 그의 말을 끊으며 말했다.

"네. 지급해야죠. 그런데 팀장님. 아무도 박연정 님을 만나보지 않았잖습니까? 모두 서류로만 박연정 님을 본 게 다잖아요. 그런데 전 박연정 님을 만났습니다. 박연정 님께 들은 얘기도 있고요."

조금만 고개를 돌려도

"그래서 그 고객 한 사람 때문에 회사를 위험에 빠뜨리겠다는 건가요? 대체 무슨 생각으로 일을 이따위로 처리하나요? 다드림 손해보험과 계약이 해지되면 김 대리가 책임질 건가요? 성심 손해사정 전국 사무소에 있는 직원들이 당장 손가락 빨 게 생겼다고요. 김 대리가 그분들까지 다 책임질 수 있어요?"

"……"

그는 고개를 숙였다. '책임지고 나가겠습니다.'라는 말은 부질없었다. 그가 회사를 떠난다고 해도 회사가 입은 막대한 피해는 보상되지 않았다. 이쯤에서 보험사가 원하는 대로 종결하고 보험금을 지급하는 게 피해를 최소화하는 거였다.

"종결하겠습니다."

그가 기어들어 가는 목소리로 대답했다.

"지금 김 대리 문제가 그것만이 아니에요. 한 달 전에 강문식이라는 고객한테 돈 봉투 받았죠? 그 일로 지금 회사가 발칵 뒤집혔어요. 다드림 손해보험에서 연락이 왔어요. 김 대리가 돈 봉투를 받고 조사 결과를 꾸몄다고요. 다드림 손해보험에서 공정성 문제를 들먹이면서 저희 성심 손해사정과 계약 해지하겠다고 난립니다. 대체 어쩌실 생각으로 이러시는 거죠? 회사의 명예가 달린 일이라 대표님께서 이 문제를 그냥 넘어가지 않을 거라고 하니까 그렇게 알고 있으세요."

"네."

더는 할 말이 없었다.

"박연정 님 보고서 언제까지 올릴 수 있죠?"

팀장이 다그치듯 물었다.

"내일 오전까지 올리겠습니다."

"알겠습니다. 이윤재 담당자는 제가 수습해 볼 테니 최대한 빨리 종결해 주세요."

그는 불 꺼진 캄캄한 복도를 터덜터덜 걸었다. 모든 게 엉망진창이었다. 이제 뭘 어떻게 해야 할까. 박연정 수임 건은 이대로 종결해야 할까, 아니면 조사를 계속 해야 할까. 명치가 꽉 막힌 것처럼 답답했다. 이대로 집에 가봐야 쉴 수는 없을 것 같았다. 사무실에 가 있는 게 마음이 더 편할 것 같았다.

잠시 후, 그는 어깨를 늘어뜨린 채로 사무실에 들어갔다. 사무실엔 불이 환하게 켜져 있었다. 김 과장이 아직 퇴근하지 못하고 컴퓨터 앞에 앉아있었다.

"아직 퇴근 안 하셨어요?"

그가 힘없는 목소리로 물었다. 인기척에 김 과장이 돌아봤다.

"김 대리. 그동안 어딜 갔었던 거야? 무슨 일 있었어?"

김 과장이 그의 몰골을 위아래로 훑었다.

"나가서 한잔하실래요?"

그는 대답 대신 엄지로 옆을 가리켰다.

"그래. 그러자."

김 과장은 서둘러 하던 일을 정리하고 그를 따라나섰다.

그는 김 과장과 강산역 뒷골목에 있는 포장마차 거리로 걸어갔다. 줄지은 포장마차에서 연기가 모락모락 새어 나왔다. 두 사람은 손님이 없는 포장마차를 골라 안으로 들어갔다.

"여기 소주 한 병이랑 순대볶음 주세요."

그가 자리에 앉으며 말했다. 주인은 대답도 없이 분주하게 움직였다.

"그동안 왜 연락이 안 됐던 거야? 본사에서 김 대리랑 연락이 안돼서 한바탕 난리가 났었어."

"유치장에 있다가 오늘에야 나왔어요."

그가 한숨을 내쉬며 대답했다.

"유치장이라니? 그게 무슨 말이야?"

김 과장이 자리에 앉으려다 말고 눈을 휘둥그레 뜨며 물었다.

"형사가 절 더러 동생 살해범이라네요."

김 과장은 어이가 없다는 듯 웃으며 고개를 저었다.

"증거를 못 찾고 풀어준 거군?"

그가 고개를 끄덕였다. 그 사이 아주머니가 두 사람 앞에 소주와 소주잔을 내려놓았다.

"왜? 김 대리한테 혐의를 뒤집어씌울 만한 거라도 있었대?"

김 과장이 그에게 소주를 따라주며 물었다.

"실종 신고를 늦게 한 게 이상하다고 하더라고요. 증거를 다 인멸한 후에 신고한 게 아니냐고요."

그도 김 과장의 소주잔에 소주를 채웠다.

"그야, 동생이 그동안 자주 가출… 하긴 뭐, 경찰이 집안 사정을 다 어찌 알겠어. 풀려났으니 다행이지 뭐. 그래서 이틀 동안 연락이 안 됐던 거였군. 난 또 무슨 일인가 했었어."

지애가 가출한 게 이번이 처음은 아니지만, 매번 한 달을 넘기지 않고 돌아왔었다. 이토록 오랫동안 돌아오지 않는 건 이번이 처음이었다.

"왜요? 무슨 생각 하셨는데요?"

"처음엔 잠수라도 탄 건가 싶었다가, 나중엔 고객한테 납치라도 당한 건 아닌지 걱정도 되더라고. 그래서 김 대리 배당목록을 들여다보다 박연정 건은 왜 아직 처리를 안 하고 있나 하고 궁금하던 차에 본사에서 연락이 왔어."

김 과장이 소주를 입에 털어 넣으며 말했다.

"그 건은 왜 아직 그러고 있는 거야?"

그도 소주잔을 들어 한잔 들이켰다.

"고객이 사망하기 전에 한 말 때문에 이러고 있네요."

그가 한숨을 내쉬었다. 그때, 아주머니가 두 사람 앞에 시뻘건 순대볶음을 내려놓았다.

"고의로 뛰어내렸다고 한 말? 면책하면 되잖아?"

"그렇긴 한데… 아무래도 범죄 피해자 같아서요."

"그건 또 무슨 말이야?"

"그때 말한 아는 언니 지시에 뛰어내린 것 같아요."

"그 언니는 죽었다며?"

김 과장이 순대볶음을 입에 넣으며 되물었다.

"확실하진 않지만, 어쩌면 살아있는 것 같아요."

"그게 무슨 말이야? 죽은 사람이 살아있다니?"

그는 대답 대신 소주를 홀짝였다.

"본사에서 그러는데 경찰 조사에서도 사고사로 나왔다며?"

"정황상 누군가가 직접 가해한 정황은 없으니까요. 박연정에겐 부모도 가족도 없으니 그냥 사고로 처리하려고 한 것 같기도 하구요. 이의제기할 사람이 없으니까요."

김 과장이 고개를 주억거렸다. 그때 문득, 정 경위가 김 과장 얘기한 게 생각났다.

"아. 탈북민 사망으로 경찰 조사받은 건 어떻게 됐어요?"

"글쎄. 그거야 나도 모르지. 나야 참고인 조사 받은 게 다니까. 아직 수사하고 있는 거 같긴 해. 근데 그건 왜?"

김 과장이 그의 소주잔을 채우며 물었다.

"참고인 조사받을 때 경찰이 뭐라고 하던가요? 어느 여자 얘길하지 않던가요?"

그가 잔을 비우며 물었다.

"설계사 얘길 묻긴 했어. 만난 적이 있느냐고."

"그래서요?"

그가 마른침을 삼키며 귀를 기울였다.

"난 단순 사고라 생각했으니까, 설계사하고 연락 주고받을 일이 없었다고 했지. 뭐. 대체 왜 그래? 진짜 뭐가 있긴 한 거야? 정 수상하면, 담당자한테 알리고 SIU(보험 사기 전담 조사팀)에 제보해 보지, 그래?"

"심증만 있지 명확한 증거는 없어서요."

그가 고개를 저었다.

"그래서 종결도 하지 못하고 그러고 있는 거야?"

"유치장에서 문득 그런 생각이 들더라고요. 제 동생 같은 그 고객 건을 종결해 버리면 제 마음속에서도 동생이 죽었다고 종결해 버리는 게 아닐까. 저마저 진실을 알아내려고 하지 않으면, 이대로 억울하게 묻히는 건 아닐까 하고……."

그와 지애는 떡볶이를 먹으며 엄마와 함께한 추억을 곱씹곤 했지만, 연정의 아이는 엄마를 추억할 기억이 없다. 엄마는 떠나고 없었지만, 그는 엄마가 남기고 간 보험금으로 학업을 마칠 수 있었다. 연정의 아이 역시 보험금이 나오든 나오지 않든 엄마 없이 살아야 하는 아이 인생은 변하지 않는다. 엄마 없이 보험금만 받으면 무슨 소용이겠냐고, 돈이 없더라도 엄마와 함께 살았다면 그게 더 행복한 삶이었을 거란 생각이 들었지만, 아이 엄마는 이미 죽고 없었다. 억만금을 갖다 바친다고 해도 연정은 살아 돌아오지 않는다. 엄마 품에서 살 순 없지만 그래도 엄마가 남겨주신 돈이 있다면, 아이는 어떻게든 살아갈 수 있을 것이다. 돈이 엄마를 대신해 주지는 않겠지만, 돈이 있다면 아이의 삶은 조금은 나을지도 모른다. 그가 그랬던 것처럼. 그가 부모님 보험금으로 살아왔던 것처럼.

그는 연정의 아이에게 엄마 없이도 살아 나갈 수 있게 보험금을

조금만 고개를 돌려도

주고 싶었다. 방법이 없는 건 아니었다. 피보험자의 자해, 자살, 자살미수, 형법상의 범죄행위 또는 폭력 행위로 발생한 사고는 보상하지 않지만, 형법상의 정당방위나 정당행위로 인정되는 경우에는 보험금을 지급할 수 있다.

"진짜 이유는 그거였군. 그렇다 해도 우리는 객관성을 잃으면 안 된다는 거 명심해."

김 과장이 진지하게 말했다.

"물론. 그래야겠죠. 고객 사정에 마음이 흔들려선 안 되겠죠."

그는 혼잣말하듯 나지막하게 읊조렸다.

"그럼, 이제 어쩔 생각이야? 금감원 민원에도 이렇게 버티니 보험사에선 본사에 계약 해지할 거라고 압박을 넣고 있다는데."

"그들이 원하는 대로 종결해야죠."

결론은 이미 나 있었다. 당사자가 없어 진짜 내막을 모르니 공정하지 않을진 모르겠지만, 경찰도 사고사라 하고, 보험사에서도 보험금을 지급하겠다고 하고, 그 역시 보험금을 지급하고 싶으니 더 고민할 필요가 없었다. 사망보험금을 지급하면 된다.

"김 대리 직감이 그렇다면, 계속 진행해야지. 조사해 달란 땐 언제고, 고객이 민원을 넣으니 이대로 끝내달라는 게 말이 돼? 그럴 것 같으면 애초에 조사를 위탁하지 말았어야지. 민원 넣는 고객한텐 벌벌 떨면서, 가만히 잠자코 있는 고객에겐 큰소리치는 거 보면, 고객들 말마따나 날강도가 따로 없어. 안 그래?"

김 과장은 한껏 커진 목소리로 말했다. 김 과장이 흥분한 모습을 처음 본 그는 그제야 김 과장 모습이 눈에 들어왔다. 김 과장은 여느 때와 달리 수척하고 푸석해 보였다.

"과장님. 무슨 일 있으셨어요?"

그가 물었다.

"나 말이야. 진행하는 수임 건만 모두 끝내고 나면 관두려고."

김 과장이 소주를 들이마셨다.

"관두신다고요? 갑자기 왜요?"

그가 젓가락을 내려놓으며 물었다.

"더는 이런 현실이 보이지 않는 곳으로 도망치려고."

김 과장이 멋쩍은 듯 웃었다.

"네? 갑자기 왜요?"

그가 고개를 갸웃거리며, 재차 물었다.

"그때 말한 백내장 말이야. 사회적 지위가 높거나 의학지식이나 보험 지식이 있는 사람들, 아니면 금감원에 민원을 넣으면 결국엔 보험금을 주잖아."

"그렇죠."

그가 빈 소주병을 보며 소주 한 병을 더 시켰다. 아주머니는 곧장 소주병을 두 사람 앞에 내려놓았다.

"그런데 그 가정주부처럼 어디 가서 하소연할 데 없는 사람들은 보험금을 받기 힘들어. 그 주부는 말이야. 보험사기범이 아니야. 보험금을 받으려고 천만 원이 넘는 수술을 한 게 아니라고."

그는 고개를 주억거렸다. 그 주부를 직접 만나보지 못했지만, 그 역시 김 과장이 말하는 주부와 같은 사례를 숱하게 겪었다.

"요즘 안과에 가면 포괄수가제로 백내장 수술해 주는 곳 없잖아. 눈이 침침해서 안과에 갔는데 접수할 때부터 실손의료보험 있냐고 묻더래. 별생각 없이 있다고 했더니 실손보험에서 다 보상된다면서 천만 원이 넘는 수술을 시키더래. 그 주부야 의사가 백내장이라고 하고, 백내장 수술비가 천만 원 한다고 하니 원래 다 그런 줄 알고 치료를 받은 거지."

"환자들이야 의사가 검사해야 한다, 치료해야 한다고 말하면 그대로 받아들일 수밖에 없죠. 의료지식이 없으니까요. 의사들이 돈벌이하려는 건 줄은 모르고요."

"그러니 말이야. 그 주부는 비싼 수술비를 내려고 아이 등록금을 내려고 모아둔 걸 써버렸대. 보험금이 나오면 그걸로 아이 등록금을 내려고 말이야. 그런데 보험금을 받지 못해서 아이가 1년이나 휴학해야 해."

김 과장의 얼굴이 일그러졌다.

"그 고객한테 잔인하게 사인을 받고 뒤돌아서는데 내가 몹쓸 사람이 된 것 같았어. 금감원에 민원을 넣으라고 알려주고 싶더군. 민원을 넣으면 보험회사에서 보험금을 지급해 줄 거라고 말이야."

김 과장이 쓴웃음을 지었다.

"전, 예전에 그런 고객한테 독립 손해사정사에게 의뢰하라고 귀띔해 준 적 있어요. 손해사정사한테 의뢰하면 보험금을 받아낼 수 있다고요."

그와 김 과장은 동시에 피식 웃었다.

"공정성, 객관성은 물 건너갔어. 보험 청구 건 90%를 보험회사 자회사에서 처리하질 않나, 조사자가 떼다 준 서류로 보험사에서 면부책을 판단하질 않나, 금감원 민원이 무서워서 보험금을 줘버릴 만큼 약관 해석을 이랬다저랬다 하질 않나."

김 과장은 고개를 저으며 허탈한 미소를 지었다.

"보험회사의 그런 태도가 보험사기를 부추기는 거죠. 뭐."

그가 소주를 들이켰다. 입안이 알싸했다.

"보험회사만 문제겠어? 병원도 마찬가지지 뭐. 병원에 가면 실손보험 가입되어 있는지 묻고 가입되어 있다고 하면 실손보험에서 병원비가 나오는 걸 이용해서 비급여 검사와 치료를 남발하잖아. 환자들 상대로 장사가 따로 없지, 뭐. 아예 '무슨 치료 실손보험 가능'이라고 써놓기도 하잖아."

오늘따라 소주가 유난히 썼다. 소주가 쓴 건지, 현실이 쓴 건지는 몰라도.

"그 주부가 보험금을 받지 못해서 의사를 찾아갔더니, 의사가 '가입한 보험마다 다 다르고, 환자분이 어떤 보험에 가입했는지 저희는 알지 못하니 환자분 본인이 잘 알아보고 하셨어야죠.'하고 무책임하게 말하더래. 실손보험에서 보상된다며 수술 권유할 땐 언제고."

그는 피식 웃으며 고개를 끄덕였다. 말하지 않아도 알만한 상황이었다.

"병원이야 보험회사 탓으로 돌리면 그만인 거지. 보험회사도 병원도 고객들한테 돈을 빼내서 자기들 배 불리기만 급급하지, 아무도 책임져 주지 않아. 결국은 고객이 짊어져야 할 빚일 뿐이야. 고객 주머니에서 나간 돈으로 보험회사와 병원이 먹고 사는 셈이잖아."

쓸쓸했다. 그 역시 보험회사로 흘러간 고객 돈을 보험회사에서 받아 먹고사는 사람이었다.

"비급여 과잉 진료로 비싼 진료비를 낸 고객들에게 보험금을 내어줘서 적자가 나도, 보험회사는 다음 해에 모든 가입자한테 더 많은 보험료를 거둬서 새어나간 보험금을 메꾸면 그만이야. 그뿐만이 아니잖아. 병원의 과잉 진료로 건강보험공단 재정까지 축나서 건강보험료마저 오르고 있잖아."

김 과장이 덧붙여 말했다.

"맞아요. 건강보험료도 오르고, 실손보험료도 오르고. 갈수록 힘들어요."

"국민들만 호구인 거야. 저것 봐. 노른자 땅에 죄다 보험사 빌딩이잖아. 다드림 손해보험에서 일하는 선배 말로는 올해 성과급이 우리 연봉 절반만큼 나왔대."

김 과장은 쓸쓸한 듯 입맛을 다셨다.

"병원도 마찬가지죠. 뭐. 환자가 실손보험 믿고 고가 치료도 스스럼없이 받으니 그야말로 '장사'가 잘 되잖아요. 그렇게 벌어들인 돈으로 치료의 질을 올리는 데 쓰는 게 아니라 죄다 병원 건물 리모델링하는 데에 쓰질 않나, 의사들 품위유지비로도……."

그와 김 과장은 동시에 쓴웃음을 지으며 술잔을 기울였다.

"기사에 보니까 보험사기 1조 원 시대가 도래했다, 보험사기에 가담한 인원만 10만 명이다 하는데, 보험 당국은 보험 사기범을 잡는 데만 급급할 뿐 진짜 현실은 보지 못하잖아. 보험사와 병원이 보험사기를 부추기고 있다는 걸 말이야."

그가 김 과장의 소주잔을 채웠다.

"양심의 가책을 느낄 때가 많아. 뭐, 내가 관둔다고 보험회사가 눈 하나 깜짝하지 않겠지만 말이야. 우리 같은 을이 뭘 할 수 있겠어?"

김 과장은 소주를 벌컥벌컥 들이부었다.

"그걸 알면서 왜 관두신다는 거예요? 관둬봐야 우리만 손해잖아요. 아예 이 업계를 떠나려면 처음부터 다시 시작해야 하고요."

"더는 보험회사 행태를 두고 볼 수가 없어. 사기업이지만, 이젠 공적인 기관이나 다름없는 보험사들이 이래서야 되겠어? 이런 현실이 보이지 않는 곳으로 떠나 더러운 꼴 안 보는 수밖에."

그는 힘이 빠졌다.

"그럼, 이제 뭐 하시게요?"

"아직은 생각 중이야. 뭐… 어떻게든 되겠지."

술기운이 오른 김 과장의 볼이 불그레했다. 그때, 등 뒤에서 슬리퍼를 질질 끄는 소리가 났다. 돌아보니 남자 노숙인이 포장마차 앞을 기웃거리고 있었다. 고주망태가 된 노숙인이 꼬부라진 혀로 허공에다 대고 무어라고 소리쳤다. 그러고 보니 이 근처에 노숙인 무료 급식소가 있다고 했던 것 같은데…….

"과장님 덕분에 여태 버텨오고 있었는데, 관두시면 전 이제 어떡해요?"

그가 다시 김 과장에게로 고개를 돌렸다.

"김 대리 진행하는 그 건 말이야. 김 대리 판단이 옳다고 생각되면 보험사나 본사에서 뭐라고 하든 끝까지 해. 그게 우리 일이잖아."

김 과장이 힘주어 말했다. 그의 마음속에 작은 불씨가 피어올랐다.

그는 불씨를 안고서 집으로 돌아왔다. 코트도 벗지 않은 채 소파에 앉아 본사 팀장이 말한 커뮤니티 글을 검색해 보았다.

<보험사의 횡포 - 고객 두 번 울리는 보험회사>

게시글은 쉽게 찾을 수 있었다. 인기 게시물 1위에 오를 만큼 사람들에게 많은 관심을 얻고 있었다. 작성자는 경찰 수사가 끝났음에도 보험금을 지급하지 않는다며 하소연했다. 글을 작성할 사람이 장현성 말고는 없었다.

그는 장현성에게 전화를 걸었다. 심사가 지연되고 있는 상황을 양해 구하고 민원을 취하해달라고 부탁해 볼 생각이었다.

"여보세요."

장현성이 자다 깬 목소리로 전화를 받았다.

"늦은 밤에 죄송합니다. 지난번에 만나 뵀던 김지섭입니다."

"아, 네."

현성이 떨떠름한 목소리로 대답했다.

"다름이 아니라, 조사가 지연되고 있어 양해드리고자 연락드렸습니다."

"지연이요? 주말 빼고 2주 걸린다면서요?"

현성이 퉁명스럽게 말했다.

"심, 심사 지연으로 금감원에 민원 넣으셨잖습니까?"

"민원이요?"

현성이 되물었다.

"장현성 님께서 금감원에 민원 넣고, 커뮤니티에도 글을 작성한 거 아닌가요?"

"대체 무슨 말을 하는 건지 모르겠네요. 이 밤에 전화해서 대체 뭐 하자는 겁니까?"

현성이 버럭 언성을 높였다.

"아, 아닙니다. 제가 착각했나 봅니다."

당황한 그는 장현성에게 다급히 사과한 뒤, 전화를 끊었다. 민원을 넣은 사람이 장현성이 아니었단 말인가. 그렇다면 대체 누구 짓이란 말인가. 설마… 조은희? 조은희가 살아있다고 하더라도 박연정 사망보험금은 조은희가 받을 수 없다. 박연정이 가입한 보험은 계약자, 피보험자, 생존보험금 수익자가 모두 박연정이고, 사망보험금 수익자는 법정상속인이었다. 하지만 보안과 정 경위는 조은희가 어떤 식으로 보험금을 빼돌리려는지는 몰라도, 결국 조은희 손에 보험금이 들어가게 될 거라고 했다. 대체 어떻게 조은희가 보험금을 가져갈 수 있단 말인가. 이대로 조은희가 보험금을 받게 내버려 둘 수는 없었다. 그렇게 되면 박연정 사고는 영원히 묻히게 된다. 박연정은 거짓말하지 않았다. 그에게 사실 그대로 말했다. 난생처음 만난 그에게 사실대로 말했다는 건, 어쩌면 도와달라는 신호가 아니었을까. 심장이 달아올랐다. 그가 아니면 그 누구도 박연정의 사망을 파헤칠 사람이 없다. 이대로 박연정 사고가 묻히게 내버려 둬선 안된다. 반드시 조은희를 찾아내 박연정 사고의 진실을 밝혀내야 한다.

그는 본사 윤명호 팀장에게 메시지를 보냈다.

[팀장님. 한 달만 시간을 주십시오. 한 달 안에 전부 해결하겠습니다.]

❀ ❀ ❀

다음 날 그는 이른 아침부터 하북경찰서를 찾았다. 그가 수사과 사무실에 들어서자, 인기척을 느낀 이 경사가 고개를 들었다. 그는 이 경사에게 다가갔다.

"보험회사는 토요일에도 일하나 보죠?"

이 경사가 하던 일을 멈추고 그를 올려다봤다.

"사고사로 종결했다면서요?"

그가 이 경사 앞에 놓인 의자에 앉으며 물었다.

"그건 또 어떻게 알았어요? 소식 빠르시네."

이 경사는 모니터로 고개를 돌렸다.

"함께 있던 사람은 누군지 확인됐나요?"

"뭐… CCTV에서 보셨듯이 그 사람이 박연정 님을 민 것도 아니고 해서."

이 경사가 말을 얼버무렸다.

"목격자는요? 목격자 조사는 해보셨어요? 같은 병실에 입원했던 환자들이나 병원 직원들 말이에요."

"이봐요. 거참 선 넘지 마세요. 수사권은 경찰한테 있지, 보험사에 있는 게 아니잖습니까? 우리가 어련히 알아서 조사 안 했겠어요?"

이 경사가 손바닥으로 책상을 내리쳤다.

"박연정 님에게 부모님이 계셨어도 이런 식으로 처리했을 건가요?"

그도 덩달아 소리쳤다.

"이런 식이라뇨? 어떤 식을 말하는 겁니까? 사고 장면도 CCTV에 명백히 찍혀있고, 별문제 없어서 종결하는 겁니다."

이 경사가 눈을 부라렸다.

"목격자들 말에 의하면 함께 있었던 그 사람, 남자 아니고 여자라고 했다고요."

그가 자리에서 벌떡 일어났다.

"여자라고요? 그런데 그게 왜요? 그게 뭐가 잘못됐다는 겁니까? 면회객은 아무 잘못이 없다고요."

"그 여자가 휠체어를 뒤로 밀라고 했었답니다."

"나 참. 그거야 그럴 수 있는 거 아닙니까. 그게 뭐가 잘못됐다고 그러는 겁니까?"

이 경사는 사무실로 들어오는 한 남자에게 한 손을 들어 인사했다.

"이거 보세요."

그가 박연정 핸드폰을 이 경사에게 내밀었다.

"이게 뭡니까?"

이 경사가 곁눈으로 핸드폰을 흘끔 봤다.

"박연정 님 핸드폰입니다."

"박연정 씨 핸드폰을 왜 그쪽이 들고 있어요?"

이 경사의 눈이 휘둥그레졌다.

"제게 핸드폰 수리를 부탁했어요. 추락 당시에 옷 속에 있어서 액정이 깨졌다고요."

그가 대충 둘러댔다.

"그런데 왜 지난번엔 박연정 씨 핸드폰을 가지고 있다는 걸 말하지 않았어요?"

이 경사의 눈초리가 올라갔다.

"… 잊고 있었어요. 다른 일 처리하느라 바빴거든요. 여기 보시면 베란다에서 추락하기 직전에 찍은 동영상이 있습니다."

그가 동영상을 재생했다. 핸드폰을 받아 든 이 경사는 말없이 동영상을 보았다. 영상이 끝나자, 이 경사는 동영상을 찍은 날짜와 시간을 확인했다.

"이게 어떻다는 겁니까? 그 사고와 사망사고와는 아무런 관련이 없습니다."

"아뇨. 관련이 있습니다. 그러니 재수사해 주세요."

그가 단호하게 말했다.

"대체 무슨 관련이 있다는 겁니까?"

"동영상 속 그 여자가 보험금을 받으려고 박연정을 다치게 하고, 끝내 죽음까지 몰아간 걸 겁니다."

그가 눈을 부릅뜬 채 이 경사의 눈을 응시했다.

"이봐요. 그건 그쪽 추측이잖습니까? 뭐 코난이 되고 싶은 건 이해하겠으나, 아무런 근거도 없이 그런 추측들을 다 수사할 수는 없어요. 이미 수사가 끝났으니, 이만 돌아가세요."

이 경사가 얼굴을 웅그리며 말했다.

"정말, 이대로, 수사를 종결하겠단 말입니까? 지금 그 선택, 책임질 수 있어요?"

그가 씩씩거리며 물었다. 이 경사는 그에게서 눈을 돌렸다.

"형사님. 지금 그 선택. 후회하게 될 겁니다. 제가 꼭 밝혀낼 테니까요."

그는 이 경사에게 으름장을 놓고서 경찰서를 저벅저벅 빠져나왔다. 분통이 터지긴 하지만, 경찰 수사가 이미 종결되어 재수사를 기대할 수 없게 됐다. 이제 그가 할 수 있는 일은 조은희가 보험금을 노리고 박연정의 서면 동의 없이 보험에 가입한 다음, 박연정을 뛰어내리게 해 보험금을 갈취하려 한 보험 사기임을 밝히는 것이다. 보험 약관에 따르면, 보험 사기를 위해 고의로 보험 계약을 체결했거나, 고의로 피보험자 박연정을 해쳤다는 걸 밝혀내면, 보험금을 지급하지 않을 뿐만 아니라 보험계약을 해지할 수 있다. 보험 사기라는 걸 밝혀내지 못한다 하더라도 피보험자 박연정에게 서면 동의를 받지 않고 체결된 계약이라는 걸 밝혀내면 보험 계약은 무효가 된다. 박연정 아이에겐 안된 일이지만, 그게 순리였다. 그래야 또 다른 피해자가 발생하는 걸 막을 수 있다. 조은희가 박연정에게 행한 죄를 밝혀내려면 제일 먼저 조은희가 살아있다는 걸 밝혀내야 한다. 하지만 무슨 수로 조은희가 죽지 않았다는 걸 증명해낼 수 있을까.

다음 날 늦은 오후, 그는 운동화를 챙겨 신고 사암산으로 향했다. 사암산은 해발 500미터로 높지 않아 주말이면 등산객들로 붐볐다. 그도 대학교 신입생 때 오리엔테이션을 겸해서 동기들과 올라가 본 적이 있을 정도로 강산시 주민이라면 자주 찾는 산이었다. 사람이 많은 곳을 택한 조은희 의도는 뭐였을까. 임 경사는 조은희가 편백 나무 숲길로 이어지는 등산로 입구로 올라갔다고 했다. 출발하기 전에 미리 검색한 블로그에 따르면 편백 나무 숲길은 연정이 살았던 럭키아파트와 사암 중학교 사잇길 뒤편에 있었다.

그는 럭키아파트를 지나 오르막길을 올라갔다. 등산복을 입은 사람들이 하나둘씩 내려왔다. 오르막길이 끝나는 지점에 다다르자, 작은 공터가 나타났다. 공터에는 자동차 두 대가량이 주차할 수 있게

파쇄석이 깔려있었다. 그는 공터에 주차를 마치고 차에서 내렸다. 공터 한쪽 구석에 사람들이 드나들 법한 좁은 흙길이 나 있었다. 등산로 입구였다. 임 경사가 말한 대로 근처에는 CCTV가 없었다.

그는 흙길을 올랐다. 흙 내음이 코로 스며들어 머릿속을 가득 메운 안개를 서서히 밀어냈다. 조금 더 걸어가자, 하늘이 보이지 않을 정도로 울창한, 짙은 암갈색의 편백 나무숲이 나왔다. 숲엔 편백 나무의 상쾌한 내음이 가득했다. 쏴— 하는 소리와 함께 불어온 싱그러운 바람에 머릿속 잡생각이 깨끗하게 씻겨 나갔다. 그가 삼림욕을 즐기는 사이, 사람들이 하나둘씩 그를 스쳐 지나갔다. 그를 제외하곤 모두 하산하는 등산객이었다. 그는 등산객들이 내려온 길을 따라 올라갔다. 편백숲을 지나자, 본격적인 등산로가 시작됐다. 등산로에도 CCTV는 보이지 않았다.

등산로에는 낙엽이 뒤덮여 바닥이 보이지 않았다. 낙엽이 뒤덮인 길은 크고 작은 바위와 돌로 고르지 않았다. 그가 걸음을 내딛자, 낙엽이 바스락거렸다. 낙엽 아래 있을지 모를 돌들에 조심해서 발을 내딛다 보니 금세 지쳤다. 뺨을 타고 흘러내린 땀방울이 턱에서 뚝뚝 떨어졌다. 이정표에서 본 깔딱고개로 접어든 모양이었다. 점점 숨이 가빴다. 앉아서 쉴 곳이 간절했다.

"힘내세요. 조금만 가면 약수터예요."

하산객이 내려가며 말했다. 그는 겨우 고개를 까딱이며, 힘을 내보았다. 하산객이 말한 대로 얼마 지나지 않아 졸졸 물소리가 났다. 약수터였다. 그는 약수터에서 잠깐 쉬었다 가기로 했다.

조금만 고개를 돌려도

그는 산에서 내려오는 시원한 물을 빨간색 바가지에 받아 한 모금 들이켰다. 맑게 씻긴 머릿속에 해가 반짝 떠오르더니 그제야 정신이 돌아왔다. 고개를 돌리니 약수터 옆에 각종 운동기구와 그 벤치들이 있었다.

그는 평행봉 앞에 놓인 벤치에 앉아 가방을 내려놓았다. 살랑살랑 불어오는 바람 덕분에 땀에 젖은 옷이 차츰 말라 갔다. 그는 가방에서 보랭병을 꺼내 컵에 따랐다. 달그락거리는 소리와 함께 얼음과 커피가 컵에 쏟아졌다. 그는 시원한 커피를 마시며 주위를 둘러봤다. 머리카락이 하얗게 센 노인이 운동하고 있었다. 노인은 능숙하게 두 팔로 평행봉을 잡고 몸을 앞뒤로 흔들더니 평행봉 위로 몸을 번쩍 솟구쳐 올랐다. 한두 번 해본 솜씨가 아니었다. 노인의 몸동작에 매료되어 넋을 잃고 바라보던 그때, 노인이 평행봉에서 내려와 그의 옆에 앉았다. 노인은 벤치에 놓여있던 검은색 비닐봉지를 열어 쿠킹포일에 싼 오이를 꺼내 입에 물었다.

"대단하시네요."

그가 먼저 말을 걸었다.

"왜? 다 늙은 노인네가 평행봉을 하니 대단해 보이는감? 하긴, 대단하긴 하지. 내가 자네보다야 낫지."

노인은 오이를 우지직 베어 물며 너스레를 떨었다.

"500m도 안 되는 산을 정상까지 단번에 올라가지 못하고 이렇게 헉헉대니 하는 소리야."

노인이 그를 힐끗 쳐다봤다. 머쓱해진 그는 발끝으로 흙을 툭툭

걷어찼다.

"정상에 올라가 보셨어요?"

"나야 매일 산에 오는데, 꼭 정상까지 올라갈 필요가 있당가."

노인이 정상을 올려다보며 말했다.

"매일 오신다구요?"

"그럼, 매일 오지. 정상에 오르려고 오는 게 아니고 여기서 운동하려고 오는 거니 나한테는 여거가 정상이여."

그는 시원한 커피를 한 잔 따라서 노인에게 건넸다. 노인은 "고맙네." 하며 커피를 받았다.

"정상에 오르려거든 조심혀. 바위산이라 미끄러와."

노인은 커피를 마시며 대수롭지 않게 말했다.

"올봄에 젊은 여자도 죽었어. 뭐, 그날은 오전까지 비가 내리긴 했지만."

노인의 말이 끝나기가 무섭게 들려온 '아삭' 소리가 우렛소리처럼 귀에 울렸다.

"보셨어요?"

그가 노인에게 고개를 돌렸다.

"보긴 뭘 봐. 여기서 운동하는데 구조대원 서너 명이 정상으로 뛰어 올라가더니 얼마 후에 헬기가 날아다니길래 뭔 일이 났구나 싶었지. 그러고 나서 조금 있으니 뛰어 올라간 구조대원들허고 아가씨한 명이 내려오더군."

"그 여자들이 정상으로 올라가시는 건 못 보셨고요?"

"봤지. 봤어. 여기서 쉬었다가 올라갔거든."

서늘한 산바람이 등을 스쳤다.

"둘이 여기에 앉아서 한동안 얘기를 나누더라고. 근데 여자들인 건 어떻게 알아? 자네도 그 사고를 아는 게야?"

"두 사람이 하는 대화는 못 들으셨나요?"

그가 다급하게 물었다.

"무슨 얘길 나누는지는 엿듣지 않았지. 그런 일이 일어날 거라곤 그땐 생각도 하지 못했으니 말이야. 뭐, 대화는 못 들었지만, 한 아가씨 표정은 똑똑히 보았어. 어딘가 불안하고 초조한 얼굴이었거든."

"그렇다면…"

"정상에서 내려온 일행 중에 그 얼굴은 없었어."

노인이 눈을 찡끗하며 말했다.

"그분이 사망하신 건가요?"

"그랬나 봐."

그가 두 눈을 질끈 감았다. 불안해하는 여자 얼굴에 연정의 얼굴이 겹쳐 보였다. 그 여자는 자신이 죽을 거라는 걸 예상했던 게 틀림없었다.

"경찰은 영감님께 두 사람에 대해 아무것도 묻질 않던가요?"

"나야 정상에 없었던 게 명백한데 뭘 물어보겠나."

"사고라고 하던데, 맞을까요?"

그가 물었다.

"글쎄. 그건 알 수 없지. 오직 두 아가씨만이 진실을 알고 있겠지. 나야 아주 잠깐 그 아가씨 표정을 본 게 다니까. 뭐, 그날 오전까지 비가 왔으니, 정상이 미끄럽긴 했을 테야."

노인이 담담하게 대답했다.

"혹시 두 사람 생김새가 기억나시나요?"

"산에서 내려온 아가씨는 키가 컸어. 죽은 아가씨도 비슷했을 거야. 아마."

"키가 얼마쯤 되던가요?"

"산에서 내려온 아가씨는 나보다 이만큼은 컸을 거야."

노인은 엄지와 검지를 벌려 그에게 내밀었다. 노인의 키는 165cm쯤 돼 보였다. 노인의 손가락 간격으로 보아 여자 키는 170cm쯤 되는 모양이었다.

"어르신. 그날 등산객이 많았나요?"

"해 질 녘에 사람이 있을라구. 이미 다 내려갔지. 그날 난, 할망구 병원에 데려다주고 늦게 올라왔어. 늦은 시간에 젊은 처자 둘이 왔으니 당연히 기억에 남지. 내려가는 줄 알았는데, 정상으로 올라가더군. 그나저나 자네가 아는 처자들인가?"

노인은 쿠킹포일을 공처럼 구부렸다.

"아닙니다."

그가 고개를 저으며 자리에서 일어났다.

"말씀 잘 들었습니다. 해지기 전에 이만 가볼게요."

"조심햐. 산엔 눈이 없어."

노인이 검지로 눈을 톡톡 두드렸다.

그는 다시 산을 올랐다. 약수터를 벗어나고 얼마 지나지 않아 갈림길이 나타났다. 안전한 계곡 길은 무슨 일인지 통행금지로 막혀있었다. 하는 수 없이 암벽으로 이어진 능선길로 돌아갈 수밖에 없었다.

능선길부터 정상까지는 거대 암석으로 이루어져 있었다. 맨둥맨둥한 암벽 탓에 그는 몇 번이나 휘청거렸다. 그렇게 더듬더듬 산을 오르다 보니 얼마 못 가 땀이 흘러내렸다. 그는 땀을 닦으며 허리를 펴고 옆을 돌아봤다. 험준한 암벽으로 가파른 산등성이가 한눈에 들어왔다. 눈앞이 아찔했다. 자칫 잘못해서 넘어지는 날엔 손써볼 겨를도 없이 아래로 굴러떨어질 것만 같았다. 그는 오금이 저릿하더니 다리에 힘이 풀려버렸다. 그는 암벽 위에 아슬아슬하게 꽂혀있는 녹슨 쇠막대에 이어진 밧줄을 양손으로 꽉 움켜잡았다. 이제 철로 된 계단만 오르면 정상이었다.

그는 난간도 없이 밧줄에 의존한 채 철계단을 올랐다. 당당. 녹슨 철계단이 저렁거렸다. 부서지진 않겠지. 계단 틈으로 칼로 깎아 낸 듯한 암벽이 내려다보였다. 암벽은 산 중턱까지 이어져 있었다. 그는 호흡을 고르고 시선을 위로한 채 계단을 올랐다. 한 칸, 두 칸…….

마침내 그는 마지막 남은 계단을 딛고 일어섰다. 드디어 정상… 정상에 오른 줄 알았는데 아니었다. 고개를 들어보니 그가 서 있는 곳에서 또 하나의 암석 위에 정상을 알리는 태극기가 휘날리고 있었다. 태극기가 꽂혀있는 암벽에 밧줄이 매달려 있었다. 후--- 참고 있던 한숨이 터져 나왔다.

그는 밧줄을 잡아당겨 보았다. 밧줄을 고정한 쇠막대가 흔들거렸다. 단단히 고정된 것 같지는 않았다. 그는 짧은 고민 끝에 올라가기로 했다. 사고 현장을 보러 정상까지 왔는데, 그냥 돌아갈 순 없었다.

그는 양손으로 밧줄을 붙잡고 암벽에 발을 디뎠다. 오직 밧줄에만 체중을 실은 채 암벽을 타고 올라야 한다. 블로그에서 봤을 땐 여자도 노인도 오르기에 대수롭지 않게 여겼는데 직접 암벽을 오르려니 여간 힘든 게 아니었다. 몇 번이고 발이 미끄러졌다. 그렇게 다섯 발을 떼고서야 정상에 도착했다.

정상 암석은 겨우 두세 사람 오를 수 있을 정도로 좁고 울퉁불퉁하여 발을 잘못 헛디디면 속절없이 약수터 인근까지 떨어질 것만 같았다. 형사가 왜 사고로 인정했는지 알 것도 같았다. 그는 태극기가 꽂힌 정상석 옆에 쭈그리고 앉았다. 탁 트인 도시 경관이 훤히 내려다보였다. 그는 숨을 고르며 사고가 일어났던 날을 상상했다. 정말 조은희가 살아있는 게 맞을까.

이틀 후 그는 편의점에서 오징어와 아몬드, 그리고 소주 다섯 병을 사 들고 강산역으로 갔다. 강산역 뒷골목에 무료 급식소가 있어 강산역 광장에는 언제나 노숙인들이 있었다. 연정은 조은희가 노숙인 무료 급식소에서 봉사활동을 한다고 했고, 정 경위는 조은희와 관련된 실종자 중에 노숙인이 세 명이나 있다고 했다. 노숙인 실종과 조은희는 어떤 관련이 있는 걸까.

강산역 광장에는 오늘도 여느 때처럼 노숙인들이 광장 곳곳에 누워있거나, 대낮부터 모여앉아 소주를 나눠마시고 있었다. 그는 다섯이 모여앉은 노숙인 무리에게 다가갔다. 강산역 광장에 노숙인이 있다는 건 알아도 그들에게 가까이 다가간 건 오늘이 처음이었다.

"안녕하세요."

바닥에 앉아 시시덕거리던 노숙인 세 명이 경계하는 눈빛으로 올려다봤다.

"말씀 좀 여쭙겠습니다."

그가 마른침을 삼키며 말을 건넸다.

"여기서 오래 지내셨나요?"

세 남녀의 시선이 그의 손에 들린 검은 비닐봉지와 그의 얼굴을 오갔다.

"그렇죠. 뭐. 다들 사오 년씩은 됐어요."

낡고 헤진 정장 바지에 다 찢어진 인조가죽 슬리퍼를 신은 남자가 아는체했다.

"이번엔 또 어느 신문사에서 나오셨어요?"

옆에 있던 여자가 실실거리며 물었다. 벌어진 입술 사이로 썩어서 부서져 버린 앞니가 보였다.

"신문사에서 나온 거 아니고요. 사람을 찾는 중입니다."

"사람이요?"

세 사람이 서로 눈길을 주고받았다.

"혹시 급식소에서 배식 봉사하는 젊은 아가씨를 아시나요?"

"키 큰 아가씨 말여요? 은희 씨?"

겨울용 수면 바지에 야전 점퍼를 걸친 남자가 대답했다.

"네. 맞아요. 이름도 아세요?"

그가 깜짝 놀라 물었다.

"다른 자원봉사자들이 그 아가씨를 부르는 걸 들었어요."

정장 바지가 대답했다. 그가 잘 찾아온 모양이었다. 그는 무릎을 굽히고 쭈그려 앉았다. 세 사람과 가까워지자, 술과 담배 냄새가 뒤섞인 입 냄새와 지린내가 코를 찔렀다.

"은희 씨를 최근에 보신 적 있으세요?"

그는 말을 하지 않을 땐 되도록 숨을 참았다.

"안보인지 꽤 오래됐쟈?"

수면 바지가 두 사람을 돌아봤다. 두 사람은 고개를 끄덕였다.

"혹시 마지막으로 온 게 언젠지 기억나시나요?"

"허 참. 물을 걸 물으소. 우덜이 날짜가 뭐시 중요하다고 날짜를 세겄소. 그냥 오면 오나보다 가면 가나 보다. 하는 것이제."

수면 바지가 말했다.

"그때가 봄이었지. 아마"

정장 바지가 거들었다.

"그때 형씨가 배식받으면서 그 아가씨한테 '봄인데 데이트도 안 하는가 봐요?'하고 물었잖아."

　　　　　　　　조금만 고개를 돌려도

정장 바지가 덧붙여 말했다.

"몇 월인지는 기억 안 나시죠?"

그가 정장 바지에게로 고개를 돌렸다.

"그게 아마 3월 중순이었지 싶은데……."

정장 바지가 고개를 갸웃거렸다.

"3월이요?"

그가 물었다. 3월이라면, 조은희가 사망하기 전이었다.

"그때가 아마 내 생일쯤이었으니 맞을 거예요."

정장 바지가 미소를 머금으며 말했다.

"하이고. 형씨. 길바닥에서도 생일은 생각나는 갑소."

수면 바지가 헤실헤실 웃으며 말했다.

"생일이니 하는 그딴 건 다 부질없어."

옆에 있던 여자가 툴툴거렸다.

"그라제. 세상에 태어나지 않았으면 이딴 고생도 하지 않았을 것 아니오."

수면 바지가 여자의 말에 맞장구쳤다.

"혹시 은희 씨에 대해 알고 계신 게 있을까요?"

그가 정장 바지에게 물었다.

"뭐. 알고 말고 할 게 있나. 그냥 밥 퍼주는 아가씨인데."

"근데, 전 좀 이상하더라고요. 느낌이 싸한 게."

여자가 소곤거리며 말했다.

"이쁘장한 아가씨에게 싸하다니. 질투하는 겨?"

수면 바지가 여자에게 눈을 할끔거렸다.

"질투는요. 그 여자가 혼자서 밥 먹는 사람들 옆에 가서 뭔가 속닥거리고 나면 며칠 뒤에 그 사람들 다 사라지잖아요."

여자는 뽀로통해져 입술을 비쭉 내밀었다.

"뭔 소리 하는 겨. 참네. 음모도 그런 음모는."

수면 바지가 머리를 흔들었다.

"아녜요. 잘 생각해 봐요. 은희 씨가 왔다 가고 얼마 안 있어서 저기 저쪽에 누워있던 아저씨하고, 매일 술 마시던 얼굴 벌건 아저씨, 그리고 저기 저쪽에 있던 여자까지 셋 다 사라졌잖아요."

여자가 불퉁거렸다.

"맞아. 은희 씨가 한동안 그 사람들 옆에 쭈그리고 앉아서 무슨 얘길 하곤 그랬어."

정장 바지가 맞장구쳤다.

"세 사람이요? 자세히 좀 말씀해 주시겠어요?"

"에헤. 쓸데없는 소리들은."

수면 바지가 두 사람에게 눈치를 줬다.

"목마르실 텐데 이것 좀 드시면서 말씀 나누세요."

그가 검은 비닐봉지를 그들에게 내밀었다. 세 사람은 서로 눈빛을 주고받으며 검은 봉지에서 소주를 꺼냈다.

"그분들 어디로 갔는지 모르세요?"

그가 정장 바지와 여자를 번갈아 보며 물었다.

"그거야 우리도 모르죠. 그 세 사람, 여기 있는 다른 사람들과 어

조금만 고개를 돌려도

울리지도 않고, 혼자서 생활하는 사람들이었거든요. 우리야 여기서도 나름 서로에게 의지하며 지낸다지만, 그 세 사람은 종일 혼자 있었어요. 은희 씨는 그런 사람들한테 다가가서 말벗해 준 게 다고요."

정장 바지가 뒤늦게 수습했다.

"무슨 얘기하는지 들어본 적은 없으시고요?"

"남의 대화를 뭐 하러 엿들겠소. 그냥 그런가 보다 하는 것이제."

수면 바지가 소주를 홀짝이며 말했다.

"저기, 제가 지나가다 들은 적 있어요."

여자가 몇 없는 치아로 오징어를 잘근잘근 씹으며 말했다.

"무슨 얘기 하던가요?"

"은희 씨가 뭔가 설득하는 것 같았어요. 돈을 벌게 해주겠다고 하는 것 같기도 했고요."

그는 움찔 놀랐다.

"일자리를 소개해 주는 건가요?"

"글쎄요. 일자리라면 좋겠지만, 뭔가 느낌이 좋지 않았어요."

여자는 아직도 오징어를 볼각거리며 대답했다.

"혹시 그분들 성함 아세요?"

"우리가 그걸 어떻게 알겠소. 여기선 쓸모도 없는데."

수면 바지가 배시시 웃으며 말했다.

"우리도 서로 이름은 몰라요."

정장 바지가 거들었다.

"그냥 '형씨'나 '어이'지 뭐."

수면 바지가 한 말에 정장 바지가 껄껄 웃었다.

"그럼, 그분들이 사라진 게 언젠지 기억나시나요?"

"2년 전부터 일 년에 한 사람씩 사라졌어요. 그 아가씨가 봉사 활동하러 오면 보통 보름 정도 연달아 왔어요. 무슨 탐색이라도 하는 것처럼요. 그러다 눈여겨본 한 사람한테 말을 걸면서 일주일 정도 친하게 지내고 나면 그 사람이 사라졌어요. 세 번 모두."

여자가 제법 또박또박하게 대답했다. 그는 마른침을 삼켰다. 여자의 말처럼 조은희의 행동이 수상했다.

"그분들 소식을 알려면 어디에다 물어봐야 하죠?"

그가 물었다.

"저기 저, 무료 급식소에 가서 물어보슈."

수면 바지가 아몬드를 와그작와그작 씹으며 강산역 뒷골목을 가리켰다. 그는 자리에서 일어나 수면 바지가 알려준 강산역 뒷골목으로 갔다. 사람이 드나들지 않을 것 같은 좁은 골목에 건물 외벽을 노란색으로 칠한 건물이 보였다. 가까이 다가가자, 건물 외벽에 목제 간판이 걸려있었다.

<날샘 무료급식소>

그는 급식소 문을 열고 안으로 들어갔다. 문을 열자마자 달큼하고 구수한 냄새가 풍겼다. 배가 꼬르륵거렸다.

"무슨 일이죠?"

조금만 고개를 돌려도

문이 열리는 소리에 머리카락이 희끗희끗한 노인이 돌아봤다.

"이곳에서 생활하시는 분들과 봉사자에 대해 뭐 좀 알아보려고 하는데요."

주방 안쪽에서 들려온 달그락 소리에 그가 목청을 높였다.

"그래요. 뭐가 궁금하세요? 아, 저는 노숙인들에게 일자리도 연결해 드리고 음식도 제공하고 있는 다행복교회 최주원 목사입니다."

최 목사가 생긋이 웃으며 그에게 다가왔다.

"배식 봉사하러 오는 조은희 씨 아시나요?"

"아, 조은희 씨요?"

최 목사는 흘러내리는 안경을 검지로 들어 올렸다.

"조은희 씨가 마지막으로 이곳에 온 게 언젠지 기억나시나요?"

"음…. 조은희 씨는 안 온 지 꽤 됐어요. 마지막으로 온 게 올해 봄일 거예요. 아마."

"밖에 계신 분들이 3월 중순이라고 하던데 그때가 맞나요?"

"막 겨울을 지나 봄이 시작되던 때라, 아직은 좀 추운……, 맞을 거예요. 3월."

최 목사가 기억을 더듬으며 대답했다.

"조은희 씨가 일 년에 한 번씩 봉사 활동하러 오면 보름 정도 연달아 나오다가 그 후론 나오지 않는다고 하던데, 사실인가요?"

"글쎄요. 딱히 날짜를 세어보진 않았지만, 아마 그럴 거예요."

최 목사가 고개를 끄덕였다.

"조은희 씨가 다녀간 후로 여기 계신 분 중에 사라지신 분이 있다

모럴 해저드

고 하던데, 진짠가요?"

그가 최 목사의 표정을 살피며 조심스레 물었다.

"음…… 그런가요? 그러고 보니 그런 것 같긴 합니다만, 그렇다고 조은희 씨가 다녀가고 사라졌다고는 할 수 없죠. 시기적인 우연일 뿐일 겁니다. 여기 계시는 분 중에 여기서 오래 생활하시는 분들도 있고, 자활에 성공하셔서 떠나는 분들도 계시고, 가족들 덕분에 새롭게 의지를 다져 새출발하시는 분들도 계시거든요."

최 목사는 미소를 머금은 채 대답했다.

"작년, 재작년에 조은희 씨가 다녀간 후에 사라진 남자분 두 분에 대해 알 수 있을까요?"

"글쎄요. 사라진 사람이야 많으니 누굴 말씀하시는 건지 잘 모르겠네요."

최 목사는 헛웃음을 지으며 고개를 흔들었다.

"그나저나 형사님이세요?"

최 목사가 눈썹을 들어 올리며 물었다.

"아뇨. 보험회사에서 나왔습니다."

"보험회사? 보험회사에서 은희 씨를 왜 찾나요?"

최 목사의 눈이 휘둥그레졌다. 그때, 벽에 걸린 액자들이 눈에 들어왔다. 사진 속에는 자원봉사자들이 배식하는 모습과 노숙인들이 배식받는 모습이 찍혀있었다. 그는 그중에서 한 사진에 유독 눈길이 갔다. 젊은 여자가 눈웃음을 지으며 맞은편 노숙인 식판에 음식을 배식하는 사진이었다.

"네. 맞아요. 저분이 조은희 씨에요."

최 목사가 말했다. 그는 조은희를 자세히 보려 액자 앞으로 다가 갔다. 조은희는 공장에서 찍어낸 듯한 인형 같았다. 고양이 같은 눈에 길고 풍성한 속눈썹, 그리고 일자로 쭉 뻗은 코와 도톰한 입술. 화장하지 않은 맨얼굴에도 이목구비가 크고 뚜렷했다. 어딘가 낯이 익은 얼굴이었다. 어디서 봤더라…….

그 순간, 번개가 번쩍거리듯 머릿속에서 한 사진이 떠올랐다. 지애 침대 옆 협탁 위에 놓여있던 바로 그 사진. 사진 속에 지애와 함께 있던 여자와 닮은 얼굴이었다. 그는 황급히 인사를 건네고 급식소를 빠져나와 집으로 달려갔다.

❋ ❋ ❋

그는 신발을 벗어 던지고 지애 방문을 열어젖혔다. 지애 방은 도둑이 다녀간 것처럼 온갖 물건이 여기저기 흩어져 있었다. 형사들이 압수수색을 한답시고 제멋대로 어질러 놓은 거였다.

그는 침대 옆으로 다가갔다. 협탁 위에 있어야 할 사진이 보이지 않았다. 서랍에도, 침대 위에도, 다른 어디에도 사진은 보이지 않았다. 형사들이 가져간 걸까.

그는 지애 침대에 털썩 주저앉았다. 분명 같은 사람 같은데. 그는 두 손으로 얼굴을 쓸어내렸다. 급식소에서 봤던 사진과 협탁 위에 있던 사진이 주마등처럼 머릿속을 스치고 지나갔다. 아닐 거야. 아니어야 해.

'김지섭 씨가 아시는 건 조은희가 저지른 범행 일부일 뿐입니다……. 조은희를 결코 만만하게 봐선 안 됩니다…….'

정 경위의 목소리가 그의 머릿속에서 정처 없이 떠돌았다. 그는 불길한 감정을 떨쳐내려 떨리는 손으로 SNS를 눌렀다. 지애 실종 글에 새로운 댓글이 달리지 않은 지 열흘이나 지나 있었다. 그는 댓글을 하나씩 살펴보다 '실종된 여자 SNS는 여깁니다.'란 댓글에서 동작을 멈췄다. 댓글에는 링크 주소가 함께 적혀있었다. 그는 링크를 눌러보았다. 지애 SNS로 연결되었다. 지애 SNS를 어떻게 알아낸 걸까. 그와는 팔로우 되어있지 않은 지애 SNS 계정이었다.

지애가 마지막으로 올린 게시글은 거실 창 앞에 서서 창밖의 붉은 노을을 배경으로 찍은 사진과 엘리베이터 안에서 자기 얼굴을 찍은 사진 두 장이었다. 게시글을 올린 날짜는 지애 핸드폰이 꺼지기 보름 전인 3월 12일이었다. 함께 지내고 있다던 언니 집에서 찍은 사진인 모양이었다. 게시글에는 11월 2일에 승현이 '지애야. 너지금 어딨어? 제발 연락 좀 줘.'라고 쓴 댓글이 유일했다.

그는 사진을 확대해서 창밖을 유심히 봤다. 거실 창 바로 앞에는 강이 흐르고, 강 건너편에는 높은 빌딩들이 줄지어 있었다. 지애 발 아래에서 강이 흐르는 거로 봐선 고층 아파트였다. 강산시에 흐르는 유일한 강인 원동강은 강산시 북쪽에서 남쪽으로 흘러 원동강 동쪽은 하동구, 서쪽은 하서구로 나뉘었다. 사진 속 아파트는 원동 강변에 있는 아파트 중 하나인 게 틀림없었다. 사진 속의 빌딩 꼭대기가

조금만 고개를 돌려도

마치 촛불처럼 금빛으로 타올랐다. 빌딩 뒤로 넘어가는 해를 마주 보고 있는 거로 보아 지애가 있는 곳은 하동구에 있는 아파트였다.

그는 지도 앱을 켰다. 하동구 강변에 있는 아파트만 30여 곳이나 되었다. 아파트 30곳을 모두 다 가보는 건 무리였다. 그는 또다시 사진을 확대해 강 건너편에 세워진 빌딩을 유심히 살폈다. 그 중 유난히 눈에 들어오는 건물이 있었다. 강산시 시민이라면 모를 수 없는 아띠랑스 백화점이었다. 거실에서 백화점을 정면으로 바라볼 수 있는 곳은 대략 10곳쯤 되었다.

그는 로드뷰를 켜서 백화점이 보이는 각도를 사진 속 모습과 비교해 봤다. 수색 범위는 또다시 반으로 줄어 아파트 5곳으로 간추려 졌다. 거기까지가 한계였다. 아파트 5곳을 다 가볼 수는 없었다. 이제 어떡하지.

그는 엘리베이터 안에서 찍은 사진으로 넘겨보았다. 웃고 있는 지애 등 뒤로 날개를 활짝 펼친 황새 로고가 보였다. 황새 로고가 그려진 아파트라면 아파트 5곳 중 한 곳뿐이었다. 부창동에 있는 리버팰리스 아파트였다. 리버팰리스 아파트는 차로 20분 거리에 있었다. 지애는 집을 나간 뒤 멀지 않은 곳에 있었다.

인터넷에서 아파트 정보를 검색해 보니 리버팰리스는 6동으로 총 980세대가 살고 있었다. 맞은편에 바라다보이는 빌딩과 백화점 높이를 봐선 저층은 아니었다. 그렇다면 980세대 중에서도 중, 고층 세대 중 한 집이다. 그는 한숨을 내쉬며 지애 침대에 털썩 드러누웠다. 발끝까지 다가가고도 아직 까마득한 기분이 들었다. 수백 세대를 무슨 수로 다 찾아본단 말인가. 그는 경찰에게 도움을 받으면 수색이 좀 더 쉬워지지 않을까 생각했지만, 관뒀다. 그를 살인범으로, 지애가 죽었다고 믿고 있는데 수색해 줄는지 알 수 없었다.

그는 다시 지도 앱을 열어 리버팰리스 아파트를 가만히 들여다봤다. 타워형 아파트라 거실 창 방향이 제각각이었다. 맞은편 백화점이 사진처럼 보이는 각도는 그중 절반 세대뿐이었다. 한 층의 4호실 중 2호실은 빌딩이 보이지 않거나 측면만 보일 것이다.

그때, 문득 엘리베이터 사진 속에서 뭔가를 본 것 같단 생각이 들었다. 그는 다시 엘리베이터에서 찍은 사진을 눌러보았다. 지애 얼굴만 들여다보느라 중요한 걸 놓치고 있었다. 지애 옆에 붙어있는 거울에 엘리베이터 버튼이 반사되어 보였다. 23층이 눌러져 있었다. 엘리베이터 안에는 지애 말고 다른 사람은 보이지 않았다. 그렇다면 23층은 지애가 누른 것이다. 한 건물당 23층은 4호실, 그중 절반은 빌딩이 보이지 않으니 제외하면 2호실이다. 리버팰리스 아파트는 6동이니 총 12호실 중 하나다.

그는 다음 날 아침 일찍부터 서둘렀다. 멀지 않은 곳에 지애가 있었다. 지애를 코앞에 두고 그동안 그토록 찾아 헤맸던 것이다. 당장 달려가 지애를 데려와야겠단 생각이 들었다. 아니, 잘 지내고 있다는 것만 알게 되면, 그걸로 충분했다.

그는 사암역 교차로를 지나 원동강이 있는 동쪽으로 향했다. 차창 밖으로 보이는 하늘이 오늘따라 유난히 높고 푸르렀다. 리버팰리스

조금만 고개를 돌려도

에 가면 당장이라도 지애를 만날 수 있을 것만 같았다. 원동강에 놓인 원동교를 지나며 그는 강변에 웅장하게 서 있는 초고층 주상복합 아파트들을 올려다봤다. 평생 꿈꿔볼 수 없는 다른 세상 같았다.

잠시 후 그는 리버팰리스 아파트 앞에 도착했다. 차창 너머로 아파트를 올려다봤다. 아파트는 하늘을 찌를 듯 높았다. 높고 으리으리한 아파트에 지애가 혹한 게 아닐까.

그는 지하 주차장 입구로 다가갔다. 주차장 입구에는 차단기가 내려와 있었다. 그가 어쩔 줄 몰라 하던 그때, 스피커에서 남자 목소리가 흘러나왔다.

"어디에 가십니까?"

"아, 저기, 사람을 찾으러 왔습니다."

그는 당황하긴 했지만, 이내 침착하게 대답했다.

"몇 동 몇 호에 가시죠?"

"저기, 그게……."

그는 말문이 막혔다.

"세대 방문객이 아니라면 주차할 수 없습니다."

스피커 속 목소리가 단호하게 말했다. 그는 하는 수 없이 차를 뒤로 뺐다. 방법이 없는 건 아니었다. 그는 인근 상가 주차장에다 주차한 뒤, 아파트로 걸어갔다.

아파트 입구 자동문도 잠겨있었다. 비밀번호를 누르거나 출입 카드가 있어야만 들어갈 수 있었다. 그가 쭈뼛거리며 주위를 둘러보는데, 마침 한 아주머니가 아파트 입구로 걸어오고 있었다. 아주머니가 로비폰에 카드를 갖다 대자, 자동문이 열렸다. 그는 아주머니를 뒤따라 안으로 들어갔다. 다행히 경비원도 다른 입주민들도 그를 수상하게 여기지 않았다. 운 좋게 아파트 단지 안에는 들어왔지만, 또 하나의 난관이 있었다. 모든 동이 아파트 입구와 마찬가지로 비밀번호나 출입 카드가 있어야 들어갈 수 있었다. 앞으로 그가 거쳐야 하는 난관은 총 6번이었다.

첫 번째 동은 아파트 입구에서처럼 입주민이 나오면서 열린 문으로 들어갔다. 그는 엘리베이터에 올라타 23층을 눌렀다. 엘리베이터 내부는 사진에서 보던 것과 똑같았다. 잘 찾아온 것이다. 23층에 도착해 엘리베이터에서 내리자, 엘리베이터 홀 양옆으로 방화문이 있었다. 그는 미리 알아본 대로 강이 보이는 2, 3호실로 걸어갔다.

먼저, 2302호의 초인종을 먼저 눌렀다.

"누구세요."

인터폰에서 여자 목소리가 말했다. 목소리만 들어서는 60대쯤 될 것 같았다.

"안녕하세요. 사람을 찾고 있습니다."

그는 핸드폰에 저장된 지애 사진을 인터폰에 갖다 댔다.

"혹시 이렇게 생긴 젊은 여자, 이곳에 사나요?"

"아니요. 그런 사람 안 살아요."

"네. 죄송합니다."

그는 정중히 인사한 뒤 돌아섰다. 첫 번째 집에서 바로 찾을 거란 기대는 하지 않았기에, 실망할 것도 없었다. 그는 곧장 2303호로 걸어가 초인종을 눌렀다. 안에선 아무런 기척이 없었다. 두세 번 더 눌러보았지만, 마찬가지였다. 거주민이 집을 비운 모양이었다.

그는 하는 수 없이 엘리베이터를 타고 내려와 2동으로 갔다. 2동 앞에서 한참을 기다렸지만, 드나드는 사람이 없었다. 마냥 기다릴 수만은 없는 노릇이었다. 어떻게 해야 할까. 그때 마침 로비폰이 눈에 들어왔다. 그는 입주민을 기다리는 걸 포기하고, 공동 현관에 설치된 로비폰으로 다가갔다. 먼저 2302호에 호출 버튼을 눌렀다.

"누구세요?"

신호음 끝에 젊은 남자가 말했다.

"사람을 찾는데요. 혹시 이 여자, 여기에 사나요?"

그가 지애 사진을 로비폰 카메라에 들이댔다.

"아뇨. 없어요."

젊은 남자가 단박에 대답했다. 어딘가 꺼림칙하긴 하지만, 그렇다고 물고 늘어질 순 없었다.

"네. 죄송합니다."

그는 카메라에다 대고 고개를 꾸벅인 뒤, 2303호에 호출했다. 2303호에서도 역시나 모른다는 답변이 돌아왔다. 그는 한숨을 푹 내쉬었다. 그때, 누군가가 등을 툭툭 쳤다. 돌아보니 경비업체 유니폼을 입은 젊은 경비원이 서 있었다.

"지금 뭐 하시는 겁니까?"

경비원이 물었다.

"사람을 좀 찾고 있었습니다."

그가 지애 사진을 경비원에게 보여주려는데, 경비원이 손을 뻗으며 말했다.

"여기서 이러시면 안 됩니다. 나가세요."

경비원이 그의 어깨를 잡았다. 굵고 두툼한 손에서 강한 힘이 느껴졌다.

"이제 겨우 두 동밖에 못 가봤어요. 여덟 집만 더 확인할게요."

그가 말했다.

"입주민 민원이 들어와서 안 됩니다. 이만 나가시죠."

경비원이 난처한 얼굴로 말했다.

"딱 여덟 집만 확인하고 바로 나갈게요. 네?"

"안 됩니다. 여기 입주민들… 아무튼, 안 돼요. 그러다 저도 잘려요."

경비원은 고개를 절레절레 흔들더니 옷자락을 끌어당겼다. 그는 끌려 나가다시피 아파트를 나왔다. 차마 발길이 떨어지지 않았다. 여덟 집을 남겨놓고 포기해야 한다니.

그는 아파트를 올려다봤다. 왠지 지애가 내려다보고 있을 것만 같았다.

그날 저녁, 집으로 돌아온 그는 불도 켜지 않고 푹 꺼진 소파에 털썩 주저앉았다. 이제 어떻게 해야 하나. 어디로 가야 지애를 찾을 수 있을까. 갖은 질문이 머릿속에서 들끓었다. 입이 바싹바싹 말랐다. 그는 소파에서 일어나 냉장고 문을 열었다. 냉장고는 텅 비어 있었다.

그는 도로 집을 나와 아파트 상가에 있는 편의점으로 들어갔다. 편의점엔 손님이 아무도 없었다. 그는 냉장고에서 맥주 네 캔을 꺼내 들고 계산대에 올렸다. 지애 또래로 보이는 여자 아르바이트생이 말없이 바코드를 찍었다. 그때 문득, 고현동 편의점 아르바이트생에게서 편의점 사장 연락처를 받은 게 생각났다.

그는 계산을 마치자마자 주차장으로 달려갔다. 조수석에 맥주를 담은 비닐봉지를 던져두고 운전석과 조수석 사이에 있는 콘솔 박스를 열었다. 휴지와 물티슈, 각종 명함이 쏟아져 나왔다. 콘솔 박스 안에 담긴 물건을 모조리 꺼내어 하나씩 확인했지만, 전화번호가 적힌 메모지는 없었다. 글로브 박스에도 선바이저에도 마찬가지였다. 운전석에 앉은 그는 머리를 감싸 쥐고 핸들에 얼굴을 파묻었다. 대체 하는 일마다 하나같이 왜 이 모양일까. 어느 것 하나도 제대로 해내는 게 없었다. 일도, 오빠 노릇도.

그는 손을 뻗어 비닐봉지에서 맥주를 꺼내 뚜껑을 땄다. 딱 소리와 함께 맥주가 찰랑거렸다. 그는 맥주를 벌컥벌컥 들이켰다. 시원한 맥주가 목을 타고 흘러내리자, 정신이 번쩍 들었다. 그래. 일이야 무슨 일이 됐든 다시 시작하면 되지만, 지애는 더 늦기 전에 찾아야 해. 내일 다시 가보자. 매일 몇 집이라도 확인하면 되잖아.

그가 비닐봉지를 들고 차에서 내리려는데, 발밑에서 바스락 소리가 났다. 실내등을 켜고 발밑을 보니 그가 찾던 메모지가 떨어져 있었다. 그는 메모지를 집어 들고서 곧바로 전화를 걸었다. 잠시 후, 한 남자가 전화를 받았다.

"안녕하세요. 고현동 GU 편의점 사장님이시죠?"

"네. 그런데요. 무슨 일이세요?"

사장 목소리에 경계심이 역력했다.

"사람을 찾던 중에 아르바이트생에게 연락처를 받았습니다. 혹시 아르바이트생 중에 스물세 살 김지애라고 있나요?"

그가 마른침을 삼켰다.

"아뇨. '김지애'라고는 없어요."

사장이 단호하게 말했다.

"어… 저기… 대학생이에요. 키가 크고요. 정말… 없나요?"

"아뇨. 김지애란 학생은 없어요."

사장은 이번에도 단호하게 대답했다.

"아… 네. 알겠습니다. 감사합니다."

그는 전화를 끊었다. 한숨이 절로 나왔다. 지애는 대체 어디에 있는 걸까. 지애 방에서 본 사진과 무료 급식소에서 본 사진이 아른거렸다. 같은 사람일까. 그는 지애와 조은희의 교집합이 자꾸만 마음에 걸렸다. 박연정은 조은희가 교회에 다닌다고 했고, 지애는 교회에서 언니를 만났다고 했다. 지애 핸드폰이 꺼진 3월 25일은 조은희가 사망한 날이었다. 임 경사는 조은희가 여대생과 산에 올랐다고 했다. 약수터 노인은 그날 산에 오른 여자들 키가 지애와 비슷하다고 했다. 설마 그 여대생이 지애는 아니겠지. 들것에 실린 연정의 마지막 모습이 아른거렸다. 설마… 지애도… 아니겠지……. 숨이 턱 막혔다.

그때였다. 조용한 차 안에 전화벨이 울렸다. 그와는 통화기록이 없는 낯선 번호였다.

"네. 김지섭입니다."

그가 핸들에 얼굴을 파묻은 채 전화를 받았다.

"김지섭 씨죠?"

젊은 여자 목소리였다.

"네. 그런데요. 무슨 일이죠?"

"박연정에 대해서 드릴 말씀이 있어서요."

여자가 새침하게 말했다. 그는 고개를 번쩍 들었다.

"누, 누구시죠?"

"아는 언니예요."

그는 수화기 너머로 들리는 목소리에 신경을 곤두세웠다. 누굴까. 연정에겐 조은희 말고는 아는 언니가 없을 텐데.

"무… 슨 일이죠?"

"그건 만나서 얘기하고 싶은데요."

심장이 곤두박질쳤다. 설마 조은희는 아니겠지. 공식적으로 죽은 거로 되어있는 사람이 스스로 정체를 드러낼 리가 없지 않은가. 머리로는 그렇게 생각되지만, 그는 왠지 조은희일 것 같단 생각이 들었다.

"아, 네. 언제, 어디로 가면 되죠?"

그가 떨리는 목소리로 물었다.

"내일 오후 4시에 집으로 오시겠어요? 주소는 메시지로 보내드릴게요."

"네. 알겠습니다. 내일 찾아뵙겠습니다."

그가 대답했다. 전화를 끊자, 곧바로 메시지가 왔다.

[내일 오후 4시에 부창동 리버팰리스 아파트 1동 2303호로 오세요.]

다음 날 오후, 그는 부창동 리버팰리스 아파트로 갔다. 주차장 입구에서 동호수를 말하자, 차단기가 올라갔다. 주차를 마치고 엘리베이터에 올라탄 그는 깜빡이는 층별 표시를 바라보며 안전바에 몸을 지탱했다. 심장이 떨리다 못해 온몸이 덜덜 떨렸다. 리버팰리스 1동 2303호. 어제 그가 지애를 찾으러 온 곳이었다. 그런데 여자는 지애가 아닌 박연정을 안다고 했다. 설마…….

마침내 엘리베이터가 23층에서 멈춰 섰다. 그는 2303호 앞으로 저벅저벅 걸어갔다.

사각
지대

❀ ❀ ❀

딩동— 딩동---

초인종 소리가 조용한 복도에 울려 퍼졌다. 안에선 아무런 기척이
없었다. 이상하다. 분명 집으로 오라고 했는데…….

그가 다시 초인종으로 손을 뻗은 그때, 딸깍 소리와 함께 하얀색
비숑 프리제를 품에 안은 여자가 문을 열었다. 여자는 예상대로 키
가 컸다. 이 여자가 조은희란 말인가.

"들어오세요."

여자가 생긋이 웃으며 한쪽으로 비켜섰다.

"그럼, 잠시 실례하겠습니다."

그는 어깨가 뻣뻣하게 굳은 채 안으로 들어갔다. 현관에 들어서
자, 백화점 1층에서 맡은 듯한 향기가 물큰 풍겼다. 그는 쭈뼛거리
며 신발을 벗었다. 그의 신발 옆에는 명품 로고가 그려진 신발들이
어지럽게 놓여있었다. 그중에 낯익은 신발 하나가 눈에 띄었다. 어
디서 봤더라.

기억을 떠올릴 새도 없이 여자가 안으로 들어갔다. 그도 여자를 따라 안으로 들어갔다. 런웨이 같은 기다란 복도를 지나 거실로 들어서자, 그는 입이 떡 벌어졌다. 하얀색 타일이 깔린 바닥과 새하얀 벽, 그리고 환한 조명이 꼭 백화점 명품관에 들어온 것 같았다. 여자는 그를 거실 창 옆에 놓인 6인용 테이블로 안내했다.

"여기서 기다리세요."

여자는 그를 두고 사라졌다. 그는 우두커니 서서 집을 둘러봤다. 그의 집보다 넓은 거실에는 새하얀 눈 위에 흩뿌려진 피처럼 빨간색 소파와 빨간색 수납장이 놓여있었다. 수납장 옆에는 양주, 와인, 위스키 등 빈 술병들이 마치 전리품이라도 되는 양 바닥에 늘어 놓여있었다. 젊은 여자가 사는 집치곤 지나치게 호화로웠다. 대체 여자의 정체가 뭘까.

여자의 정체를 알 수 있을 만한 게 없을까 하고 둘러보는데, 마침 장식장 위에 사진이 놓여있었다. 그는 이끌리듯 장식장으로 다가갔다. 언뜻 보기엔 지애 방에서 본 네 컷 사진 속 배경과 같아 보였다. 하긴 요즘 유행하는 네 컷 사진관에서 찍은 사진이라면, 배경쯤은 같을 수 있었다. 사진 앞에 다가간 그가 막 사진을 집으려는데, 등 뒤에서 인기척이 났다. 돌아보니 여자가 커피를 가지고 돌아왔다.

그는 얼른 테이블로 돌아갔다. 여자는 큐빅으로 장식한 손톱이 망가지지 않게 조심스럽게 커피잔을 내려놓았다.

"앉으세요."

여자가 다리를 꼬고서 맞은편에 앉았다.

"박연정에 대해 알고 싶으시죠?"

여자는 그가 앉는 걸 보며 팔짱을 끼고 등을 뒤로 기댔다.

"그것보다 먼저⋯ 성함이 어떻게 되시죠?"

그가 물었다. 여자는 기다렸다는 듯이 테이블 위에 놓인 지갑으로 손을 뻗었다. 지갑 옆에 검은색 뿔테안경이 놓여있었다. 설마⋯ 아니겠지. 그가 생각에 잠긴 사이, 여자가 지갑에서 신분증을 꺼내어 내밀었다. 신분증에 적힌 이름은 고주희. 나이는 24살이었다. 신분증을 위조한 걸까. 아니면 그의 상상이 불러온 괜한 억측일까.

"박연정 님께 사고와 관련된 걸 들으신 게 있나요?"

그가 물었다.

"그냥 뭐⋯ 이불을 털다가 떨어졌는데, 보험회사에서 조사가 나왔다고 했어요."

주희가 손톱을 매만지며 대답했다. 대체 언제 그런 얘기를 주고받았을까. 연정은 사고로 입원한 후로 줄곧 핸드폰도, 면회객도 없었다. 면회객이라면, 퇴원 전에 찾아온 사람과 죽기 직전에 찾아온 사람 둘뿐이었다. 박연정 말에 의하면 퇴원 전에 찾아온 면회객은 조은희라고 했다.

"두 사람이 친했나 봐요. 박연정 님과는 어떻게 알게 되셨어요?"

비송이 어디선가 나타나 테이블로 다가왔다.

"회사에서 만났어요. 전 직장동료죠."

주희가 비송에게 손을 뻗으며 대답했다. 비송은 주희에게 가는가 싶더니 그에게 다가와 꼬리를 흔들었다.

"회사요? 박연정 님이 회사에 다녔었나요?"

그가 다리에 매달린 비숑을 힐끗 내려다보며 물었다.

"모르셨어요? 하긴, 보험 조사할 때 그런 것까진 말할 필요가 없으니. 제시카. 이리 와."

주희가 비숑을 안으려 고개를 숙였다. 민소매 원피스 사이로 수박만 한 가슴이 고개를 내밀었다. 빵빵한 가슴도, 일자로 쭉 뻗은 코도 모두 돈 주고 수술한 가짜였다.

"보육원에 있는 아이를 데려오려고 일한다고 했어요. 보험도 그때 가입했고요."

주희 품에 안긴 비숑이 커피잔에 코를 대고 킁킁거렸다. 주희는 커피를 마시라는 듯 손을 내밀었다. 그는 커피잔을 들었다. 커피가 유난히 탁하고 진해 보였다. 기분 탓이겠지. 하며 그는 커피를 한 모금 마셨다.

"박연정 님이 뭐라고 하면서 보험에 가입한다던가요?"

유달리 쓴 커피 맛에 그는 입을 떼고 커피잔을 내려놓았다.

"요즘 실손의료보험은 누구나 다 가입하니까, 자기도 하나쯤은 있어야 할 것 같다며 가입하는 것 같았어요."

그는 고개를 갸웃거렸다. 연정은 보험에 가입한 줄 몰랐다고 했다. 과연 누구 말이 사실일까.

"박연정 님은 아이를 왜 보육원에 보낸다고 하던가요?"

"그야… 아이를 키우려면 돈을 벌어야 하고, 일하러 가려면 집을 비워야 하는데, 아이를 봐줄 사람이 없으니 어쩔 수 없었겠죠."

주희는 테이블 위에 놓인 담배를 만지작거리더니 도로 내려놓았다. 틀린 말은 아니지만, 보육원 원장은 연정이 어려운 형편에도 아이를 보육원에 보내고 싶어 하지 않았다고 했다. 조은희 지시로 어쩔 수 없이 아이를 보육원에 보냈을 뿐.

"연정 님 집에도 가보셨나요? 혼자 사니 가끔 놀러 가기도……"

그때, 그는 주희 귀밑에 그려진 문신을 발견했다. 기하학처럼 보이는 칼 문양이 십자가처럼 귀밑에 박혀있었다. 연정의 집에 갔던 날, 9층에서 엘리베이터를 타고 내려온 여자에게서 본 바로 그 문신이었다. 그는 눈을 치켜떠 주희 얼굴을 찬찬히 뜯어봤다. 속눈썹까지 붙인 진한 화장에 못 알아볼 뻔했지만, 분명 그때 그 여자였다.

"집에 가본 적은 없어요. 다른 사람들도 친하다고 서로 집을 오가고 그러진 않잖아요. 그런데 그건 왜 물어보시죠?"

"아뇨. 아닙니다. 혹시 아이를 보신 적 있나 하고요."

그가 대충 둘러댔다.

"형사들 말로는 병원 화단에서 추락하기 직전에 남자 면회객이 찾아왔었다고 하던데, 혹시 의심되는 사람이 있나요?"

"글쎄요."

주희가 쓴웃음을 지었다. 그 순간, 그는 조금 전 현관에서 본 신발을 어디서 봤는지 떠올랐다. 바로 하북경찰서 이 경사가 보여준 CCTV 속 면회객이 신고 있던, 바로 그 운동화였다. 그렇다면 연정이 사망하기 전에 면회 온 사람이 고준희란 말인가.

"혹시, 박연정 님 남편에 대해서도 아시나요?"

"남편이요? 두 사람이 만날 때 연정이한테 듣긴 했어요. 그런데 뭐… 아이를 낳았다고 남편인가요? 언젠가부터 그 남자 얘기를 하지 않아서, 헤어진 줄 알았는데."

주희가 어색하게 웃었다. 그러고 보니 조금 전부터 비송이 보이지 않았다.

"혼인신고가 되어있으니 남편이죠. 장현성 님 말씀으로는 박연정 님이 자기 몰래 혼인신고 했다고 하던데, 혹시 박연정 님께 혼인신고를 했다는 얘긴 못 들으셨어요?"

그가 비송을 찾으려 거실을 둘러봤다. 거실에 안개가 들어찬 것처럼 시야가 흐릿하게 보였다.

"글쎄요. 연정이가 그 남잘 워낙 사랑하긴 했어요. 집착까지 할 정도였으니까요."

주희가 앙글거리며 말했다.

"만약 사망보험금이 지급된다면, 보육원에 있는 아이와 아이 아빠가 받게 되는 건 아시죠?"

그가 슬쩍 떠보았다.

"그럼요. 전, 연정이 아이가 보험금을 받았으면 해서 연락드린 거예요. 병원에서 일어난 사고는 연정이한테 아무것도 듣지 못해서 해드릴 말씀이 없지만, 베란다에서 떨어진 건 이불을 털다가 떨어졌다고 했거든요. 그런데 이렇게까지 보험금이 지급되질 않고 있으니 이상해서요. 무슨 문제라도 있나요?"

그때, 비송이 뭔가를 입에 물고서 그에게로 다가왔다.

"아뇨. 문제는요. 박연정 님이 갑자기 돌아가시는 바람에 조금 지연되었을 뿐입니다."

비숑이 꼬리를 흔들며 다리에 매달렸다. 그는 비숑이 물고 온 걸 집어 들었다. 목도리였다. 어딘가 낯이 익었지만, 머릿속이 자꾸만 아득해져 기억을 떠올릴 수가 없었다.

"커피 안 마시세요?"

주희가 눈으로 커피잔을 가리켰다.

"아. 그게… 실은 커피를 마시지 않아서요."

그가 애써 미소를 지으며 손사래 쳤다. 이봐, 당신. 커피에 수면제를 넣은 걸 내가 모를 줄 알아. 그는 내려앉으려는 눈꺼풀을 이겨보려 눈에 힘을 줬다.

"그나저나 제 연락처는 어떻게 알고 연락하신 거죠?"

"연정이가 입원했을 때 보험 조사가 나왔다고 연락이 왔어요. 연정이가 보험 조사는 처음이라 당황하길래, 혹시 도움이 필요하면 도와주겠다고 하고선 김지섭 씨 명함을 받았어요."

"그랬군요. 보험을 잘 아시나 봐요. 박연정 님께서 보험에 가입할 때도 도움을 주셨겠죠?"

그가 혼잣말하듯 말했다. 혀가 둔해진 기분이었다.

"아뇨. 연정이가 아는 언니한테 부탁했다고 했어요."

"조은희 씨요?"

"네. 맞아요."

주희가 창밖으로 눈을 돌렸다. 서쪽 하늘이 촛불처럼 타오르고 있었다. 그 아래로 백화점이 내려다보였다. 믿고 싶지 않지만, 지애 SNS 사진 속 배경과 똑같았다.

"조은희 씨를 아시나요?"

"연정이한테 이름만 몇 번 들었어요. 도움을 받고 있다고요. 그런데, 조은희 씨를 어떻게 아세요?"

주희가 생긋이 웃으며 물었다.

"박연정 님 설계사라서요. 박연정 님께서 그분 소개로 가입했다고 했거든요."

"아…. 다른 얘긴 없었고요?"

주희가 고양이 같은 눈으로 그를 흘끗 봤다. 그가 얼마나 알아낸 건지, 어디까지 알고 있는지 염탐하려고 그를 집으로 불러들인 모양이었다.

"없었어요."

그가 목도리를 만지작거리며 대답했다. 자꾸만 정신이 아득해져 더는 견딜 수가 없을 것 같았다. 어서 이곳을 빠져나가야 할 것 같았다.

"시간이 벌써 이렇게 됐네요. 이만 가봐야겠어요."

그가 자리에서 일어났다.

"벌써 가려고요? 더 궁금한 게 있으면 연락하세요."

주희가 따라 일어났다.

"더 궁금한 게 생길 것 같으니, 다음 주 토요일에 같이 영화 보면서 얘기하죠."

복도로 걸어 나오던 그가 뒤돌아보며 히물쩍 웃었다.

"네. 그래요."

주희가 새침한 얼굴로 대답했다. 그는 서둘러 집을 빠져나왔다. 아득해지는 정신을 부여잡으며 엘리베이터 호출 버튼을 계속해서 눌러댔다. 등 뒤에서 누군가의 시선이 느껴졌다. 등줄기를 따라 식은땀이 흘러내렸다. 여기서 잠들면 안 돼. 정신 차려.

엘리베이터가 도착하자, 그는 서둘러 올라타 닫힘 버튼을 눌렀다. 문이 닫히는 걸 보고서야 겨우 한숨 돌리는데, 닫히는 문 사이로 손이 뻗어 들어왔다. 그는 숨을 들이켰다.

"같이 갑시다."

중년 남자가 엘리베이터에 올라탔다. 눈꺼풀이 점점 내려앉았다.

"안 내립니까?"

남자 목소리가 잠을 깨웠다. 눈을 떠보니 남자가 뒤돌아보고 있었다. 잠깐 잠든 사이 지하 1층에 도착한 모양이었다. 그는 엘리베이터에서 내려 그의 차로 걸어가 차에 올라탔다.

똑. 똑. 똑.

"이봐요."

어렴풋이 들려오는 목소리에 눈을 떴다. 서서히 정신이 돌아왔다. 그는 핸들에 얼굴을 파묻은 채 잠을 자고 있었다. 얼마나 잔 거지. 아니, 무슨 일이 있었던 거지. 그는 주위를 둘러봤다. 낯선 주차장이었다. 여기가 어디지. 운전석 밖에 경비원이 서 있었다. 그를 깨운 사람이 경비원인 모양이었다. 그는 창문을 내렸다.

"무슨 일이죠?"

그가 주위를 눈으로 훑으며 물었다.

"그거야 제가 물어보고 싶은 말……"

경비원이 말하던 그때, 저 멀리 기둥 뒤에 주희가 비숑을 안고서 그를 지켜보고 있었다. 그는 못 본 척 눈을 돌렸다.

"아, 아닙니다. 잠깐 잠이 들었나 봅니다."

그가 시동을 걸었다.

"정말, 괜찮겠습니까?"

"네. 괜찮습니다. 그럼, 이만 가봐야 해서요."

그는 창문을 올리고 주차장을 빠져나왔다. 핸들을 잡은 손이 덜덜 떨렸다. 가슴이 제멋대로 덜컥거렸다. 시계를 보았다. 적어도 세 시간은 잔 것 같았다. 그가 잠든 사이에 무슨 일이 일어났던 걸까.

그는 강변에 차를 세워 블랙박스를 켜보았다. 블랙박스는 꺼져있었다. 언제부터 꺼진 걸까. 그는 블랙박스가 꺼지기 전에 찍힌 영상을 재생했다. 영상 속에서 그가 힘겹게 다리를 떼며 차로 걸어왔다. 곧이어 차 문이 열리는 소리가 들리더니 이내 아무런 소리도 들리지 않았다. 곧장 잠이 든 모양이었다. 그가 잠들고 3분도 채 되지 않아, 주희가 그의 차로 걸어왔다. 잠이 든 그를 본 건지, 주희는 피식 웃으며 조수석으로 걸어갔다. 잠시 후 문이 열리는 소리와 함께 영상이 꺼졌다. 주희가 블랙박스를 끈 모양이었다. 그 후로 세 시간 동안 차 안에서 뭔가를 했던 걸까. 아니면 밖에서 그를 지켜봤단 말인가. 강바람이 등에 스친 듯 등줄기가 서늘했다. 고주희. 아니, 조은희. 당신 대체 무슨 짓을 한 거야.

약속한 토요일이 되었다. 그는 아띠랑스 백화점 앞에서 주희를 기다렸다. 지난번, 주차장에서 잠든 세 시간 동안 무슨 일이 있었는지는 여태 알아내지 못했다. 아무것도 기억나진 않지만, 주희가 그에게 무슨 짓을 하려 했는지는 중요하지 않았다. 그는 단지 주희에게 접근해 조은희와 지애 실종이 관련 있는지, 조은희가 보험금을 노리고 연정을 다치게 한 게 맞는지 밝혀내기만 하면 된다. 그러려면 고주희가 조은희라는 걸 밝혀내야 한다.

어젯밤부터 갑자기 싸늘해진 날씨에 사람들이 어깨를 웅크리며 지나갔다. 그는 유리에 비친 모습을 보며 올해 처음 꺼내 입은 모직 코트의 매무새를 가다듬었다. 손이 금세 얼어붙었다. 그가 시린 손을 비비며 입김을 훅훅 불던 그때, 멀리서 주희가 또각또각 걸어왔다. 주희는 윤기가 흐르는 캐시미어 코트 안에 트위드 투피스를 입고 있었다.

"춥죠? 안으로 들어갈까요?"

그는 주희를 데리고 백화점 안으로 들어갔다. 젊은 여자들이 주희의 샤넬 백을 힐끔거렸다. 주희가 조은희가 맞다면, 아는 사람을 마주칠 걸 신경 쓰지 않고 거리를 활보하고 다닐 수 있을까.

그는 주희와 엘리베이터를 타고 영화매표소가 있는 9층으로 올라갔다. 9층에 도착해 엘리베이터 문이 열리자, 고소하고 달큼한 팝콘 냄새가 물씬 풍겼다. 이미 예매를 해둔 그는 영화관 한쪽 구석에 있는 네 컷 사진관을 가리키며 말했다.

"영화 상영까지 시간이 남았는데, 사진 찍을래요?"

"그래요."

사진관은 밝은 조명과 아기자기한 소품들로 꾸며져 있어 마치 아이들 놀이터 같았다. 주희는 익숙한 동작으로 모자와 안경을 골랐다. 그가 멀뚱멀뚱 서 있자, 주희가 우스꽝스러운 모자와 안경을 골라 그에게 다가왔다. 주희가 골라온 모자와 안경을 그에게 씌워주자, 그는 허공으로 눈을 돌렸다. 귀가 뜨거워졌다.

"예쁘네요. 근데 우린 그냥 찍는 게 어때요?"

그가 어색하게 웃으며 말했다.

"여기선 이렇게 찍는 거란 말이에요."

주희는 입술을 비쭉 내밀었다.

"물론 그렇죠. 그렇긴 한데… 모자와 안경을 쓰면 주희 씨 예쁜 얼굴이 다 가리잖아요."

그가 주희의 시선을 피하며 말했다. 주희는 뾰로통한 얼굴로 안경과 모자를 내려놓았다.

그는 주희와 촬영 부스 안으로 들어갔다. 좁은 촬영 부스에 당황한 것도 잠시, 그와 주희가 화면에 나타났다. 촬영이 시작되자, 그는 뻣뻣하게 서서 손가락 두 개를 얼굴 옆에 들어 보였다.

"하. 참. 그게 뭐예요?"

주희는 그를 째려보더니 두 손을 머리 위로 쭉 뻗거나 몸을 옆으로 돌리는 등 능숙하게 동작을 취했다. 그렇게 동작을 몇 번 취한 끝에 사진 찍는 시간이 지나갔다. 두 사람은 출력된 사진을 하나씩 나눠 가졌다. 그는 사진을 잃어버리지 않게 지갑에 단단히 끼워뒀다.

"오늘이 무슨 날인 줄 알아요?"

상영관 앞에 다다르자, 주희가 콧소리를 내며 물었다.

"글쎄요. 오늘이……."

그는 그제야 영화관을 꾸며놓은 소품들이 눈에 들어왔다.

"크리스마스잖아요."

그가 히죽 웃었다. 진땀이 흘렀다. 의도한 건 아니었는데, 공교롭게도 크리스마스였다. 그는 애써 태연한 척하며 예매한 좌석을 찾아 앉았다. 주희도 옆에 앉았다.

"크리스마스에 데이트 신청했으니 당연히 선물도 있겠죠?"

주희가 고양이 같은 눈을 깜빡이며 말했다.

"선, 선물이요?"

그는 주희의 눈길을 피하려 고개를 돌렸다.

"칫. 모른 척하긴. 연정이 일 빨리 처리해달라고요."

주희가 얼굴을 가까이 들이밀며 살살거렸다. 주희와 입술이 닿을 듯 말 듯 가까워졌다. 때마침 상영관에 불이 모두 꺼졌다. 영화 상영 시간 10분 전이었다.

"네. 그래요. 빨리 처리해야죠."

그가 나직이 대답했다. 대답이 못마땅했는지, 주희는 아무런 말 없이 몸을 돌려 스크린을 보았다. 스크린에는 광고가 나오고 있었다.

"주희 씨."

그가 주희의 귓가에 속삭였다. 주희가 돌아봤다.

"박연정 님하고도 영화 보러 온 적 있어요?"

"그럼요. 함께 여기저기 다녔으니까요."

주희가 태연하게 말했다.

"…그렇구나. 주희 씨는 무슨 일 하세요?"

"그냥, 회사 다녀요."

"아, 회사. 그럼, 주말에 쉬겠네요."

그가 능청스럽게 고개를 끄덕였다.

"네, 뭐."

주희는 스크린에 눈을 박은 채 대답했다.

"다음 주 일요일엔 뭐 하세요? 아, 교회에 가시려나?"

"아뇨. 종교 없어요. 왜요?"

주희가 의아해하며 물었다.

"그럼, 같이 등산 갈래요?"

그가 배시시 웃으며 물었다. 주희는 눈을 샐쭉하며 고개를 까딱였다. 영화가 시작되자, 주희는 말없이 영화만 보았다. 생각에 잠긴 그는 영화에 집중하지 못한 채 두 시간이 지나가 버렸다. 그는 주희와 함께 식사하는 동안에도 머릿속이 복잡했다.

"무슨 생각을 그렇게 하세요?"

주희가 물었다.

"아, 아니에요. 생각은요."

그가 어색하게 웃으며 고개를 저었다. 주희는 입꼬리를 올리며 웃었다. 그렇게 길었던 시간이 지나고, 그는 주희와 헤어져 차로 돌아왔다.

그가 막 시동을 걸려던 그때였다. 적막을 깨고 전화벨이 울렸다. 박연정 사망사고를 수사했던 이 경사였다.

"김지섭입니다."

그가 전화를 받았다.

"하북경찰서 이영훈입니다. 지난번에 제게 주셨던 박연정 님 핸드폰 디지털 포렌식 작업이 끝나서 연락드렸습니다. 궁금해하실 것 같아서요."

이 경사의 목소리가 어쩐지 얼마 전과 달라져 있었다.

"핸드폰에 뭐가… 있었습니까?"

"삭제된 것들을 복원해 보니 지난 2년 동안 한 사람하고만 연락을 주고받았더군요. 그 사람 말곤 연락을 주고받으며 왕래한 사람이 없는 듯했어요. 뭐… 히키코모리랄까? 아시죠? 히키코모리? 은둔형 외톨이 말이에요."

"아, 네."

박연정의 삶은 그동안 그가 알아낸 그대로였다.

"뭐, 일단 그게 중요한 건 아니고요. 그것보다 그 한 사람 말이죠. 그 사람과 주고받은 대화에서 수상한 점을 발견했습니다. 마치 박연정을 조종하는 듯 보이더군요. 그래서 박연정 씨께서 오랫동안 가스라이팅을 당한 건 아닌지 전문가에게 자문을 요청한 상태입니다."

"가스라이팅이요?"

"네. 그렇습니다. 동영상에 등장했던 사람과 같은 사람으로 추정되는데, 문제는 그 사람이 이미 사망했다더군요."

"조은희 말이죠?"

그가 두 손으로 얼굴을 쓸어내리며 말했다.

"잘 아시네요. 그러잖아도 난감하던 차에 정 경위님께 연락받았습니다. 조은희 씨 관련해서 수사하고 있다고요."

이 경사는 정 경위에게서 그의 얘길 전해 들은 모양이었다.

"병원에 가서 목격자 진술도 확보했습니다. 처음에 제가 수사할 땐, 병원 측에서 일이 커지지 않도록 입조심을 시킨 모양이에요. 환자관리부실이다, 뭐다 병원 과실이 입에 오르내리지 않도록 말이죠. 그래서 입을 열지 않던 걸, 이번에 가니 함께 있던 사람이 여자였다고들 말씀하시더군요."

한숨이 터져 나왔다.

"그럼, 이제 어떻게 되는 겁니까?"

"김지섭 씨가 말한 대로 지난번엔 수사가 부족했었습니다. 이를 인정하고, 박연정 씨 사망사고를 재수사하기로 했습니다."

이 경사가 말했다.

"하. 감사합니다. 이번엔 잘 좀 부탁드립니다."

그가 간절하게 부탁했다. 잘하면 조은희가 보험금을 노리고 고의로 박연정을 해쳤다는 걸 밝힐 수 있게 된다. 조은희의 보험 사기라는 것만 밝히면, 그의 수임 건도 저절로 결론을 내릴 수 있을 것이다.

❀ ❀ ❀

한 주가 지나고, 일요일이 돌아왔다. 그는 등산로 입구에서 주희를 기다렸다. 조은희가 사망한 장소에서 고주희는 어떤 표정을 짓게 될까. 그는 고주희가 조은희란 걸 밝혀낼 수 있길 기대하며 등산로 입구를 둘러봤다. 밤사이 내린 비로 땅이 흠뻑 젖어 쉽지 않은 산행이 될 것 같았다.

잠시 후 하얀색 벤츠가 공터로 들어서더니 그의 차 옆에 주차했다. 그는 고개를 갸웃거렸다. 언젠가 본 적 있는 차였다. 어디서 봤더라.

벤츠에서 주희가 내렸다. 그가 손을 흔들자, 주희가 다가왔다.

"미끄러워서 올라갈 수 있을까요?"

주희가 눈을 찡그리며 산을 올려다봤다. 찌푸린 하늘이 금방이라도 비가 내릴 것 같았다.

"흙먼지 마시지 않아도 되니 더 좋은데요?"

그가 씩 웃으며 앞장서서 걸었다. 그는 주희가 뒤따라오는지 돌아보며 잘바닥거리는 흙길을 지나 편백 나무숲으로 나아갔다.

"등산 좋아하세요?"

그가 물었다.

"아뇨."

주희가 대답했다.

"그럼, 이 산에는 처음 온 건가요?"

"…두어 번 와봤어요."

그가 돌아보자, 주희가 말을 덧붙였다.

"왜, 등산을 안 좋아해도 어쩔 수 없는 상황이 생기잖아요."

주희가 어색한 미소를 지었다.

"정상에도 올라가 봤어요?"

또다시 그가 물었다.

"그럼요. 높지 않은 산이니까."

주희는 시선을 피한 채 앞만 보며 걸었다.

"박연정 님하고도 와 봤나요?"

그가 슬쩍 물었다.

"아뇨. 연정이는 집에만 있어서."

주희는 자기가 한 말에 흠칫 놀라 하던 말을 멈추었다. 그는 속으로 콧방귀를 뀌었다. 영화관에선 분명 박연정과 함께 여기저기 다녔다고 하지 않았던가.

"그렇군요. 봄에 왔더라면 예쁜 꽃들도 볼 수 있었을 텐데. 그렇죠?"

주희는 무표정한 얼굴로 고개를 까딱였다.

"혹시 봉사 활동해 보신 적 있으세요?"

"아뇨. 왜요?"

그의 물음에 주희가 정색하듯 눈을 치켜떴다.

"다음 주 주말에 봉사 활동하러 가는데, 한자리가 비어서요. 괜찮으시면 함께 가실래요?"

"그래요. 시간이 나면 갈게요."

주희가 시큰둥하게 대답했다.

말하며 걷다 보니 어느새 편백 나무 숲길로 접어들었다. 편백 나무가 하늘 높이 울창하게 우거진 데다 날씨까지 흐린 탓에 숲엔 빛이 들지 않았다. 어둑한 숲에 음산한 기운이 감돌았다. 금방이라도 나무들 사이에서 무언가가 튀어나올 것만 같았다. 그는 침을 꿀꺽 삼키며 눈동자를 굴려 주위를 훑었다. 그 순간, 솨--- 하고 나무들 사이로 서늘한 바람이 불어왔다. 뒷덜미가 뻣뻣해졌다. 그가 목을 움츠린 채 뚜렷거리던 그때, 나지막한 목소리가 적막을 뚫고 귀를 파고들었다.

"오늘은 등산객이 없네요."

주희 목소리였다.

"이 넓은 산에 우리만 있을까요?"

주희가 속삭이듯 말했다.

"그, 그럴 리가요. 등산객은 느닷없이 나타나잖아요. 어디서 나타날지 모르죠."

그가 애써 태연한 척 어깨를 들썩이며 말했다.

"이 산은 돌산이라 비 온 다음 날은 미끄러워서 위험하대요."

주희가 경고하듯 말했다. 바싹 마른 낙엽처럼 입안이 바스락거렸다. 무슨 의도로 하는 말일까. 그는 주희가 수면제를 탄 커피를 그에게 줬다는 걸 다시 한번 상기했다.

어느새 편백숲을 지나 등산로로 접어들었다. 비에 젖은 낙엽 때문에 산길이 미끄러웠다. 조은희가 사망한 그날도 오늘처럼 미끄러웠을 것이다. 며칠째 비가 내리다 잠시 갰던 그날, 궂은 날씨에도 조은희는 산을 올랐다. 마치 계획한 거사를 치르려는 사람처럼. 구조대가 정상까지 올라오는 시간이 더딜 거란 걸 예상한 행동이었을까.

축축한 습기를 머금은 공기에 금세 숨이 찼다. 이마를 타고 흘러내린 땀이 시야를 가렸다. 멈춰 서서 땀을 닦아내는데, 피로 얼룩진 듯한 새빨간 손이 그에게 뻗어왔다. 그는 나무처럼 뻣뻣하게 굳어버렸다. 눈을 끔뻑여 간신히 눈에 고인 땀을 떨쳐내고 보니 붉게 물든 단풍나무가 눈앞에 있었다. 참았던 숨이 터져 나왔다. 신경을 곤두세운 탓에 헛것을 본 모양이었다.

"힘든데, 쉬었다 갈까요?"

그가 밭은소리를 내뱉었다.

"그래요."

주희가 대답했다. 약수터와 가까워지자, 쇳소리가 점점 커졌다.

"누가 있나 봐요."

주희가 속삭이듯 말했다. 약수터에는 지난번에 만난 노인이 평행봉을 양손으로 집고서 몸을 로켓처럼 솟아 올리고 있었다. 그는 주희와 평행봉 앞에 놓인 벤치에 앉았다. 인기척을 느낀 노인이 그와 주희를 힐끗 봤다. 그는 평행봉을 지탱하고 있는 노인의 팔근육이 파르르 떨리는 걸 보며 입을 열었다.

"박연정 님은 그날 면회객이 찾아와서 행복했을까요?"

노인은 평행봉 사이로 솟구친 몸을 그네처럼 앞뒤로 왔다 갔다 움직였다.

"전혀 행복하지 않았을 거예요."

"왜요?"

"그 아인, 행복이 뭔지 모르니까."

주희가 대답했다.

"그게 무슨 말이에요?"

"평생 행복이란 걸 느껴본 적이 없는데, 행복을 어떻게 알겠어요? 연정이보다 더 잘나고 뛰어난 사람도 행복해지려고 애써도 이루기 힘든 게 행복인데요."

그는 박연정이 그린 그림이 생각났다. 연정은 그림을 그리며 행복했었을 거라고 그는 생각했다. 연정에겐 나무처럼 든든한 버팀목이 되어주고, 그늘이 되어주는 오빠가 있었으니까.

"애쓴다고 행복해지나?"

그가 혼잣말하듯 말했다.

"애쓰게 돈을 벌면, 그것도 많은 돈을 벌면 행복하죠. 좋은 옷 입고, 먹고 싶은 거 마음껏 먹고. 지섭 씨도 모르려나? 행복을?"

주희가 한쪽 입꼬리를 올리며 웃었다. 행복이라……. 그는 퇴근 후 지애와 떡볶이를 먹으며 웃고 떠들던 수많은 밤이 떠올랐다.

"그럼, 주희 씨는 행복해요?"

"아직은. 아직은 더 많은 돈이 필요해요."

그는 속으로 콧방귀를 꼈다. 더 많은 돈이라⋯⋯. 그래서 박연정한테 그런 짓을 한 거야? 그는 솟구치는 분노를 삼키며 노인에게로 눈을 돌렸다. 노인은 어느새 평행봉에서 내려와 철봉에 매달려 있었다.

"이만 올라갈까요?"

그가 일어나자, 주희도 따라 일어났다. 그는 다시 발길을 재촉했다.

잠시 후, 약수터를 벗어나 암석 구간으로 접어들자, 운무가 애애히 밀려들었다. 부연 운무는 시야도, 모든 소리도 삼켜버렸다. 그는 아무것도 보이지 않는 길을 한 발짝 한 발짝 조심스레 발을 내디뎠다. 온 신경이 두 다리와 주희에게 곤두섰다.

"지금이라도 그냥 내려갈까요?"

등 뒤에서 주희 목소리가 희미하게 들렸다. 철제 계단이 어렴풋하게 보였다. 계단만 오르면 정상이었다.

"조금만 더 힘내요."

그는 주희에게 계단을 먼저 오르게 한 다음, 뒤따라 계단을 올랐다. 당당. 계단 밟는 소리가 저렁댔다. 계단을 오르며 아래를 내려다보니 운무가 카펫처럼 발아래 깔렸다. 덕분에 아찔했던 절벽은 보이지 않았다.

"저기, 지섭 씨."

주희가 돌아봤다.

"괜찮겠어요? 아까부터 많이 긴장한 것 같던데."

안갯속에서 주희의 눈동자가 번뜩였다.

"긴장은요. 긴장할 게 뭐 있다고."

그는 능청스럽게 웃었지만, 목젖이 타는 것 같았다. 계단을 모두 오르자, 먼저 도착한 주희가 허리에 손을 얹고서 발밑을 굽어보고 있었다.

"왜요? 밑에 뭐가 있어요?"

그가 주희를 따라 아래를 내려다봤다. 희뿌연 안개가 모든 걸 감춰 아무것도 보이지 않았다. 흙도, 나무도, 혹시 있을지 모를 등산객도. 그는 운무 속에 있었다.

"이젠 어쩔 수 없네요. 정상까지 오를 수밖에."

주희가 밧줄을 잡아당기며 돌아봤다. 그는 마른침을 삼켰다. 조금 전부터 주희는 신이 난 듯 보였다. 대체 무슨 꿍꿍이인 걸까.

그는 주희를 뒤따라 밧줄을 타고 정상에 올랐다. 주희가 정상석 앞에 앉아있었다.

"여기서 떨어지면 산산조각이 나겠죠?"

그가 올라온 걸 본 주희가 말했다. 그사이 운무는 더욱 짙어져 한 치 앞도 보이지 않았다. 마치 구름 위에 올라선 것 같았다.

그때, 주희가 그를 응시하며 말했다.

"조은희도 그렇게 됐겠죠?"

그는 주희를 노려봤다. 숨 막히는 정적이 흘렀다.

"조은희는 살았을 거예요. 안 그래요? 조은희 씨?"

적막을 뚫고 그가 말했다. 주희의 얼굴에 미소가 떠오르더니, 잠시 후 깔깔깔 웃어댔다. 그는 주먹을 불끈 쥐었다.

"조은희. 당신은 날, 집으로 부르면 안 됐어."

"걱정하지 마. 모든 게 내 계획대로 진행되고 있으니까. 그건 그렇고, 나를 조은희라고 생각한 이유나 들어볼까?"

주희가 코웃음을 치며 말했다.

"박연정이 죽던 날, 면회하러 갔던 그 남자. 당신이잖아. 용케 경찰을 속였다고 생각했겠지만, 내 눈은 못 속여. CCTV 속에서 봤던 안경과 신발이 당신 집에 있었어. 수많은 범행에도 들키지 않았던 지나친 자신감일까? 아니면 방심일까?"

그가 고개를 옆으로 비틀며 이기죽거렸다.

"남자인 척하려고 머리카락까지 짧게 자른 노력이 가상하네. 근데 당신, 그거 알아? 지금 그 긴 머리. 누가 봐도 붙인 거야. 다 티 난다고."

그는 턱에 힘을 주고 입을 꾹 닫았다. 가슴속에서 올라온 뜨거운 숨이 목구멍에 틀어박혔다.

"그래 좋아. 계속해 봐."

주희는 아무렇지 않은 척 팔짱을 꼈다.

"지난주에 같이 찍은 사진 말이야. 내가 왜 당신과 사진을 찍었을까? 그 사진을 무료 급식소에 들고 갔어. 사진 속 여자가 조은희라더군. 그리고 조금 전, 약수터에서 만난 어르신께서도 내게 눈짓으로 말씀하셨어. 조은희가 죽던 날, 구조대원들과 정상에서 내려온 여자가 바로 당신이라고 말이야."

주희가 키드득거리며 웃었다.

"그래. 맞아. 내가 조은희야. 근데, 그게 뭐? 당신이 뭘 어떡할 건데? 당신이 뭘 할 수 있다고 그래? 경찰은 당신 말을 믿어주지 않아."

은희가 미간을 찌푸리며 말했다.

"왜 그랬어? 박연정한테 왜 그랬냐고! 돈 때문이야? 고작 돈 때문에 다른 사람 목숨도, 당신의 존재도 없앨 수 있는 거야?"

"고작 돈 때문이라니? 당신 같은 멍청한 인간들은 어차피 가질 수 없으니 그런 말을 하는 거야. 만약 누군가가 지금 당신한테 돈을 준다면, 당신은 더한 짓도 할걸?"

은희가 턱을 치켜들고 눈을 희번덕거렸다.

"뭐? 조은희. 제정신이야?"

그가 은희 어깨를 잡고 세차게 흔들었다. 가슴 속에서 불길이 타올랐다.

"뭘 아닌 척하고 그래? 돈을 싫어하는 사람이 있을 것 같아? 솔직해져 봐. 당신도 돈 좋아하잖아. 내가 당신한테 돈을 주겠다고 하면, 당신은 돈을 받지 않고 날 신고할까, 아니면 돈 받고 모른 척할까?"

"뭐라고? 그걸 말이라고 해?"

그가 은희가 힘껏 밀쳤다. 그 순간, 은희 몸이 종잇장처럼 허공에서 휘청거렸다. 놀란 은희가 그에게 손을 뻗었다. 그 모습이 눈앞에서 슬로 모션으로 움직였다. 그는 자기도 모르게 조은희 손목을 잡아당겼다. 은희는 가까스로 중심을 잡았다. 그러자 은희는 그를 보며 코웃음 쳤다.

"순진한 당신이 생각 못 한 게 있어. 경찰들은 과연 바보라서 내가 조은희란 걸 몰랐을까? 대한민국 경찰 수사력이 겨우 그 정도일까?"

은희가 태연하게 말했다.

"그, 그게 무슨 말이야?"

그가 얼굴을 찌푸렸다.

"무슨 말이긴. 조금만 생각해 보면 내가 무슨 말을 하는 건지 알 수 있을 텐데? 경찰들한텐 부모도, 돈도 없는 조은희가 죽든 아니면 다른 누군가가 죽든 중요하지 않아. 어차피 우리 같은 존재는 죽든 말든 누구도 관심 없다고."

은희의 볼이 파르르 떨렸다.

"돈은 그런 거야. 경찰은 오히려 내게 고마워했어. 도시 쓰레기 하나 치워줬다고 말이야."

"뭐? 도시 쓰레기?"

그는 은희의 어깨를 붙잡고 절벽 끝으로 밀어냈다. 가슴 속에서 치솟는 불길에 손이 부들부들 떨렸다.

"당신은 날 죽일 수 없어. 왜냐? 날 죽이면, 지애를 찾지 못할 테니까."

은희는 부릅뜬 눈으로 그를 쏘아봤다.

"뭐? 지애?"

그는 화들짝 놀랐다. 차마 듣고 싶지 않았던 이름이 조은희 입에서 흘러나왔다. 그는 은희의 어깨에서 슬며시 손을 뗐다.

"이상하지 않아? 박연정 뒤는 그렇게 캐고 다니면서, 왜 동생은 찾지 않을까? 박연정 일을 처리하는 건 돈이 되지만, 동생은 찾아봐

244

야 돈이 되지 않아서? 동생이 돌아오면 학비도, 용돈도 쥐야 하니 굳이 찾을 필요 없었던 거 아니야? 가뜩이나 벌이도 시원찮은데 말이야."

"그, 그게 무슨 소리야? 당신이 뭘 안다고 그래?"

그가 소리쳤다.

"적어도 당신보단 잘 알지. 외로운 아이라는 걸. 마음 둘 곳 없는 아이였다는 걸."

"뭐? 외롭다고? 지애가 외로워했다고?"

"지애가 왜 교회에 갔을 것 같아?"

그는 아무 말도 하지 못했다.

"날 원망하나 본데, 내가 지애를 데려간 게 아니야. 지애가 제 발로 내게 온 거지. 외로우니까!"

은희가 눈살을 찌푸리며 말했다. 그는 머리를 흔들었다. 산을 오르는 내내 그를 괴롭힌 불길한 예감이 또다시 얼굴을 내밀었다. 조은희와 산에 올랐던 대학생. 설마…… 아니겠지. 아닐 거야. 아니어야 해.

"지애. 지금 어딨어? 지애… 살아있는 거지?"

"그렇게 궁금한 사람이 그동안 왜 찾지 않았어? 정말 찾고 싶은 거 맞아?"

"개소리 집어치우고, 지애 지금 어딨는지나 말해!"

그가 또다시 소리쳤다.

"지애 만나고 싶으면, 박연정 건을 오늘 안에 종결해. 보험금을 지급하라고 말이야."

은희가 말했다. 그는 한숨을 내뱉었다. 결국, 조은희가 원하는 건 박연정의 보험금이었다.

"보험금이 지급된다고 해도 당신이 가질 수 없어."

그가 머리를 흔들며 말했다.

"과연 그럴까? 그 보험, 내가 가입한 거야."

은희가 웃음을 머금은 채 소곤거렸다. 안개가 머릿속까지 들어찼다. 그동안 알아냈던 모든 진실이 뿌연 안개 속에 자취를 감췄다. 머리가 먹통이 되었다. 그가 모르는 무언가가 있었다. 그게 뭘까. 조은희가 무슨 수로 박연정의 보험금을 가질 수 있을까.

"연정이는 대학병원에서 퇴원하기 전날, 보험에 가입되어 있다는 걸 알았어."

연정이 한 말이 맞았다. 박연정 동의 없이 가입한 보험이었다. 처음부터 거짓된 계약이었다.

"연정이가 퇴원하기 전날, 연정이를 찾아가 병원비를 내줄 거라고 했지. 병원비를 걱정하던 연정인 고마워했어. 그러니 조사가 나올 거란 말에도 순순히 조사에 응했던 거고. 그게 나를 도와주는 거니까."

"그러면 왜 사망보험금을 법정상속인으로 해둔 거야? 법정상속인이라면, 넌 보험금을 받지 못할 텐데."

"그래야 보험금을 노렸다고 의심하지 않을 테니까."

은희는 자세한 설명은 하지 않은 채 밧줄로 걸어갔다.

조금만 고개를 돌려도

"자. 이제 결정해. 어쩔 셈이야? 지애를 찾을 생각이 있긴 한 거야?"

"조은희. 잠깐만."

은희가 돌아봤다.

"좋아. 종결할게. 그전에 알고 싶은 게 있어."

은희가 가만히 그를 봤다.

"왜 박연정이었어? 다른 사람 다 놔두고 왜 부모도, 형제도 없는 박연정이었냐고."

은희는 픽 하고 웃었다.

"부모도, 형제도 없으니까. 죽어도 울어줄 사람도, 찾을 사람도 없으니까."

그가 주먹을 불끈 쥐었다.

"보육원에 봉사 활동하러 간 날 말이야. 뭐, 무늬만 봉사 활동인 사냥이긴 하지만 어쨌든 그날."

"뭐? 사냥?"

그가 눈살을 찌푸렸다.

"난 그저 돈이 될 만한 사람을 찾고 있었을 뿐, 애초에 봉사 활동이 내 관심사는 아니었으니까. 그게 사냥이지 뭐야?"

은희가 말을 이었다.

"뭐 어쨌든 그날, 퇴소를 앞둔 아이가 있다는 걸 알게 됐어. 듣자하니, 일 년 전에 오빠가 죽었다고 하더라고. 거기다 오빠가 남긴 돈 3천만 원도 있고 말이야. 더할 나위 없는 먹잇감이었어."

"먹, 먹잇감이라고? 박연정은 널 좋은 언니라고 했는데, 너한테 박연정은 고작 먹잇감일 뿐이었다고?"

"보육원에서 퇴소해 오갈 데 없는 그 아이한테 내가 집을 얻어줬어. 2년 동안 재워주고, 먹여줬으니 좋은 언니 맞지. 안 그래?"

은희가 어깨를 들썩이며 말했다.

"네 돈으로 보살펴준 게 아니잖아. 박연정한테 빼앗은 돈, 3천만 원으로 집을 얻었단 걸 모를 줄 알아?"

"뭐, 그렇긴 하지. 그렇다 해도 돈 관리를 못 하는 그 아이 대신 내가 도와준 거잖아?"

은희는 턱을 치켜들었다.

"도움이 필요한 아이였고, 누구에게라도 기대고 싶은 아이였어. 그걸 내가 해준 거고. 그러니 연정인 내게 고마워하며, 내가 하는 말이라면 뭐든 다 했어. 모든 게 순조로웠지."

"왜 뛰어내리라고 했어? 아니, 어떻게 뛰어내리라고 한 거야? 네가 어떻게 했길래, 박연정이 뛰어내린 거냐고."

아무리 잘해준다고 해도 그 누구도 아파트 9층에서 뛰어내릴 수는 없다. 연정은 왜 9층에서 뛰어내렸을까. 이 경사가 말한 대로 정말 가스라이팅인가 뭔가 하는 그것 때문이란 말인가.

"난 아무 잘못 없어. 연정이 스스로 뛰어내렸어. 내가 연정이 등을 민 게 아니라고. 뭐, 죄책감을 느꼈겠지. 내가 그 아이한테 헌신을 다했으니 말이야."

죄책감을 느끼도록 연정을 정신적으로 압박한 것이다. 구석에 몰

248 조금만 고개를 돌려도

아놓고 이러지도 저러지도 못하게 계속해서 압박을 가하는 것, 그게 바로 조은희 수법이었다.

"장애를 입고 평생 살아가는 것, 아니면 죽는 것. 어떤 게 네 계획이야?"

"미쳤어? 움직이지도 못하는 연정이를 대신해 평생 병원비를 내주는 게 내 계획이었겠어? 죽을 줄 알았어. 9층에서 뛰어내렸는데 어떻게 안 죽어? 그런데 그 빌어먹을 나무 때문에 다 망쳐버렸다고!"

은희가 씩씩거리며 말했다.

"연정이가 죽지 않는 건 내 계획에 없었어. 그래도 하늘은 스스로 돕는 자를 돕는다고, 하늘이 무너져도 솟아날 구멍은 있었어. 가만 생각해 보니 후유장해 진단금까지 받으면 원래 계획보다 더 많은 돈을 받게 되겠더라고. 그 돈을 받아 병원비를 내주면 연정이는 내게 더 고마워할 테고 말이야."

"그래서 그 일을 저질러놓고 뻔뻔하게 박연정을 찾아간 거야? 그것도 한 달 만에?"

"뻔뻔하다니? 몇 번 말해. 병원비 낼 돈도 없는 연정이를 내가 도와준 거라고!"

가슴이 콱 막힌 듯 숨이 막혔다.

"그래 퍽 고마워했겠네. 네 논리대로라면 좋은 언니가 곁에 있단 사실만을 간직하고 떠나서 다행이라고 해야겠군."

"그게 당신이 생각하는 해피엔딩인지 모르겠지만, 안타깝게도 틀렸어. 연정이는 휠체어에 앉아 두려움에 떨었으니까."

"뭐?"

"당신을 만나고부터 연정이는 달라졌어. 변해버렸다고. 그날, 연정이 마지막 얼굴은 자신의 운명을 아는 얼굴이었어. 마냥 멍청한 줄 알았는데……."

은희는 쓴웃음을 지으며 고개를 저었다.

"자. 이제 헛소리 그만하고 어떻게 할 건지나 결정해. 지애를 찾을 생각이 있는 거야?"

"…지애 살아있어? 살아… 있는 거지?"

그가 떨리는 목소리로 물었다.

"그날, 당신과 산에 오른 사람, 지애… 아닌 거지?"

그는 두 눈을 질끈 감았다. 진실을 듣게 될까 봐, 알게 될까 봐 내심 두려웠다.

"글쎄. 그날 나와 함께 산에 오른 사람이 누굴까?"

은희가 그에게 손을 내밀었다. 그는 조은희 손을 내려다봤다.

"무, 무슨 뜻이야?"

"핸드폰은 이리 줘. 허튼수작은 부리지 않는 게 좋을 거야."

그는 은희에게 핸드폰을 빼앗긴 채 산에서 내려왔다.

벽을 더듬어 불을 켰다. 아무도 없는 빈 사무실에 불이 들어왔다. 그는 조은희가 시키는 대로 박연정 건을 종결하기로 했다. 조은희는 박연정의 보험금이 필요하고, 그는 지애를 찾아야 하니까.

조금만 고개를 돌려도

"알고 있겠지만, 오늘 종결 보고서를 제출한다고 해도 보험금이 곧바로 지급되진 않아."

그가 자리로 가 앉으며 말했다.

"알고 있어. 지금 보고서를 보내면 내일 담당자가 확인하고 처리하겠지. 괜찮아."

은희가 옆에 바짝 붙어 앉아 그를 감시했다.

그는 보험사 전산에 로그인했다. 전산에는 지난번에 올려놓고 전송하지 못한 보고서와 제반 서류가 그대로 남아있었다. 그때, '계약 관련'이라 적힌 카테고리에 'N'이라 적힌 빨간 글씨가 깜빡였다. 담당자가 서류를 첨부한 모양이었다. 눌러보니 한 달 전에 그가 요청한 계약서와 청구서였다. 그는 곁눈질로 은희를 흘긋 봤다. 은희는 그가 하는 모든 동작을 지켜보고 있었다.

그는 아무것도 아니라는 듯이 시치미를 떼고서 담당자가 올려준 서류를 열었다. 그는 계약서와 청구서에 서명된 필체를 확인했다. 가입 당시 서명한 계약서와 이번 보험 청구서 필체는 같았다. 다음으로 그가 연정을 만나 작성한 면담보고서를 열어 박연정이 쓴 서명과 비교해 봤다. 한눈에 봐도 다른 사람이 쓴 것처럼 필체가 달랐다. 연정이 한 말이 맞았다. 보험 계약도 보험 청구도 박연정이 한 게 아니었다. 사망보험금을 지급하는 보험계약은 계약을 체결할 때 피보험자에게 서면으로 동의를 얻어야 하는데, 만약 동의를 얻지 못하면 그 계약은 무효가 된다. 보험계약이 무효가 되면, 당연히 보험금도 지급하지 않는다. 따라서 박연정의 보험계약은 무효다. 보험금을 지급하지 않아도 된다.

그는 두 손으로 얼굴을 쓸어내렸다. 하필 지금에야 확인한 걸까. 한숨이 터져 나왔다. 어떻게 해야 하나. 박연정의 서면 동의 없이 이뤄진 계약이라는 걸 조은희의 눈을 피해 담당자에게 알릴 방법이 없었다.

"뭐해요? 종결 안 할 거예요?"

은희가 그를 채근했다. 그는 등 떠밀리듯 보고서를 새로 작성했다.

최종 조사 의견 : 피보험자와의 면담과 강산 대학교 병원 의무 기록, 경찰 사건사고사실확인원을 종합해 볼 때, 이불을 털다가 베란다 밖으로 추락한 사고로 확인됨.

다만, 강산 대학교 병원의 202X. 05. 02. 일자 경과 기록지에 적힌 '누군가가 뛰어내리라고 했다.'라는 피보험자의 말을 토대로 고의사고 가능성을 확인해 본 결과, 정신건강의학과 협의 진료를 두 차례 받았으나, 의식이 돌아오는 과정에 발생한 착란 증상으로 판단되어 추가 진료는 받지 않은 것으로 확인됨.

따라서, 급격하고 우연한 외래의 상해사고로 인해 발생한 보험 사고로 판단되어 보험금을 지급하는 것이 타당할 것으로 사료 됨.

조금만 고개를 돌려도

최종 조사 의견 : 다나음 재활요양병원 의무기록, 경찰 면담을 종합해 볼 때, 병원 화단에서 사진을 찍다가 휠체어가 뒤로 밀리는 바람에 낙상한 것으로 확인됨.

다만, 사망 당일 다나음 재활요양병원에서 정신건강의학과 진료를 받은 것으로 확인되어 정신건강의학과 전문의를 만나 면담한 결과, 사망사고와는 무관한 진료라는 소견을 확인함.

따라서, 급격하고 우연한 외래의 상해사고로 인해 발생한 보험사고로 판단되어 보험금을 지급하는 것이 타당할 것으로 사료됨.

밤새도록 보고서를 작성한 그는 마지막 조사 의견까지 쓰고서 기지개를 켰다. 돌아보니 조은희가 보고서를 읽고 있었다.

"좋아요. 이대로 종결하세요."

은희가 말했다. 이제 전송 버튼만 누르면, 박연정 수임 건은 그의 손을 떠난다. 그는 마우스에 손을 얹고서 머뭇거렸다. 차마 손가락이 떨어지지 않았다. 어떻게 하면 담당자 이윤재에게 보험금을 지급해서는 안 된다는 걸 알릴 수 있을까.

"뭐해요? 누르지 않고."

은희가 날 선 목소리로 그를 쏘아붙였다. 그는 두 눈을 질끈 감았다. 김지섭. 지애만 생각해. 지애, 찾아야 하잖아. 그는 숨을 고르며 딸깍. 하고 전송 버튼을 눌렀다. 잠시 후, 화면에 '전송이 완료되었습니다.'라는 알림창이 나타났다. 모든 게 끝이 났다. 이젠 되돌릴 수 없다.

"자. 조은희. 네 말대로 했어. 이젠 네가 약속을 지킬 차례야."

❀ ❀ ❀

그는 조은희와 사무실을 나왔다. 매서운 바람에 출근하는 사람들이 어깨를 웅크린 채 그를 스쳐 지나갔다. 그는 조은희의 차 조수석에 올라탔다. 운전석에 앉은 은희는 아무 말 없이 출발했다. 차 안엔 무거운 적막이 감돌았다. 지애를 만날 수 있을까. 아니, 지애는 살아 있을까. 그는 창밖으로 고개를 돌렸다.

잠시 후, 차창 밖 풍경이 빠르게 바뀌었다. 도시 외곽순환도로를 지나 고속도로 분기점을 지나고 있었다. 계기판 속도계가 시속 100km를 넘어서고 있었다. 어디로 가고 있는 걸까. 지애는 대체 어디 있는 걸까. 이정표로 보아 남쪽으로 가고 있었다. 여전히 은희는 아무런 말이 없었다. 그렇게 4시간이 지났다.

조금 전부터 가파른 비탈길을 따라 점점 고도가 높아지고 있었다. 주위엔 온통 나무밖에 보이지 않았다. 산을 넘어 남해로 가고 있었다. 포장된 길옆으로 낭떠러지가 내려다보였다. 그는 허리를 꼿꼿이 펴고 앉았다.

"정말 지애 어딨는지 아는 거지?"

조금만 고개를 돌려도

적막을 깨고 그가 먼저 입을 열었다.

"그렇게 궁금한 사람이 왜 여태 찾지 않았어? 그동안 뭐 하고 이제야 찾는 척하냐고."

은희가 코웃음을 치며 말했다.

"잘 알지도 모르면서 함부로 말하지 마."

그는 솟구치는 화를 애써 억눌렀다.

"오빠가 자길 찾지 않을 거라고 했어. 그러잖아도 지애한테 오빠가 있는 게 걸림돌이었는데, 잘됐다 싶었지."

그가 고개를 획 돌렸다. 은희는 아무런 표정 없이 앞만 응시했다.

"작년 가을에 교회에서 지애를 처음 만났어. 나 대신 죽어줄 사람을 찾아서 교회에 간지 보름째였는데, 마치 운명처럼 신이 내 앞에 먹잇감을 갖다 놓지, 뭐야? 딱 내가 찾던 그런 아이였어. 부모도 없고, 키와 체격까지도 나와 비슷했으니까. 그런데 딱 하나 문제가 있었어. 오빠가 있다지 뭐야."

은희는 곁눈질로 그를 가리키더니 이내 정면으로 시선을 돌렸다.

"외로워했어. 가족이라곤 오빠뿐인데, 오빤 일과 돈밖에 모른다고 말이야."

그는 머리를 흔들었다. 지애가 그런 말까지 했다는 게 믿을 수 없었다.

"아직도 내 탓만 하나 본데, 난 아무 잘못 없어. 지애가 제 발로 날 찾아온 거야. 알겠어?"

그는 이를 악물었다. 뻔뻔한 조은희 얼굴을 뭉개버리고 싶었지만,

지애를 찾으려면 참아야 했다.

"뭐… 난, 썩 이해는 안 되지만, 지애는 오빠한테 미안해했어. 자기 학비를 내주느라 오빠의 삶을 살지 못한다고 말이야."

은희는 헛웃음을 지으며 고개를 흔들었다. 차가 구불구불한 굽잇길에 접어들었다. 굽이치는 내리막길이 나타나자, 은희는 긴장했는지 핸들을 양손으로 쥔 채 속도를 늦췄다.

"그래서 집을 나오라고 했어. 집을 나오면 오빠한테 미안해하지 않아도 되고, 오빠도 자신의 삶을 살 수 있을 거라고 말이야. 그랬더니 진짜 집을 나온 거야."

은희가 깔깔 웃으며 사이드미러를 확인했다.

"돈 때문에 사람 목숨을 노리고 접근했단 거야. 지금?"

그가 한 손으로 핸들을 잡았다.

"그래 맞아. 노숙인 쉼터도, 보육원도, 그리고 교회까지. 기댈 사람이 필요한 사람들이 있는 곳을 찾아다녔어."

그는 핸들을 몸쪽으로 확 돌렸다. 그 바람에 차가 중앙선을 넘어 휘청거렸다. 놀란 은희가 핸들을 반대로 돌렸다.

"뭐 하는 거야? 하마터면 아래로 떨어질 뻔했잖아!"

은희가 눈을 희번덕거리며 소리를 질렀다.

"당신이 그러고도 사람이야? 겨우 네 욕심 때문에 다른 사람들을 이용한다는 게 말이 되는 거냐고!"

"노숙인들, 보육원에 버려진 아이들…. 어차피 쓸모도 없고, 짐만 되는 사람들이야. 내가 그 사람들 정리해 주겠다는데 뭐가 나쁘다는 거야?"

차는 180도로 꺾어지는 굽잇길을 벌써 다섯 번째 돌고 있었다.

"뭐? 쓸모없고 짐만 된다고? 돈 없으면 쓸모없는 사람이라는 거야? 가족한테 버림받았다고 쓸모없는 사람인 거냐고!"

그가 다시 한번 핸들을 반대로 밀었다. 그러자 이번엔 가드레일을 넘어 절벽 쪽으로 차가 휘청거렸다.

"악! 뭐 하는 거야? 어서 손 떼! 당신이 뭘 안다고 그래? 당신이 그런 사람들에게 관심이나 가져본 적 있어? 역 앞에 있는 그 사람들 죽으면 누구라도 찾아올 줄 알아? 돈 없으면 가족들조차 시신 인계를 거부해. 그런 사람들에게 장례를 치르는 돈이 아까우니까! 그러니 어차피 죽으면 버려질 사람들이야. 알기나 해? 그런 사람들을 내가 대신 정리해 준 거라고. 이 얼마나 정의로운 일이야?"

은희는 양손으로 핸들을 단단히 부여잡으며 그를 노려봤다.

"연정이만 해도 그래. 당신이 조사해 봐서 알잖아. 연정이 죽음에 관심 있는 사람 봤어? 부모도 형제도 돈마저 없는 사람들 죽음엔 아무도 관심 없어."

"그렇다고 사람 목숨을 이용해서 돈을 벌겠다고? 그 사람들이 버려졌든 어떻든 그 사람들만의 삶이 존재하는 거야. 그걸 왜 네 맘대로 판단해? 왜 죽어도 마땅하다고 판단하느냐고!"

"어차피 고통뿐인 삶이야. 난 그 사람들이 겪게 될 고통을 줄여줬을 뿐이야. 스스로 어쩌지 못하는 거 내가 대신 도와준 거라고!"

"그럼 지애는? 지애한텐 가족이 있었어. 내가 있었다고! 그런데 왜 죽인 거야?"

그가 핸들을 잡고 좌우로 흔들었다. 차가 중앙선을 넘나들며 휘청거렸다.

"그걸 여태 몰랐어? 말만 가족이지 동생이 집을 나가도 찾지 않았잖아? 좀 솔직해져 봐. 당신도 동생이 사라져서 속이 시원했잖아. 당신 동생은 내가 아니라 당신이 죽인 거야!"

은희가 소리쳤다.

"내가 동생이 죽길 바랐다고? 넌, 돈을 위해서라면 그럴 수 있을지 모르지만, 난 아냐."

"이제 와 동생을 그리워하는 척하지 마. 만약 내가 당신 동생 목숨값으로 받은 보험금 절반을 준다면, 그래도 과연 당신이 동생을 그리워할까? 경찰에 신고하지 않고 말이야."

"뭐? 목숨값? 조은희! 솔직히 말해! 지애… 살아있는 거… 맞는 거지?"

차는 어느새 산길을 내려와 해안도로로 나아갔다. 은희는 대답 대신 창문을 열었다. 얼음장 같은 바람이 차 안으로 밀려들었다. 달아오른 신경이 점차 잠잠해졌다.

"그러니까 이 모든 게 다 네 계획이란 말이야?"

"지애가 집을 나온 그다음 날 계획대로 나와 연정이의 보험에 가입했어. 보험 가입 후 한 달 안에 사고가 일어나면 보험회사의 의심을 살 테니 두 달이나 기다렸어. 그리고 3월 말에 조은희는 죽었고, 박연정은 조은희 사망보험금을 받았지. 그리고 일주일 후에, 박연정이 퍽."

그는 눈을 질끈 감았다.

"모든 게 내 계획대로 척척 진행됐다면 좋았겠지만, 조은희가 사망하기 직전에 문제가 생겼어. 그리고 박연정도 죽지 않았지. 거기다 보험조사원으로 지애 오빠가 배정됐어. 인생은 계획대로만 되지 않는단 뜻이야."

은희가 빈정거리는 투로 말했다.

"내가 지애 오빠인 걸 알고 있었단 거야?"

"당신이 박연정을 만나러 왔을 때부터 난 알고 있었어. 당신이 지애 오빠라는 걸. 지애한테서 들었거든. 오빠가 보험조사원이라고 말이야."

"그렇다고 해도 박연정을 찾아온 보험조사원이 지애 오빠인 걸 어떻게 알 수가 있지?"

은희는 대답하지 않은 채 다시 속력을 높였다. 은희는 뭔가를 숨기고 있었다. 그는 허리를 꼿꼿이 세우며 창밖으로 시선을 돌렸다. 이정표가 빠르게 지나갔다. 남쪽 바다와 맞닿은 마을까지는 5km 남짓 남겨두고 있었다. 그녀는 왜 인적이 드문 바다로 가는 걸까. 달이 구름 사이로 모습을 감추더니 검은 구름이 하늘에 드리웠다.

마을로 접어들자, 은희는 전조등도 끈 채 속도를 늦춰 도둑고양이처럼 천천히 앞으로 나아갔다. 가로등조차 없는 어촌마을엔 어둠이 내려앉았다. 그는 숨죽인 채 차창 밖을 살폈다. 그가 탄 차 말고는 어떤 움직임도 보이지 않았다.

차는 선착장을 지나 방파제로 접어들었다. 은희는 방파제 중앙에 차를 세우더니, 변속레버를 중립으로 바꿨다. 무슨 꿍꿍이일까. 은희는 호랑이 같은 눈으로 캄캄한 바다를 노려보고 있었다. 꽉 다문 입술엔 옅은 미소가 걸려있었다. 돌이켜 생각해 보니 조은희는 사암산에서 그를 죽일 수도 있었다. 그런데도 조은희가 그를 살려둔 이유는 오직 하나, 보험금 때문이었다. 이제 박연정 수임 건을 종결했으니, 조은희에게 그는 쓸모가 없어졌다.

"두 달 넘게 지애와 살았어. 내가 당신 동생을 먹여주고 재워줬다고. 그러니 당신은 나한테 빚진 거야. 뭐, 그 빚을 오늘 아침에 올린 보고서로 갚았다고 해줄게."

"헛소리 집어치우고 약속이나 지켜! 지애 지금 어딨어?"

그가 대시보드를 주먹으로 내리쳤다.

"울면서 애원했어. 살려달라고. 그런데 있잖아? 난 우는 모습이 싫어. 대체 사람들은 왜 우는 거야? 눈에서 흐르는 눈물이 꼴 보기 싫어서 옆에 있던 돌을 주워서 얼굴에 퍽 하고."

은희는 두 손으로 내리치는 시늉을 하며 그를 돌아보더니 카랑카랑한 목소리로 깔깔 웃었다. 그는 목구멍이 컥 막혀버렸다. 가슴이 죄어들어 숨을 쉴 수가 없었다.

"시뻘건 피가 얼굴에 번졌어. 그 모습이 꼭 붉은색 아네모네꽃 같지 뭐야."

은희가 신이 난 목소리로 말하다가 그를 흘끗 봤다.

"그러곤 조용해졌어. 꽃잎이 흩날리듯 아래로 사라졌지."

울컥 숨이 터져 나왔다. 엄마의 장례식장에서 본 지애의 퉁퉁 부은 눈이 떠올랐다. 그 후로 한동안 지애는 슬픔이 가득 담긴 눈으로 그를 바라보곤 했었다. 그렇게 일 년이 지난 후에야 지애가 다시 웃기 시작했지만, 그는 알고 있었다. 지애 마음속에 자리 잡은 깊은 우울을 그가 대신해 줄 수 없다는걸.

"자. 이제 지애한테 가야지."

은희가 변속레버를 조작하더니 가속페달을 밟았다. 차는 엔진 소리를 내며 빠른 속도로 방파제를 내달렸다. 그는 천장에 달린 손잡이를 꽉 붙들었다. 빠른 속도로 달려 나간 차는 방파제 끝에서 밖으로 튕겨 나갔다.

풍덩---

눈 깜짝할 새 바닷속으로 빠졌다. 그는 차가 가라앉는 모습을 멍하니 바라봤다. 덜거덕 소리에 정신을 차렸을 땐, 수면이 눈앞에 있었다. 은희는 보이지 않았다. 운전석의 열린 창문으로 빠져나간 모양이었다. 창문으로 바닷물이 거세게 들어오더니 어느새 가슴까지 차올랐다. 바닷속으로 점점 가라앉고 있었다.

그는 안전띠를 풀고 몸을 일으켰다. 얼어붙은 몸은 마음처럼 움직이질 않았다. 그는 운전석으로 건너갔다. 빨리 빠져나가야 한다. 그는 숨을 참고 창밖으로 얼굴을 내밀었다. 창문으로 빨려 들어오는 물살에 머리가 휩쓸렸다. 손으로 안전띠를 부여잡고 다시 한번 창밖으로 몸을 내밀었지만, 거센 물살에 나갈 수가 없었다. 그사이 바닷물은 천장까지 차올랐다. 차창 밖은 블랙홀에 빠져든 듯 아무것도 보이지 않았다.

그는 앞 유리창을 발로 힘껏 차보았지만, 충격이 가해지지 않았다. 몸이 오돌오돌 떨렸다. 몸이 얼어붙고 있었다. 더는 숨을 참을 수가 없었다. 어서 차에서 빠져나가야 한다.

그가 숨을 참은 채로 차 안을 둘러보던 그때, 그의 눈에 천장이 걸려들었다. 선루프가 열려 있었다. 그는 마지막 힘을 다해 몸을 일으켜 선루프 밖으로 얼굴을 내밀었다. 수면이 보이지 않았다. 이미 깊이 가라앉고 있었다. 그는 운전석과 조수석 등받이를 딛고 서서 선루프 밖으로 몸을 내밀었다. 겨우 밖으로 빠져나온 그때, 거센 물살이 그의 몸을 휘감았다. 참고 있던 숨이 터져 나오면서 바닷물이 코와 입속으로 밀려들었다. 코와 목이 불에 타듯 따끔거렸다. 그는 찢어질 듯한 고통에 버둥거렸다. 물살이 몸을 짓눌렀다. 그는 바닷속으로 서서히 가라앉았다. 정체를 알 수 없는 불빛 하나가 수면 가까운 곳에서 깜빡거렸다. 손을 뻗어보았지만, 불빛은 멀어지더니 정신이 점점 아득해졌다.

그때였다. 무언가가 발끝에 걸렸다. 정신을 차리고 보니 발에 통발이 걸려있었다. 그는 통발에 묶인 로프를 당겼다. 로프는 수면 위로 이어져 있었다. 그는 숨을 참고 가슴을 부풀린 뒤, 로프를 잡고 발을 저었다. 서서히 몸이 떠올랐다. 잠시 후, 시멘트 구조물이 손끝에 닿았다. 방파제였다. 그는 손으로 방파제를 붙잡은 뒤, 수면 위로 몸을 힘껏 솟구쳤다.

푸하--- 참았던 숨이 터져 나왔다.

그는 방파제로 기어 올라갔다. 팔다리가 꼬꾸라지기를 몇 번이나 반복한 뒤에야 간신히 방파제 위로 올라갔다. 그는 바닥에 털썩 드러누웠다. 젖은 옷이 바닥에 차닥거렸다. 그는 가쁜 숨을 내쉬었다. 가슴은 터질 듯했고, 몸은 오들오들 떨렸다. 잠시 후, 몸이 불타오르 듯 뜨거워지더니 눈꺼풀이 내려앉았다. 졸음이 쏟아졌다.

그를 깨운 건 희미하게 들려온 자동차 엔진 소리였다. 엔진 소리에 이어 들들거리는 바퀴 소리가 들렸다. 눈을 뜨고 소리가 들리는 쪽으로 고개를 돌리자, 하향등 불빛이 그를 비췄다. 그는 손으로 눈을 가렸다. 그 사이 바퀴 소리가 점점 커지더니 차가 빠르게 달려왔다. 그는 힘겹게 몸을 일으켰다. 어느새 차가 코앞까지 다가왔다.

그는 벌떡 일어나 방파제 밖으로 달려 나갔다. 차가 후진하여 그를 쫓아왔다. 다리는 자꾸만 고꾸라지고 숨은 턱까지 차올랐다. 방파제 입구에 있는 선착장을 지나자, 갈림길이 나왔다. 마을로 향하는 길과 바다 옆으로 길게 뻗은 길이었다. 돌아보니 후진으로 방파제를 빠져나온 차가 등 뒤에서 차 머리를 돌리고 있었다.

그는 바다 옆길로 내달렸다. 바다 옆길은 차 한 대가 겨우 지날 수 있을 정도로 좁아서 옆으로 피할 곳이 마땅치 않았다. 바퀴 소리가 점점 가까워졌다.

그때였다. 맞은편에서 상향등을 켠 차가 그를 향해 달려왔다. 그를 뒤쫓던 차는 여전히 그의 뒤를 바짝 쫓아왔다. 상향등 불빛이 점점 가까워졌다. 눈을 뜰 수가 없었다. 더는 피할 수 없을 것 같았다. 그는 눈을 질끈 감은 채 멈춰 섰다. 뒤이어 끼익--- 소리와 함께 적막이 흘렀다.

그는 가쁜 숨을 헉헉 몰아쉬며 눈을 슴벅거렸다. 심장이 갈기갈기 찢겨나간 듯 아려왔다. 그때, 차 문이 열리고 닫히는 소리가 연이어 들려왔다.

"조은희. 꼼짝 마."

남자가 외쳤다. 놀란 그가 뒤돌아봤다. 두 차는 그를 사이에 두고서 멈춰 섰다. 상향등을 켠 승용차가 맞은편 차 안을 훤히 비췄다. 운전석에 아는 얼굴이 타고 있었다. 박연정 남편, 장현성이었다. 조수석에는 조은희가 타고 있었다. 대체 이게 무슨 일이지.

상향등을 켠 차에서 내린 건장한 남자 네 명이 조은희가 타고 있는 차를 둘러쌌다. 무리 중에 낯익은 얼굴이 있었다. 보안과 정 경위였다.

그는 바닥에 철퍼덕 주저앉았다. 뒤늦게 찾아온 추위에 살갗이 찢어질 듯 쓰라렸다. 그는 몸을 웅크렸다. 속바람이 일었다. 몸이 부들부들 떨렸다.

그때, 발소리가 그에게 다가왔다.

"김지섭 씨."

고개를 들자, 정 경위가 패딩 점퍼를 덮어주었다.

"곧 구급차가 올 겁니다. 그때까지 차에서 기다리죠."

그는 힘겹게 무릎을 세웠다. 정 경위가 그를 부축했다. 그는 정 경위를 따라 저벅저벅 차로 걸어갔다. 상향등을 켠 차 뒤에 검은색 승합차가 세워져 있었다.

차에 올라타자, 추위가 잦아들었다.

"김지섭 씨께서 연락해 주신 덕분에 조은희를 잡았습니다."

정 경위가 따뜻한 캔 커피를 건넸다. 그는 힘없이 고개를 까딱였다.

"빨리 오셨네요."

그가 캔 커피 뚜껑을 따며 말했다. 정 경위는 바깥 상황을 주시했다. 바깥에선 형사들이 조은희와 장현성의 손목에 수갑을 채웠다.

"김지섭 씨 연락을 받고 곧장 사암산 주차장까지 가긴 했습니다만, 조은희가 목적을 이루지 않고서는 김지섭 씨를 해치지 않을 거란 판단에 주차장에서 기다렸습니다. 그리고 그 후로도 미행을 계속했고요. 조은희가 빠져나갈 수 없는 적절한 시기에 체포하는 게 좋겠다는 판단에서요."

그는 단숨에 캔 커피를 마셨다. 몸이 나른해지더니 졸음이 쏟아졌다.

"하나 더 없을까요?"

그러고 보니 어제 오후, 산에 오르기 전에 먹은 게 마지막 끼니였다. 정 경위는 조수석에 있던 캔 커피 하나를 집어 들어 그에게 주었다.

"그리고… 조은희의 진술을 들어 봐야 알겠지만, 조은희 대신 사망한 사람을 김지애 씨로 추정하고 있습니다. 조은희 사망 후, 경찰 참고인 조사에서 조은희가 자신을 김지애라고 증언했거든요."

캔 커피가 바닥에 떨어졌다. 그는 두 손에 얼굴을 파묻었다.

"김지애 씨 실종사건을 조사하던 하서경찰서 이재수 경장에게 확인해 보니 김지애 씨가 사망했다는 정황이나 증거가 확인된 건 아니었다고 합니다. 뭐, 시신이 발견된 건 아니란 뜻이겠죠. 다만 실종신고가 늦었다는 점과 그 이후에 생존 반응이 없어서 김지섭 씨가 김지애 씨를 살해했고, 사체 처리와 증거를 완벽하게 없앤 다음에 신고했던 거로 의심했었다고 하더군요. 참… 유감스럽게 됐습니다만, 모든 상황을 열어두고 재수사하겠다고 했으니 조금만 더 기다려 주십시오."

정 경위의 목소리가 그의 귓가를 맴돌다 흩어졌다. 진실. 지애가 죽었다는 진실만이 수면위로 떠오를 뿐이었다.

"제가 동생 살해 혐의를 받은 건, 실종신고를 했기 때문이란 얘기군요."

정 경위는 긍정도 부정도 하지 않았다.

"실종신고가 너무 늦었습니다. 가출한 사람 중에 의도적으로 행적을 숨기려는 사람들이 있습니다. 그런 사람들은 핸드폰도 꺼버리고 카드도 사용하지 않죠. 그럴 때 유일하게 동선을 확인할 수 있는 게 CCTV인데, CCTV 영상 보관 기간이 그리 길지 않아요. 그러니 실종신고가 좀 더 빨랐더라면, 찾았을 수도 있었겠죠."

그는 한숨을 내쉬었다.

"실종 신고할 때는 지애가 조은희 사망사고 동반자였고 참고인 조사를 받았다는 걸 왜 말하지 않았을까요?"

"의도적으로 숨긴 건 아닐 겁니다. 다만 관할 경찰서가 달랐고, 피의자 조사가 아닌 말 그대로 참고인 조사였기 때문에 전산으로 조회되지 않았을 거예요."

차창에 경광등 불빛이 번쩍이더니, 조은희가 타고 있었던 차 뒤에 구급차가 멈춰섰다.

"오늘은 치료받고 쉬는 게 좋겠습니다. 이른 시일 내에 경찰서에서 뵙죠."

✿ ✿ ✿

무대 위 조명이 주인공을 비추듯 맞은편에 멈춰 선 차의 상향등이 나를 비췄다. 나는 강한 불빛에 눈을 질끈 감았다. 뒤이어 끼익—하는 소리와 함께 사방이 조용해졌다. 무슨 일이 일어난 걸까. 나는 조심스레 눈을 떴다. 맞은편 차에서 내린 남자들이 차를 에워쌌다.

"무슨 일이죠?"

현성이 창문을 내리며 물었다. 그러자 창밖에 서 있는 남자가 내 옆의 창문을 가리키며 손을 까딱였다. 현성은 남자가 시키는 대로 조수석 창문도 내렸다. 창밖에는 또 다른 남자가 서 있었다.

"조은희 씨. 당신을 살인 미수죄로 체포합니다. 당신은 묵비권을 행사할 수 있고, 변호인을 선임할 권리가 있으며, 당신의 모든 발언은 법정에서 불리하게 작용할 수 있습니다.”

조수석 밖에 서 있던 남자가 허리를 굽히고 얼굴을 들이밀었다. 남자들은 차창 안으로 손을 뻗어 잠금장치를 풀고 차 문을 열었다.

“지금 무슨 말씀하시는 거예요? 살인이라니요? 당신들 그 말 책임질 수 있어? 무고한 시민을 살인자 만드는 거 책임질 수 있냐고?”

현성이 잘 알지도 못하면서 나댔다. 멍청한 놈. 형사들은 현성이 하는 말을 무시한 채 나의 팔을 붙잡고 차에서 끌어냈다. 그러고는 내게 수갑을 채웠다.

나는 형사들에 이끌려 검은색 승합차에 탔다. 수갑이 채워진 두 손을 물끄러미 내려다봤다. 경찰은 나를 이렇게 대우해서는 안 된다. 나는 돈이 많고, 좋은 변호사를 살 수가 있다. 코딱지만 한 월급을 받는 경찰들과는 급이 다른 사람이란 말이다. 하. 내가 이런 대우를 받게 된 건 다 지애 때문이다.

지애를 처음 만났던 건 작년 가을이었다. 그때 나는 먹잇감을 찾아 교회에 다니기 시작했는데, 교회에 다닌 지 두 달도 채 되지 않아 새 식구가 들어왔다. 나보다 세 살 어린 그 아이는 매번 후줄근한 운동복을 입고서 교회에 왔다. 난 그 아이 옷차림과 행동에서 오래전의 나를 보았다.

중학생이 되면 친구들과 나의 경계는 없어지리라 기대했다. 하지만 내 기대와는 달리 경계는 오히려 선명해졌다. 새 교복을 입은 친구들과 졸업생이 버리고 간 교복을 주워 입은 나. 차라리 각자 다른 옷을 입을 때는 후줄근한 옷도 개성이라 여겨졌지만, 이젠 그럴 수 없게 됐다. 입학식 때부터 교복이 해지고 더러워질 일은 없으니, 누가 봐도 주워다 입은 교복이었다. 부모님은 왜 친구들 부모님들만큼 돈을 못 버는지 원망스럽고, 또 한심했다. 고지서를 보며 맨날 한숨 쉬면서, 왜 돈을 벌 생각은 하지 않는 걸까.

학교에 가기 싫었다. 그렇게 학교도 빠지고 거리를 쏘다니다 한 무리의 아이들이 어느 오피스텔 앞을 서성이는 걸 보았다. 아이들은 교복을 입지 않았지만, 분명 내 또래였다. 학교에 있을 시간에 학교에 가지 않는 걸 보니 내일을 포기한 아이들이었다. 내가 그 무리 앞을 지나갈 때, 그들도 나를 알아보고 말을 걸어왔다. 그렇게 나는 새로운 가족이 생겼다.

나의 새로운 가족들은 내게 돈을 버는 방법을 전수해 줬다. 간단했다. 침대에 가만 누워 늙다리 아저씨들이 한심한 짓을 하는 걸 지켜보기만 하면 침대 위에 돈을 올려놓고 나갔다. 그렇게 받은 돈 중 절반은 새로운 가족들에게 주고 나머지는 내 몫이 되었다. 그런 식으로 번 돈은 부모님이 번 돈보다 많았다. 이렇게 쉽게 돈을 벌 수 있는 걸 왜 엄마는 여태 하지 않았던 걸까. 그깟 몸뚱이가 뭐라고. 장기를 떼어내는 것도 아닌데.

새로운 가족을 만나기 보름 전, 나는 공원 화장실에 붙어있는 손바닥만 한 메모지를 발견했다.

<귀신 헬리콥터 삽니다.>

거기에 적힌 번호로 전화를 걸었더니 장기를 떼주면 큰돈을 벌 수 있다고 했다. 그 돈은 부모님이 평생 모은 돈과 같았다. 물론 난 황급히 전화를 끊었다. 돈의 유혹보다 더 큰 문제가 있었다. 난 아픈 게 싫다. 어쩌다 종이에 손을 벨 때도 내 몸은 벌벌 떨렸다. 그런데 내 몸에 칼을 댄다고? 그건 억만금을 준다 해도 절대 할 수 없는 일이었다. 그러니 장기를 떼어내는 것도 아니고 잠깐 내 몸을 가지고 놀게끔 누워있기만 하면 되는데, 그깟 몸뚱이가 뭔 대술까. 물론 늙어빠진 아저씨들에게서 나는 술 냄새와 구린내는 좀 역겹긴 하지만, 잠시만 참으면 됐다. 채 30분도 안 되는 걸 뭐.

그렇게 석 달이 지나고 어느 저녁, 내가 번 돈 절반을 부모님께 드렸다. 돈을 보자 부모님 얼굴이 환하게 빛났다. "이렇게 큰돈을 어디서 났어?"라고 물으면 뭐라고 대답할까 고민했는데, 엄마와 아빠 아무것도 묻지 않고 그저 행복해했다. 엄마는 내가 생리대도 없이 휴지를 뭉쳐 쓰고 살았다는 것엔 관심이 없었다.

그 후로 나는 우리 집에서 공주였고, 효녀였다. 돈이란 그런 거였다. 돈은 나에게 권력을 주었다. 권력의 달콤한 맛을 본 나는 마약에 중독된 사람처럼 돈 버는 일에 점점 중독되었다. 그렇게 번 돈으로 예쁜 옷과 가방을 사들였고 친구들은 부러워했다. 운 좋게도 다른 아이들과 달리 나는 경찰서에 가본 일이 없었다. 모든 일이 내 뜻대로 돌아갔다.

그러다 스무 살에 알게 돼 2년간 만난 아저씨가 내게 제안을 해왔다. 이제 갓 서른다섯 살이 된 아저씨였는데, 자기가 일하는 보험대

조금만 고개를 돌려도

리점에서 함께 일하지 않겠느냐고 했다. 처음엔 지금 하는 일보다는 돈이 적을지 모르지만, 넌 사람을 네 편으로 만드는 좋은 기술을 가지고 있으니 그걸 이용하면 많은 돈을 벌 수 있을 거라고 했다. 아저씨가 한 말이 옳았다. 어린 나이에도 값비싼 옷과 가방을 휘두른 나를 사람들은 우러러봤다. 돈은 사람들 눈에 색안경을 씌웠다.

나는 돈의 달콤함을 영원히 맛보고 싶었다. 보험 약관은 그리 어렵지 않았다. 약관을 가만히 들여다보니 허점이 보였다. 가입자에게 돈을 주지 않으려고 이렇게도 저렇게도 해석할 수 있게끔 교묘하게 쓰여 있었다. 다 줄 것처럼 가입시켜 놓고, 돈 줄 땐 이리저리 내빼는 보험회사 행태가 꼭 사기꾼들 같았다. 그보다 더 최악은 강한 자에게 약하고, 약한 자에게 강했다. 그들은 돈 없고 무지한 자들에게 무자비했다. 그러니 사기꾼들 돈을 내가 좀 갖는 게 무슨 잘못이란 말인가. 보험회사가 고객들에게 보험료로 거둬들이는 돈에 비하면 내가 그들에게 받아내려는 돈은 백사장 모래알보다도 적은데.

자정이 되어서야 경찰서에 도착했다. 형사들에 이끌려 나는 경찰서의 어느 방으로 들어갔다. 어두컴컴한 방 한가운데에 책상 하나 덜렁 있는 방이었다.

"조은희 씨."

형사가 나를 뚫어지게 쳐다봤다. 난 대답하지 않았다. 내가 조은희라는 걸 순순히 인정한다면, 그들은 나를 쉽게 볼 테니까. 칼자루는 내가 쥐어야 한다.

"죽은 사람이 제 앞에 있다니, 믿기지 않네요."

검은색 정장을 빼입은 형사가 팔짱을 낀 채 나를 보았다. 경찰이 어디까지 알고 있는지 알 때까지 나는 아무런 반응도 하지 않을 셈이다.

"당신이 조은희냐 아니냐 하는 거로 힘 빼지는 맙시다. 준비한 게 아주 많거든요. 하나하나 확인하는 것만으로도 힘든 여정이 될 테니 말이죠."

형사는 내가 아무 반응이 없자, 단호한 얼굴로 말했다. 준비한 게 많다니. 과연 그게 뭘까.

"좋아요. 김지애, 박연정, 당신 부모님, 거기다 노숙인과 탈북자까지. 어디 한번 해보죠."

나는 피식 웃었다. 대한민국 형사들은 멍청한 줄 알았는데, 용케 알아낸 모양이었다.

"시간순대로 시작할까요? 본격적으로 범행을 시작한 건 3년 전, 제일 먼저 부모님을 죽였다? 이거 의미심장하네요. 부모님은 왜 죽였어요?"

형사가 말한 3년 전 그맘때, 나는 일 년 동안 보험대리점에서 일하며 알게 된 보험 지식을 본격적으로 이용하기로 했다. 첫 번째 대상은 나만 바라보는 사람들이었다. 그 말은 가장 손쉬운 상대라는 뜻이다. 실행은 어렵지 않았다. 나는 선심을 쓰며 부모님께 효도 여행을 보내드리기로 했다. 동해안 바다를 바라보는 멋진 리조트의 스위트룸도 예약해 드렸다. 어차피 목적지까지 가지 못할 테니 어느 방인지, 전망이 어떤지는 중요하지 않았다.

여행을 떠나기로 했던 그날 아침, 나는 손수 짐을 실으며 짐 속에 구멍 뚫린 부탄가스 통을 넣어두는 걸 잊지 않았다. 아버지는 틀림없이 차 안에서 담배를 태울 것이다.

사고 연락을 받고 현장으로 달려갔을 땐, 아버지의 낡은 중고차는 형체도 남지 않았다. 기가 막힌 건, 사망원인으로 생활고로 인한 자살을 꼽았다. 당치도 않는 말이었다. 돈 없는 사람은 여행도 갈 수 없단 말인가. 만약 자살로 결론이 난다면, 보험금을 받을 수가 없다. 나는 엄마가 출발하고 나서 내게 보낸 문자를 증거로 보여줬다.

[착한 딸 은희야. 여행 보내줘서 고마워. 잘 다녀올게.]

가스가 왜 샜는지는 모른다고 시치미뗐다. 부탄가스가 실려있던 건, 아버지의 낚싯대와 버너가 대답이 되었다. 부모님의 보험을 들었던 건, 설계사로 일하다 부모님께도 보험이 필요하다고 생각되어 가입했다고 했다. 부모님 두 분이 내는 보험료가 벌이의 20%를 넘기지 않았기 때문에, 형사들은 보험금을 노린 살인임을 의심하지 못했다. 10% 정도면 적당하지만, 그러면 받을 수 있는 보험금이 턱없이 적었다. 간혹가다 벌이의 많은 비중을 보험료로 내며 살아가는 사람도 많으니 나는 부모님도 그런 부류인 것처럼 보이게끔 20% 정도에 맞췄다. 과도하지 않은 정도여서, 이 정도로 보험금을 노렸다고 의심하지 못한 것이다.

그렇게 해서 부모님 사망보험금으로 각각 2억 원씩 4억을 받았다. 부모님 목숨값은 겨우 그 정도밖에 되지 않았다. 이 정도 돈으로는 성에 차지 않았다. 나는 고급 주상복합 아파트에 살고 싶었고, 수입차와 명품 옷을 사 입고 싶었다. 그 정도는 돼야 누구도 나를 무시할 수 없을 테니까.

"뭐, 지금 말하지 않아도 괜찮아요. 차차 말하게 될 테니까요. 다음은 탈북민 이철민과 노숙인 조창섭, 그리고 목격자 최성철 씨 얘기를 해보죠."

나도 모르게 고개를 끄덕이고는 흠칫 놀랐다.

"뭘 그렇게 놀래요? 다 녹화되고 있으니 놀랄 거 없어요."

형사는 천장에 설치된 CCTV를 태연하게 가리켰다. 나는 형사가 가리키는 곳으로 눈을 돌렸다. CCTV와 눈이 마주쳤다. CCTV가 마치 나를 노려보는 것 같았다.

"이 사건과 관련된 세 사람을 한 명씩 얘기해 보죠. 확실한 건 두 사람은 죽었고, 한 사람은 행방불명입니다. 그렇죠?"

나는 CCTV를 힐끔 봤다. 온 신경이 CCTV로 향했다.

"사망했다고 신고한 탈북민 이철민은 어딘가로 사라졌고, 이철민 대신 노숙인 조창섭을 데려와 죽였고, 함께 야근하다 사고를 목격하고서 119에 신고했던 탈북민 최성철은 저수지에 빠뜨려 죽였어요."

"무슨 말을 하는 건지 모르겠네요."

나는 처음으로 입을 열었다. 형사의 잘난 체를 더는 두고 볼 수 없었다.

"이철민 사망보험금으로 4억 원이 지급됐어요. 당시 이철민 씨는 임대아파트에 살고 있었고요. 조은희 씨 바로 옆집이요."

형사는 잊고 있던 내 과거를 들춰냈다. 임대아파트에서 살았던 과거는 누구에게도 말하지 않는 비밀이었다. 내 주위 사람들은 내게 어릴 적부터 공주처럼 컸을 거라고 말했는데, 난 한 번도 반박하지 않았다.

"이철민 씨는 조은희 씨 부모님이 사망하고 한 달 뒤에 보험에 가입했어요. 가입한 설계사는 조은희 씨고요. 이래도 모르겠어요?"

"그게 문제가 되나요? 보험 가입과 사망은 아무런 관련이 없는데요."

"네. 물론 우연의 일치일 수도 있겠죠. 그럼, 이철민 씨가 어떻게 보험에 가입하게 됐는지부터 말해보죠."

"부모님 장례를 치르고 며칠 뒤에 복도에서 옆집 아저씨와 마주쳤어요. 아저씨께서 핸드폰 사용법을 물어오셔서 도움을 줬고, 그 후로도 몇 번 도와줬어요. 하루는 직업이 뭐냐고 묻길래 보험설계사라고 말했죠. 그랬더니 며칠 후에 보험에 가입하겠다고 해서 설계해 줬을 뿐이에요."

이 말은 사실이다. 옆집 아저씨는 북한에서 탈북한 새터민이었는데, 내게 스마트폰 사용하는 걸 도와달라고 했다. 나는 기꺼이 도와주며, 친분을 쌓았다. 친해지자, 그는 새터민의 힘든 삶을 종종 얘기했다. 북한과는 너무나도 다른 한국 사회에 적응하지 못해 다시 북한으로 돌아가려는 사람도 있고, 한국을 떠나 외국으로 발길을 돌리는 사람도 있다고 했다. 가장 힘든 건, 스스로 경제활동을 해서 삶을 꾸려나가는 거라고 했다.

아저씨는 아내와 아이를 데리고 중국으로 갈 계획이라고 했다. 가진 게 편도 비행기 삯뿐이라 다시는 돌아오지 못할 거라는 말도 덧붙였다. 내가 중국행을 도와주겠다고 하자, 아저씨는 동의했다. 나는 아저씨에게 한국에서 살지 않을 거면, 대한민국에서 아저씨의 존재가 사라져도 되냐고 물었다. 아저씨는 처자식만 먹여 살릴 수 있다면 아무래도 상관없다고 했다. 나는 아내와 아이는 중국으로 갈 수 있지만, 아저씨는 죽은 사람이기 때문에 정상적인 절차로는 중국에 나갈 수 없는데 괜찮냐고 재차 물었다. 아저씨는 탈북도 했는데, 밀항은 식은 죽 먹기라고 했다. 그렇게 아저씨 이름으로 보험에 가입했다.

"사망한 걸 몰랐다?"

"죽은 건 알았죠. 보험에 가입하고 일 년도 안 돼서 죽으니, 보험회사에서 연락이 왔으니까요."

이 말도 엄연한 사실이다. 내가 가입한 고객이 보험에 가입하고서 1년도 채 되지 않아 보험에 청구하면, 설계사인 내게 연락이 온다.

"이철민을 사망한 거로 꾸미려고 노숙인 조창섭 씨를 꾀어냈어요. 일자리를 구해준다는 말을 듣고 온 노숙인 조창섭 씨 양손을 프레스 기계에 집어넣고 119에 신고해 줄 사람도 필요했을 거예요. 그래서 이철민 씨와 함께 일했던 또 다른 탈북민 최성철까지 꾀어내야 했고요. 그렇게 두 사람이 야근하던 날, 조창섭 씨가 죽었어요. 그 공장엔 CCTV도 없었죠. 일찌감치 퇴근했던 사장이 연락받고 공

조금만 고개를 돌려도

장에 왔을 땐, 이미 시신을 옮긴 후였어요. 사장은 자기 사업장에서 사고가 난 게 중요하지, 노동자 한 사람 죽은 건 중요하진 않으니까, 시신이 안치된 곳으로 가서 확인하지도 않았고, 그렇게 그 사고는 이철민 사망사고로 둔갑했습니다.”

제법이다. 형사는 어떻게 안 걸까. 아무런 증거도 남기지 않았는데. 내가 노숙인 무료 급식소로 봉사 활동을 나간 건 그때가 처음이었다. 나는 아저씨 대신 죽어줄 사람을 찾다가 강산역 앞에 있는 노숙인 무료 급식소를 발견했다. 봉사 활동을 하는 척 그들에게 접근하여 아저씨와 비슷한 나이, 그리고 체격을 가진 사람을 물색했고 머지않아 적합한 사람을 찾아냈다. 그 노숙인은 일자리를 주겠다고 하니 선뜻 나를 따라나섰고, 일하다 사고가 난 것처럼 꾸몄다.

프레스 기계에 두 손이 밀려들어 가 손가락이 모두 절단되자, 신원을 확인할 방법이 가족 증언밖에 없었다. 이 모든 계획을 알고 있는 아저씨 가족은 자기 남편이 맞는다는 거짓 증언을 했다. 사람들은 돈 앞에서 신념과 양심까지도 버렸다. 그렇게 해서 받은 아저씨 사망보험금 6억 원을 아저씨와 절반씩 나눠 가졌다. 그 후로 아저씨네 가족은 비행기로, 아저씨는 밀항 배를 타고서 중국으로 떠났다.

“그리고 한 달 뒤, 유일한 목격자 최성철 씨마저 저수지에 빠뜨려 죽였어요.”

“무슨 말을 하는 건지 모르겠네요.”

나는 시치미를 뗐다.

“죽은 사람이 이철민이라고 증언해 주는 조건으로 돈을 주겠다고 최성철 씨를 꾀어내 사건에 가담시켰고, 사건이 있고 한 달 뒤에 약속한 돈을 주겠다고 저수지로 불러냈어요."

탈북민들 사이에는 탈북민공동체가 형성되어 있었다. 자기들 말로는 서로 의지하며 살아간다고 말했지만, 내가 볼 땐 서로를 감시하는 것 같았다. 탈북민 사이에선 소문도 금세 퍼지니 조심할 필요가 있었다.

"증거가 있는데 인정을 안 하시겠다?"

형사의 얼굴에 미소가 번졌다. 나의 몹쓸 얼굴이 또다시 움찔거린 모양이었다.

"아. 증거가 없는 줄 알고 끝까지 버텨보려고 했나 보네요? 이거, 왜 이러나. 증거가 없긴 왜 없나? 당신이 살인 기계도 아니고, 정말 아무런 흔적도 남기지 않았을 거라고 생각한 거야?"

형사가 소리쳤다. 나는 조용히 숨을 내뱉었다. 그러자 형사가 능청스럽게 웃으며 말했다.

"아. 살인 기계 맞지. 이 정도면 살인 기계야. 벌써 몇 명째야? 이번에 안 잡혔으면 얼마나 더 죽이려고 한 거야? 나이 26살에 이 정도 죽인 거면 역사에 길이 남아. 이 여자야!"

형사가 주먹으로 책상을 내리쳤다. 우당탕 소리에 어느 형사가 조사실 문을 열고 얼굴을 빼꼼 내밀었다. 앞에 앉은 형사는 이내 CCTV를 의식하며 깊은숨을 내쉬었다.

"최성철 씨가 돈을 받으러 당신을 만나러 가는 길에 핸드폰에 메모를 남겨뒀어요. 자신이 죽을 수도 있다고 예상한 거죠."

2년 전 그때, 형사가 말한 탈북민은 늦은 밤 저수지에서 만났다. 나보다 키도 작고 피죽도 얻어먹지 못한 사람처럼 비쩍 마른 그 남자는 일 년 전에 탈북해 가족도 없이 혼자 살고 있었다. 중국으로 떠난 이철민 가족이 그의 유일한 지인이라고 했다. 그러니 남잔 내가 죽이지 않았어도 어차피 한국에서 오래 살지 못했을 것이다. 난 그의 외로운 삶을, 스스로는 어쩌지 못하는 삶을 내려놓도록 도와줬을 뿐이다.

80kg짜리 고철 덩어리를 담은 등산 가방을 차까지 옮겨달라고 부탁했다. 차에 돈이 있으니, 차까지 메고 같이 가달라고 말이다. 남잔 자신의 운명을 알지 못하는 사람처럼 순순히 가방을 멨다. 가슴띠와 허리띠를 잠가줬다. 물속에서도 가방을 벗겨지지 않도록 말이다. 남자는 낑낑거리며 한 발 짝씩 걸어갔다. 나는 남자의 고통을 덜어주려 조금만 걷게 한 다음, 저수지로 밀어버렸다. 무거운 가방을 메고 있던 남자는 중심을 잡지 못하고 그대로 물속으로 빠져버렸고, 아주 잠깐 허우적대더니 빠르게 물속으로 가라앉았다. 그 남자에겐 남자의 실종을 신고할 사람이 없었다. 그러니 남자의 죽음은 남자의 마지막 모습처럼 세상에 드러나지 않고 영원히 물속으로 가라앉을 줄 알았다.

"사건과 관련된 사람은 다 죽었는데 어떻게 알았는지 궁금해요? 이철민 사고를 조사하다 유일한 목격자였던 최성철을 찾아갔는데, 이철민이 죽고 한 달 뒤부터 무단결근했고, 그날 이후로 본 사람이 없다더군요. 탈북민공동체에선 다시 북한으로 돌아갔다는 둥 말이 많았는데, 그 중 어느 한 분이 의미심장한 말을 하더군요. 이철민네 가족을 돕는 조건으로 돈을 받기로 했다는 얘길 들었다고요. 거기서 냄새를 맡고 기지국 조사를 해보니 무단결근했던 9월 23일 전날, 저수지에서 전원이 꺼졌더군요. 그래서 물속을 수색했고, 시신을 찾았습니다. 그리고 핸드폰을 복구했고요."

"복구해 보셨으니 알겠네요. 저와 그 남잔, 연락을 주고받은 적도 없는데 왜 저를 범인으로 생각하셨죠?"

"교묘하게도 전화와 메시지는 주고받지 않았죠. 텔레톡 고객센터에 요청해 그동안의 기록을 복원해 보니 당신과 SNS 전화 기능으로 연락을 주고받았더군요. 그중엔 당신과 주고받은 모든 기록을 삭제하라는 지시가 적힌 메시지도 있었고요."

그렇다. 나는 그날 저수지에서 남자의 핸드폰에 나와 관련된 기록이 없는 걸 확인했다. 돈을 받으려면 저수지에 오기 전에 나와 그동안 주고받은 모든 기록을 삭제하며, 돈을 주고 난 후로는 서로 연락하지 않기로 했다. 남자는 그러겠다고 했고, 나는 남자가 그러겠다고 하지 않아도 앞으로 연락하지 않으리란 걸 알고 있었다. 남잔 그날 밤에 죽을 거니까.

"그런데 말이에요. 이 남자, 당신과 한 통화를 모두 녹음했어. 녹음파일은 확인하지 않았나 봐?"

형사가 어허허 소리 내어 웃었다. 나는 이를 꽉 깨물었다.

"이 범행 이후에 더 대담해졌어요. 그렇죠?"

나는 나도 모르게 고개를 끄덕일 뻔한 걸 간신히 참았다.

"다음 해에도 탈북민 라승철 씨 사망으로 위장해서 또 다른 노숙인 윤형석을 부모님과 같은 수법으로 죽였어요."

나는 이것만큼은 자신이 있었다. 완벽했었으니까.

"부모님 사고를 경험해 보니 폭발로 시신이 훼손되면 지문을 확인할 수 없다는 걸 알게 된 거죠. 범행을 노리고 노숙인 윤형석한테 함께 여행 가자고 꼬셨을 거예요. 그렇게 라승철 일가족과 노숙인 윤형석은 동산시에 있는 펜션에 갔지만, 노숙인 윤형석과 라승철 아내, 그리고 아이들만 체크인했어요. 혹시 모를 펜션 사장님 증언 때문에 나름 치밀하게 준비하셨네요."

맞다. 라승철은 슈퍼에 들러야 한다며 펜션 인근에서 내렸고, 나는 나중에 합류하기로 했었다. 라승철 아내는 펜션에 들어가자마자, 펜션을 구경하는 척하며 물도 틀어보고 가스레인지도 작동시켜 보는 등 부산을 떨면서 윤형석의 의심을 사지 않게 가스레인지를 돌려놓았다. 두 손가락에만 라텍스 장갑을 껴서 지문을 남기지 않고 말이다. 혹시 모르니 가스레인지 위에는 냄비를 올려놓고 옆에 라면도 두라고 했다. 윤형석은 에어컨을 켜고서 소파에 앉아 텔레비전을 봤기 때문에 라승철 아내의 행동에 별 신경을 쓰지 않았다고 했다. 이후 라승철 아내와 아이들은 산책하고 오겠다고 말한 뒤 펜션을 나왔다. 그렇게 객실 안은 서서히 가스가 찼고, 윤형석이 담배를 태우려 라이터를 켠 순간, 펑. 모든 건 나의 시나리오대로 되었다.

"지문 조회가 되지 않을 만큼 시신 훼손이 심각했으나, 라승철 아내가 남편이 라면을 먹겠다고 말하는 걸 들었고, 사망한 남자가 자기 남편이 맞는다고 증언해서 형사는 추가 조사를 하지 않았죠. 그렇게 라승철 아내는 사망보험금 8억 원을 받았어요. 물론 이 중 절반이 당신한테 흘러 들어갔죠."

8억 원 중 절반은 내 주머니로 들어왔다. 나는 네 사람의 사망보험금으로 강이 바라다보이는 주상복합 아파트를 샀고, 라승철도 임대아파트에서 벗어났다. 라승철은 목돈이 생겼으니, 신분증을 위조해 대한민국 땅에서 새 삶을 살겠다고 했다.

나는 이렇게 해서 탈북민 셋을 대한민국에 존재하지 않는 사람으로 만들었다. 그들은 부모님이 지어주신 이름으로 살아가는 걸 포기한 대신 돈으로 신분을 세탁해서 살아갈 거라고 했다. 사람들은 돈앞에선 그 자신도 아무것도 아닌 모양이었다.

"자. 이제 박연정 씨에 대해 말해보죠."

돈맛은 사탕을 입에 문 듯 달콤했다. 그 달콤함은 곧 녹아 없어질 테고, 영원하지 않을 것이다. 달콤함이 사라질 즈음, 나는 또 다른 대상을 찾아 헤맸다. 어느 날 갑자기 사라져도 아무도 찾지 않을, 가족이 없는 사람이라야 했다. 그렇게 찾아간 곳이 바로 꿈자람 보육원이었다.

"박연정 씨는 공을 좀 들였네요? 준비 기간이 무려 2년이나."

옆집 아저씨 사망보험금을 받고 3개월이 지난 시점이었다. 봉사활동하러 간 첫날, 연정을 만났다. 어딘가 모르게 침울한 그 아이는 곧 퇴소를 앞두고 있다고 했다. 보육원 원장은 연정이에겐 그 아이 오빠가 남긴 3천만 원이 있으니, 다행이라고 덧붙였다. 오빠마저 죽

조금만 고개를 돌려도

고 온전히 고아가 된 데다 돈을 가진 아이였기 때문에 딱 내가 원하던 그런 아이였다.

나는 연정이가 보육원에서 퇴소하자 곧장 실행에 옮겼다. 제일 먼저 연정이한테 집을 구하는 걸 도와주겠다며 3천만 원이 든 통장을 요구했다. 연정이는 별 의심 없이 통장을 내놓았다. 마침 작은 베란다가 딸린 오래된 아파트가 저렴한 가격에 나와 곧바로 전세 계약을 했다. 물론 3천만 원으로는 부족해서 내 돈도 보탰다. 3천만 원으로 원룸을 구할 수도 있었지만, 베란다가 딸린 집이 필요했다. 그후로 내가 먹다 남은 유통기한이 며칠 남지 않은 음식과 유행이 지나 입지 않는 옷들을 연정이한테 가져다주었다. 내 돈을 보태 집을 얻어주고 먹을 것과 입을 것까지 가져다주자, 연정이는 내게 고마워하고 미안해했다.

"장현성은 언제부터 가담했죠?"

사람에게 불행이 계속되면, 자신에게 손을 내밀어 주는 사람한테 마음을 열기 마련이었다. 그러려면 연정이에게 불행과 시련이 필요했다. 불행과 시련을 겪기에 가장 적합한 건 가장 소중하고 사랑하는 걸 잃는 경험이었다. 나는 나를 쫓아다니던 현성에게 그 일을 맡겼다. 현성이라면 내 모든 걸 감싸주고 받아줄 정도로 지각이 없는 녀석이니까.

나는 현성을 시켜 연정이에게 접근하게 했다. 절대 나와의 관계는 말해서는 안 된다고 했다. 현성은 그 일을 충실히 해냈다. 내가 지정한 날짜에 연정이와 자고, 임신까지. 나는 연정이 신분증을 들고서

두 사람 모르게 혼인신고까지 마쳤다. 주민센터 직원은 신분증과 내 얼굴을 보았지만, 아무런 의심도 하지 않았다.

마침내 연정이 임신하자, 현성에게는 이젠 연정이를 만나지 않아도 된다고 했다. 현성은 순순히 그렇게 했다. 그 무렵 연정이는 깊은 상심에 빠졌다. 혼자 아이를 낳아 키워야 할 자신의 처지를 비관했다. 나는 옆에서 도와줄 테니 아무 걱정하지 말라며 연정이를 다독였다. 아이가 태어나자, 나는 연정이를 설득했다. 아이를 키울 능력이 될 때까지 아이를 잘 키워 줄 곳에 아주 잠시만 맡기는 게 어떻겠냐고. 곧 돈을 벌게 해줄 거라고. 연정이는 내 말을 들었다. 내게 완전히 넘어온 것이다. 아이를 보내고 연정이는 힘들어했다. 그럴 때일수록 나의 위로가 필요했다. 나는 그 역할을 톡톡히 해냈다.

"박연정이 보육원을 나온 후로 연락하고 지낸 사람이 조은희, 당신밖에 없어요."

나는 연정이가 새로운 사람을 만나거나 사귈 수 있는 모든 통로를 차단했다. 나 아닌 다른 사람을 만나면 우리 관계의 문제를 인식할 테니까. 연정이는 철저하게 혼자여야 했다. 그래야 나를 더 의지할 테니까. 새로 사귄 사람들과 멀어지게 하는 방법은 간단했다. 여중, 여고를 졸업한 사람이라면, 누구나 그런 유형의 여자를 알 것이다. 나는 그 방법을 그대로 적용했다. 연정이 친하게 지내고 있는 사람의 행동을 지적해서 좋지 않은 친구인 것 같다고 넌지시 말하면, 연정이처럼 자기 주관이 없는 아이들은 자기 생각을 의심하게 된다. 그리고 마침내 자기 생각이 틀렸다고 믿었다. 그렇게 연정이는 철저히 고립됐다. 정신적으로 약해진 상태였기 때문에 나의 말만 믿었고, 내가 하는 말은 모두 옳다고 믿었다.

"원래 계획은 박연정이 베란다에서 떨어져 죽는 거였을 텐데, 죽지 않았어요. 계획이 틀어져 버렸겠군요."

계획대로 연정의 집을 빠져나와 놀이터 그네에 앉았다. 잠시 후, 베란다 창문이 열리고 연정이 모습을 드러냈다. 연정은 내가 시키는 대로 이불을 들고서 창틀에 걸터앉더니 그대로 뛰어내렸다. 웃음이 나왔다. 기쁨도 잠시, 망할. 이불이 나무에 걸려버렸다. 연정이는 낙하산을 펼친 모습으로 3층 높이의 나무에 매달렸고, 무게를 감당하지 못한 나뭇가지가 툭 하고 부러지자, 바닥으로 떨어져 버렸다. 내 계획은 완전히 어긋나 버렸다. 죽기는커녕 병원에 돈을 갖다 바치게 된 바람에 화가 나 한 달 가까이 연정이를 찾아가지 않았다.

"친한 동생이라면서 면회하러 딱 한 번 갔네요. 퇴원 전날에요."

이렇게 포기하기는 싫었다. 일 년 반 동안 들인 공이 아까웠다. 정확히는 돈이 아까웠다. 그동안 내준 관리비며, 생활비 그리고 값비싼 보험료도 몇 달째 냈다. 포기한다면, 그동안 들어간 비용을 다 날리는 셈이었다. 물론 연정이 돈 3천만 원에서 제하면 될 일이지만, 그동안 들인 공과 시간을 생각하면 남는 게 없었다.

한껏 짜증이 치밀어 오르던 그때, 기발한 생각이 떠올랐다. 마른 하늘에도 솟아날 구멍이 있다던가. 연정이에겐 후유장해 진단금이 가입되어 있었다. 온몸이 부서져 버렸으니, 틀림없이 후유장해 진단을 받을 수 있을 것이다. 장해 진단을 받으면 못 해도 사망보험금 절반에 해당하는 수익은 나올 테고. 어쩌면 오히려 잘된 일일지도 몰랐다. 한가지 마음에 걸리는 건, 보험에 청구하면 조사가 나올 텐데 연정이 보험조사원을 잘 상대할 수 있을까 하는 거였다.

퇴원할 때가 되자, 나는 연정이를 찾아갔다. 네가 실패하는 바람에 일이 틀어져 버렸다고 말했다. 연정이는 미안해했다. 병원에서 퇴원하라고 하니 당장 병원비를 내야 하는데, 넌 돈이 없으니 일단 내가 내주겠다고 했다. 연정이는 고맙다며 눈물을 글썽였다. 많은 병원비를 내고 나면 보험에 청구할 거고, 그러면 조사가 나올 거라고도 알려줬다. 보험조사원이 나오면 절대 필요 없는 말은 해서는 안 된다고 신신당부했다.

"박연정 씨는 당신이 하는 말을 거역할 수 없었을 겁니다. 죽을 거란 걸 알면서도 휠체어를 뒤로 밀었던 박연정 씨 심정은 어땠을까요? 이제 다 끝났구나 하고 절망했을 겁니다. 이 CCTV 속 박연정 씨 마지막 얼굴 보이시나요?"

연정은 체념한 얼굴로 휠체어를 뒤로 밀고 있었다.

"멀쩡히 걸어 다니는 절 보니 자신의 처지가 와닿았나 봐요. 평생 휠체어에 앉아 살아야 하는 삶을 비관했을 거예요. 그러니 필요 이상으로 휠체어를 뒤로 밀었겠죠. 보시다시피 저는 그때, 전화가 와서 뒤돌아섰거든요."

나는 다급하게 둘러댔다. 조사가 진행되는 내내 나를 사로잡은 불안이 일을 망쳐버렸다. 연정이가 말실수하지는 않을까 불안한 데다 하필이면 보험조사원이 지애 오빠였다. 결국, 난 불안을 견디지 못하고, 연정이 입원해 있던 병원을 찾아갔다. 그러면 안 되는 거였다. 조사가 진행되는 중에 연정이 죽으면 의심을 살 게 뻔한데, 대체 무슨 생각으로 일을 이 지경으로 만들어 버린 걸까.

"누구랑 통화하셨죠?"

"그것까지 말해야 하나요?"

입이 바싹 말랐다.

"조금만 더 뒤로 가다간 휠체어에 탄 동생이 다칠 수도 있다는 걸 알면서도 왜 주의 주지 않았죠? 위험할 수 있다는 생각을 했을 텐데요?"

"연정이가 알아서 멈출 줄 알았어요."

나는 마른침을 삼켰다.

"그럼, 왜 갑자기 가버린 거죠?"

"급한 연락이 왔으니까요."

나는 형사의 시선을 피하며 대답했다.

"연정 씨한테 왜 간다고 말하지 않은 거죠?"

"그걸 말할 시간조차 없을 만큼 다급했으니까요."

연정이는 달라져 있었다. 나를 대하는 태도가 예전 같지 않았다. 다 알아버린 것 같았다. 그런데도 휠체어를 뒤로 민 건, 포기해 버린 것이다.

"자, 마지막 김지애 씨 차렙니다."

연정의 아이를 보육원에 보내고 모든 건 계획대로 순조롭게 진행되었다. 전세 계약이 만료되는 시점까지 연정의 일을 처리할 계획이었다. 그러려면 그전에 나의 사망보험금을 연정이 계좌로 받아야 한다. 이젠 내가 죽을 차례였다.

나는 나 대신 죽어줄 사람을 찾다가 교회를 떠올렸다. 성인이 되어 교회에 다니기 시작한 사람들은 대부분 힘든 일을 겪고 의지할 곳이 필요한 사람들이었다. 정신적으로 나약해진 상태, 그럴 때야말로 나의 먹잇감이 될 수 있는 상태였다.

교회에 다니기 시작한 지 보름 만에 새 식구가 들어왔다. 매번 똑같은 운동복을 입고서 표정 없는 얼굴로 기도하는 모습이 마음에 들었다. 무엇보다 키와 체격까지 나와 비슷해서 나로 위장하기에 제격이었다. 그런데 한 가지 걸리는 게 있었다. 오빠가 있다고 했다. 지애는 부모님이 안 계실 뿐이지, 일반적인 다른 가정처럼 오빠한테 보살핌을 받고 있었다. 대한민국에서 소리소문없이 사라지기는 불가능했다. 방법을 찾아야 했다.

지애는 내게 많은 걸 말해줬다. 오빠는 돈 버는 일밖에 모르는 사람이라는 것, 최근에 주식과 코인으로 많은 돈을 잃었다는 것, 다음 학기 등록금을 내줄 돈이 없을 거라는 것, 부모님이 돌아가시고 삶의 의욕이 사라진 지애에게 꾸역꾸역 등록금을 내며 학교에 다니라고 한다는 것과 무의미한 졸업을 하려고 오빠가 힘들게 번 돈을 받아 학비를 내는 게 미안하다는 것. 또, 엄마마저 돌아가시자 엄마와 추억이 깃든 집에선 잠이 오지 않아 수없이 가출했었다는 것. 그 모든 게 내게 좋은 정보가 되었다.

나는 지애에게 해결책을 제시했다. 집을 나와 오빠의 부담을 덜어주면 더는 미안해하지 않아도 될 거라고 했다. 지애는 고민하는 듯했지만, 얼마 후 제 발로 집을 나왔다. 지애는 나와 함께 살았다. 연정이는 스스로 뛰어내려야 하므로 내 말을 잘 듣도록 철저하게 고립시켜야 했지만, 지애는 그럴 필요가 없었다. 내가 밀어버릴 거니까.

지애는 내가 이리저리 머리를 쓰지 않아도, 나의 겉모습만으로도 내게 쉽게 현혹됐다. 내 드레스룸에 걸린 옷들과 신발장을 가득 채운 예쁜 구두들, 내가 타는 수입차를 보며 지애는 내가 시키는 대로 하면 자기도 금방 부자가 될 수 있으리라는 생각에 순순히 나를 따랐다.

"사망보험금을 노리고 김지애 씨를 정상에서 밀었어요."

"밀지 않았어요."

나는 세상에서 존재하지 않기 위해 오랫동안 준비했다. 연정이 죽고 난 다음 보험금을 받고 나면, 나는 나를 무시한 대한민국을 떠나 외국으로 갈 계획이었다. 그러니 대한민국이 나를 어떻게 알고 기억하든, 나란 존재가 세상에 존재하든 존재하지 않든 그건 중요하지 않았다. 난 많은 돈을 가졌으니까.

내가 죽던 그날은 전날 밤에 내린 비로 흙길은 질펀했고, 떨어진 나뭇잎은 미끄러웠다. 나는 일부러 해 질 녘에 맞춰 정상에 도착했다. 등산객은 이미 다 내려가고 없었다.

"이러지 마세요. 제발… 제발 살려주세요. 시키는 대로 다 할게요."

눈물 콧물이 범벅된 얼굴로 시끄럽게 울부짖었다. 듣기 싫었다. 빨리 끝내고 싶었다. 나는 옆에 있던 돌을 주워다 더러운 얼굴에 힘껏 내리쳤다.

퍽.

우두둑— 파열음이 들리더니 껄떡거리는 소리가 잠잠해졌다. 아네모네꽃처럼 붉게 물든 얼굴이 누워있었다. 이제야 꽃처럼 조용해졌다. 목에 손을 갖다 대자, 경동맥이 팔딱거렸다. 살아있었다.

꼼짝없이 누워있는 몸을 돌려 가방을 벗긴 뒤, 내가 메고 있던 가방을 어깨에 메어주고서 벗겨지지 않게 벨트까지 단단히 채웠다. 그런 다음 주머니를 뒤져 핸드폰을 뺀 뒤, 내 명의로 미리 개통한 핸드폰을 주머니에서 넣고 지퍼를 잠갔다. 잠시 후 구조대가 오면 죽은 사람이 조은희라는 걸 확인하게 될 것이다. 마지막으로 착 늘어진 몸뚱이를 질질 끌어서 절벽 아래로 밀었다. 꽃잎이 흩날리듯 절벽 아래로 떨어졌다.

쿵---

고개를 들자, 산 능선이 피로 붉게 물들어 있었다. 나는 바위에 기대어 앉아, 해가 지길 기다렸다. 산에선 해가 빨리 졌다. 해가 산등선 뒤로 자취를 감추자, 금세 어둠이 찾아왔다. 나는 호흡을 가다듬고 119에 전화했다.

"저, 저기 거기 119죠? 여기, 사람이 절벽 아래로 떨어졌어요."

나는 울먹였다. 분명 내 목소리가 녹취되고 있을 것이다.

"신고자님. 거기가 어디죠? 어디에 있는 절벽이죠?"

119 관제센터 직원은 매뉴얼대로 침착하게 대응했다.

"사암산 정상이에요. 사진을 찍다가 미끄러져 떨어졌어요. 빨리 와주세요. 저희 언니 좀 살려주세요."

나는 울부짖었다. 눈물은 나지 않았다.

"신고자님. 지금 바로 출동해도 산 중턱에 있는 헬기장에서 정상까지 오르려면 시간이 걸립니다. 추락지점으로 바로 갈 수 있게, 추락지점을 말씀해 주시겠어요? 어디로 추락했는지 보이십니까?"

"해가 져서 아무것도 보이지 않아요. 언니가 어디로 떨어졌는지 모르겠어요."

나는 둘러댔다. 확실하게 숨통이 끊길 때 구조대원이 도착하도록 시간을 벌어야 했다.

"알겠습니다. 일단 정상으로 갈 테니, 어디 가지 마시고 거기 그대로 계세요. 다른 곳에 계시면 저희가 신고자를 찾는 데에도 많은 시간이 소요되기 때문에 사고자 수색이 지연됩니다."

"네. 알겠어요. 빨리 오셔야 해요."

나는 끝까지 우는 목소리로 말한 뒤, 전화가 완전히 종료된 걸 본 후에야 한숨 돌렸다.

구조대는 두 시간이 지나서야 도착했다. 해가 완전히 자취를 감춘

뒤였다. 산속은 깊은 어둠에 잠겨 손전등 불빛이 없으면 그 어떤 것도 식별할 수 없었다. 사고자를 찾아 나선 구조대는 한 시간 뒤에 무전이 왔다. 요구조자를 찾았다고.

나는 구조대원들을 뒤따라 산 중턱에 있는 헬기장으로 갔다. 시트가 덮인 들것이 헬기에 실리고 있었다. 병원으로 이송될 거라고 했다. 나는 구조대원들과 산에서 내려와 병원으로 갔다.

병원에 도착했을 땐, 경찰 두 명이 기다리고 있었다. 사고자는 구조 당시 사망한 상태였다고 했다.

"사망한 조은희 씨와 어떤 관계죠?"

경찰은 가방 속에 넣어둔 지갑에 꽂혀있던 나의 신분증을 확인하고서, 사망한 여자가 조은희라고 여겼다.

"친한 언니예요."

"조은희 씨는 어쩌다 추락한 거죠?"

"정상에 오른 기념으로 사진을 찍고 있었어요. 사진을 한 장 찍고, 또 한 장 더 찍으려는데 그만…."

나는 주저앉아 두 손에 얼굴을 파묻고서 연기를 시작했다. 지금, 이 순간에 거액의 보험금이 달려있었다. 그런데 눈물이 나지 않았다. 경찰에게 의심을 사지 않으려면, 사고로 친한 언니를 잃은 동생 역할을 똑똑히 해내야 하는데 도무지 슬펐던 기억이 떠오르지 않았다. 내 인생에서 가장 슬펐던 기억으로는 수학여행 때, 친구가 나보다 더 예쁜 옷을 입고와 주목을 받았던 기억밖에 없었다.

"늦은 시간에 산엔 왜 올라가셨죠?"

"출발할 땐 늦지 않았어요. 약수터에서 얘기를 나누다 보니 시간이 꽤 흘렀나 봐요. 그래도 해지기 전에 정상에 올랐다 내려갈 수 있을 거로 생각했어요. 그렇게 빨리 어두워질 줄 모르고요."

경찰은 내 얘기가 그럴 수 있다고 생각한 건지 별다른 의심을 하지 않았다. 그래도 끝까지 긴장을 늦춰선 안 된다. 만에 하나 지문 감식이라도 하게 되면, 사망한 사람이 조은희가 아닌 걸 알게 될 테고, 그러면 왜 사망자가 조은희가 아니란 걸 알리지 않았는지 의심을 사게 된다. 물론 그 사실을 물어온다면 경황이 없어서 경찰이 사망자가 조은희라고 말한 걸 듣지 못했고, 가방이 바뀐 건 짐이 많아 약수터에서 가방을 바꿔 뗐다고, 핸드폰은 정상에서 서로 사진을 찍어 주다 바뀐 것 같다고 둘러댈 생각이었다. 거짓말은 내게 식은 죽 먹기였다.

"조은희 씨 가족에게 연락하셔야 할 것 같습니다."

"언니는 가족이 없어요. 부모님은 3년 전에 사고로 돌아가셨고, 외동이에요."

"친척은요?"

"부모님께서 기초생활 수급권자여서, 친척들에게 소외당해 왕래가 없다고 들었어요."

"그럼, 시신을 인계할 가족이 아무도 없나요?"

"아마도… 저밖에 없을 거예요. 제가 장례를 치를게요."

나는 또다시 주저앉아 우는 시늉을 했다. 마지막까지 의심 사지 않으려고 최선을 다했다. 내 연기 덕분인지, 아니면 가족, 친지도 없는 고아여서인지 형사는 문제를 키우지 않고 일을 서둘러 마무리하려는 기색이었다. 그리고 무엇보다 나의 겉모습이 살인을 저지르리라고는 생각하지 못하는 것 같았다.

경찰이 떠나고, 나는 응급실 앞 보호자 대기실 의자에 쓰러지듯 주저앉았다. 마음 같아선 얼른 집으로 가 깨끗이 씻은 다음 침대에 눕고 싶었지만, 화장터에 들어가는 순간까지 긴장을 늦춰선 안 되었다. 화장해도 좋다는 경찰의 허락이 떨어질 때까지 이곳에 앉아 친한 언니를 잃은 동생 얼굴을 하고서 기다릴 생각이었다.

다음 날 정오가 되어서야 경찰에게서 연락이 왔다.

"어젠 많이 놀라신 것 같아 제대로 묻지 못했는데, 괜찮으시다면 오늘 경찰서에 오셔서 사고 경위를 상세히 듣고 싶네요."

나는 곧장 가겠다고 했다. 경찰이 하루 만에 부른 데에는 의혹을 제기할 유가족이 없으니 단순 사고로 빨리 처리하려는 속셈이라고 생각했다.

"지문을 조회했더니 사망자가 조은희 씨가 아니었습니다."

형사가 날카로운 눈초리로 나를 바라봤다. 그날, 나는 연정이 전세금을 빼서 경찰에게 3천만 원을 주기로 약속한 뒤, 경찰과 침대에서 하룻밤을 보냈다. 아무도 이의제기할 사람이 없다는 걸 확인한 경찰은 일을 크게 만들 생각이 없었다. 그렇게 장례를 치러도 된다는 허락이 떨어졌다. 가족도 친척도 없어 장례식에 올 사람도 없을 것 같으니 굳이 빈소는 차리지 않고 장례만 치르시면 되겠네요. 하는 말과 함께. 경찰이 먼저 얘기를 꺼내줘서 다행이었다. 그러잖아도 빈소를 차리지 않고 장례를 치르는 방법을 미리 알아두었다.

경찰의 허락도 떨어졌겠다 더는 지체할 필요가 없었다. 경찰의 도움으로 조은희 사망진단서를 발급받고, 화장장을 예약했다. 이제 하루만 더 견디면 조은희는 세상에서 사라지게 된다. 어떠한 미련도 들지 않았다. 내가 조은희로 살든 아니면 다른 존재로 살든 그건 중요하지 않았다. 내겐 내가 누군지는 중요하지 않았다. 그런 것엔 어떤 미련도 없었다. 그저 좋은 집에서 예쁜 옷을 입고 돈 걱정 없이 사는 것, 그거 하나면 충분했다.

다음 날, 오전 반나절 만에 입관부터 화장까지 모두 끝냈다. 그 후로 경찰 조사가 끝났다고 연락받기까지는 보름이나 걸렸다. 나는 박연정 이름으로 나의 사망보험금을 접수했고, 박연정 계좌로 사망보험금을 받았다. 물론, 사망보험금을 받은 박연정의 계좌는 내가 들고 있었다.

❀ ❀ ❀

지섭이 끙끙거리며 손을 더듬었다. 손끝에 핸드폰이 걸렸다. 그는 핸드폰을 끌어당겨 실눈을 뜨고 시간을 확인했다. 오후 2시였다. 어젯밤 응급실에 실려 갔다가 오늘 새벽에서야 집에 돌아온 그는 기절한 듯 잠이 들었다. 부서질 듯이 아픈 몸이 꿈결처럼 까마득한 어제 일이 꿈이 아니라고 말했다. 그는 다드림 손해보험 담당자 이윤재에게 전화를 걸었다.

"꿈과 희망을 드리겠습니다. 다드림 손해보험의 이윤재입니다."

"성심 손해사정의 김지섭입니다."

쉰 목소리가 튀어나왔다. 유리 파편이 목에 들어찬 것처럼 목이 따가웠다.

"아, 네. 박연정 님 보고서 잘 받았습니다."

이윤재 목소리에서 찬 바람이 불었다.

"보험금…… 지급됐나요?"

그는 입이 바싹 말랐다.

"아뇨. 본부장님께 결재 요청한 상태입니다. 본부장님 결재가 떨어지면 바로 지급할 겁니다."

그는 한숨을 내쉬었다. 다행히 늦지 않았다.

"잘됐네요. 보험금 지급을 멈춰주세요. 제가 올린 보고서도 폐기해 주시고요."

콜록콜록 기침이 터져 나왔다.

"네? 갑자기 왜……."

"조만간 경찰한테서 연락이 갈 겁니다. 박연정 님 사고와 관련해서 경찰 조사가 진행되고 있거든요."

또다시 기침이 터져 나왔다.

"경찰이요? 경찰 수사는 다 끝난 거 아닌가요?"

"그게… 보험 가입할 때 작성했던 계약서와 제가 첨부한 면담보고서 서명을 보시면 박연정 님 필체가 다를 겁니다. 본인 동의 없이 이뤄진 계약입니다. 보험사기를 노린 계약이고요. 자세한 건 경찰한테 연락받으면 알게 될 겁니다. 들리시겠지만, 제가 몸이 좋지 않아서 길게 설명할 수 없을 것 같네요."

그는 전화를 끊었다. 온몸이 오돌오돌 떨렸다. 열이 내리지 않았다. 겨울 바다에 빠졌으니 당연했다. 살아나온 것만으로도 천만다행이었다. 약이 어딨더라. 약이 필요할 때면 항상 지애가 찾아주었었는데…….

그는 허영거리며 지애 방으로 들어갔다. 서 있을 힘도 없어 바닥에 주저앉아 협탁을 뒤졌다. 그때였다. 침대와 바닥 사이에 티끌이 끼어있는 게 보였다. 그는 손톱으로 티끌을 긁어냈다. 티끌이 손톱에 끌려 나왔다. 티끌은 다름 아닌 그가 찾던 네 컷 사진이었다. 사진 속에서 지애가 해맑게 웃고 있었다. 그리고 그 옆에 서 있는 여자, 조은희였다. 조은희가 가증스럽게 웃고 있었다. 그는 두 눈을 질끈 감았다. 바다에 빠지던 그 순간까지도 조은희가 한 말이 거짓말이길 바랐는데, 사실이었다. 수사가 얼마만큼 진행되었을까. 지애 행방에 대해서 뭐라도 알아냈을까.

그는 무릎까지 내려오는 패딩 점퍼를 주섬주섬 챙겨입고 집을 나섰다. 매서운 바람이 불어닥쳤다. 그는 바들바들 떨며 아파트 정문 앞으로 걸어갔다. 마침 빈 택시가 세워져 있었다. 그는 서둘러 택시에 올라탔다.

"하북경찰서로 가주세요."

잠시 후, 택시가 경찰서 현관 앞에 멈춰 섰다. 그는 택시에서 내려 경찰서 안으로 들어갔다. 어디로 가야 하는 거지. 그는 중앙 계단 앞에 멈춰 서서 층별 안내도를 멍하니 바라봤다. 어느 소속 누구라고 했더라. 그래. 보안과. 보안과라고 했었지. 보안과는 5층에 있었다.

그는 5층으로 올라가 보안과라 적힌 문패를 찾아 노크했다. 안으로 들어가자 단출한 사무실에 다섯 사람이 앉아있었다. 그는 문 앞에 서서 가만히 둘러봤다. 아는 얼굴이 없었다.

"조은희 님 사건으로 왔는데요. 담당 형사님을 만나 뵐 수 있을까요?"

출입문 앞에 문을 등지고 앉은 여자 형사가 뒤돌아봤다.

"정세원 경위님은 지금 피의자 취조 중이라 저기 가서 잠깐 기다리세요."

여형사는 제일 안쪽에 놓인 책상을 가리켰다. 그는 형사가 가리킨 곳으로 가 앉아서 기다렸다. 잠시 후, 정세원 경위가 들어왔다.

"김지섭 씨. 생각보다 일찍 오셨네요. 며칠 후에 연락드리려고 했는데."

정 경위가 다가와 맞은편에 앉았다. 하루 만에 정 경위 턱이 거뭇거뭇해져 있었다.

"조은희는 입을 열었습니까?"

그가 쉰 목소리로 물었다.

"아직은요."

"대체 어떻게 다른 사람의 죽음을 자신의 사망으로 둔갑할 수 있었던 거죠? 보험에 청구할 때 필요한 사망진단서나 기본증명서 같은 서류들은 가족이 아니면 발급되지 않는데, 어떻게 발급받아서 보

조금만 고개를 돌려도

험금을 받아냈는지 알아보셨나요?”

“……음. 실은 조은희의 사망사고를 조사하던 형사가 사망한 사람이 조은희가 아니란 걸 눈치채자, 조은희가 돈으로 매수한 거로 확인됐습니다. 형사의 도움으로 서류를 발급받아 보험에 청구한 거고요.”

역시나. 누군가의 도움이 있었다. 만약 형사를 매수하지 않았더라면, 아무리 박연정을 수익자로 지정했더라도 보험회사에 소송을 걸어야 하는 긴긴 싸움을 했었을 것이다. 그랬더라면, 박연정의 사고 계획도 무기한 연기됐을 것이고.

“그래서 알리바이가 없는 박연정을 참고인 조사로 끝냈던 거군요. 조은희의 사망보험금을 받은 계좌는 확인해 보셨나요? 박연정 님 계좌를 조은희가 가지고 있었을 텐데요.”

“사망보험금을 받고 일주일 후에 사망보험금이 인출되었습니다. 그리고 돈의 행방이 사라져 버렸고요. 그런데 그날 박연정의 남편이 집 매매 계약을 했더군요. 조은희의 사망보험금이 그 남편 손에 흘러 들어간 거죠.”

“장, 장현성 씨 말입니까?”

그가 눈을 번쩍 떴다.

“네. 그 후로 장현성에 대해서도 조사했더니 조은희가 거주하는 집과 차, 핸드폰 등이 모두 장현성 명의였습니다.”

“그럼, 조은희의 배후에 장현성 씨가 있었단 말입니까?”

그가 소리쳤다. 그래서 어젯밤, 조은희가 탄 차에 장현성이 함께 있었던 걸까.

"글쎄요. 그건 더 확인해봐야 할 것 같습니다."

그는 머리를 흔들었다. 혼란스러움이 그를 덮쳤다. 대체 뭐가 어떻게 된 일일까.

"지금 김지섭 씨 기분이 어떨지 이해합니다. 저 역시 조은희 실체를 쫓는 동안 여러 번 그랬거든요. 3개월 전에 탈북민단체로부터 제보를 받았습니다. 탈북민 세 명이 실종됐는데, 다시 북으로 간 것 같지는 않다고 말이죠. 그때부터 수사가 시작했는데, 수사하다 보니 조은희와 엮인 사람 중 사라진 사람들이 한둘이 아니었습니다."

정 경위가 진저리를 쳤다. 그는 조은희와 나눈 대화를, 조은희가 그에게 했던 말들을 모두 정 경위에게 털어놓았다.

"감사합니다. 수사에 많은 도움이 될 것 같네요."

정 경위가 두 손으로 얼굴을 감쌌다. 피곤한 기색이 역력했다.

"여죄가 더… 있겠죠?"

"조은희 사망 시점쯤에 여자 노숙인이 실종됐습니다. 저희는 노숙인 실종 역시 조은희 짓으로 보고 있는데, 그 노숙인을 어떻게 했는지는 아직 밝혀내지 못했습니다. 현재까지 알아낸 건 여기까지입니다. 자세한 건 더 수사해 봐야 합니다."

정 경위는 눈을 지그시 감았다.

"저, 저기… 조은희가 사망한 당시에 함께 있었던 사람이 '김지애'인 건 확실한가요? 추가로 확인된 건 없나요?"

"아직은 그렇게 추정됩니다. 조은희가 사망한 후에 조은희가 자

조금만 고개를 돌려도

신을 김지애라고 증언했으니까요. 김지애 씨 생활반응이 사라진 것도 조은희 사망 직후였고요."

이틀 후, 그는 기자들 사이를 비집고 들어갔다. 조은희가 영장실질심사에 출석하려고 법원에 모습을 드러낸다는 소식에 수많은 기자가 법원 앞마당을 가득 메웠다. 아침에 읽은 기사에 따르면 조은희는 존속 살인·살인미수·보험사기방지 특별법 위반 혐의로, 장현성은 살인방조죄 혐의로 영장실질심사를 받는다고 했다.

아침부터 흰 눈이 흩날렸다. 모여있는 취재인들 사이에 서 있던 그는 호흡을 고르며 흥분을 가라앉혔다. 조은희가 꼭 구속되리라는 확신이 들었지만, 어떤 결과가 나오더라도 지애는 이제 돌아올 수 없다는 생각이 불현듯 들 때면 알 수 없는 허탈감과 분노와 또 이름 모를 감정이 그를 지옥으로 끌고 갔다. 동생을 지키지 못한 죄. 동생을 잘 돌보겠다는 엄마와의 약속을 지키지 못한 죄. 그도 죄인이 된 심정이었다.

사방에서 기자들이 수군거렸다.

"국내 최고 법률사무소 소속 변호인단을 선임했다고 합디다."

"구속 여부는 언제 결정된다고 하던가요?"

"오늘 오후 늦게 나올 겁니다."

"확실히 구속되겠죠?"

"글쎄요. 전 아직도 믿기지 않아서요. 26살 젊고 예쁜 여자가 뭣하러 그런 짓을 하겠어요. 괜히 죄 없는 사람 잡아다 헛다리 짚는 건

사각지대

301

아닌지…….."

"들리는 얘기로는 국회의원 정승철 아들 마약 사건을 덮으려고 죄 없는 시민 붙잡고 쇼한다는 말도 들리더군요. 부모 없고 빽없는 젊은 여자 데려다가 말이죠."

그때, 먼 곳에서 바퀴 소리가 났다. 돌아보니 검은색 승합차가 법원 정문으로 천천히 들어오고 있었다. 기자들이 승합차로 몸을 돌렸다. 하나둘씩 동요하기 시작하더니, 금방이라도 사진 찍을 태세로 카메라를 들었다. 승합차가 법원 현관 앞에 멈춰 서자, 조금 전까지 웅성거리며 어수선하던 공기가 팽팽해졌다. 말소리도 숨소리도 들리지 않았다.

승합차에서 포승줄에 묶인 조은희와 장현성이 내렸다. 여기저기서 고함이 터져 나오고, 등 뒤에선 플래시가 터졌다. 조은희와 장현성은 계단을 올라 법원을 등지고 기자들을 향해 섰다. 기자들이 외치는 소리와 쉴 새 없이 터지는 카메라 플래시에 법원 마당은 아수라장이 되었다.

그는 입술을 질끈 깨물며 조은희에게 시선을 고정했다. 주먹에 절로 힘이 들어갔다. 그는 기자들 사이를 비집고 앞으로 나아갔다. 어느덧 조은희가 타고 온 승합차 옆에 다다랐다. 가슴 속 불길이 점점 타올랐다. 그는 성큼성큼 계단을 뛰어 올라갔다. 조은희와 장현성이 법원 안으로 들어가고 있었다.

"조은희! 거기 멈춰!"

조은희가 돌아봤다. 그가 조은희에게 달려갔다. 계단을 막 오른

조금만 고개를 돌려도

그때, 제복을 입은 경찰들이 그를 가로막았다. 조은희는 그를 보더니 한쪽 입꼬리를 올리며 웃었다. 한 해가 저물고 있었다. 지애가 집을 나간 지 11개월째였다.

그날 저녁, 그는 캄캄한 복도를 지나 집 앞으로 다가갔다. 차마 집에 들어갈 용기가 나지 않았다. 무슨 염치로 집에 들어간단 말인가. 현관문 너머에는 엄마와의 추억, 지애와의 추억이 있었다. 도저히 이 집에서 혼자서 살 수 없을 것 같았다. 당장이라도 짐을 빼서 나오고 싶었다.

그는 한참을 머뭇거리던 끝에 문을 열고 집으로 들어갔다. 웬일인지 집안에 불이 환하게 켜져 있었다. 이상하다. 분명 아침에 불을 끄고 나갔는데…….

그는 조심스레 신발을 벗고 주방 겸 거실로 걸어 들어갔다. 지애가 식탁에 앉아있었다.

"지애야!"

그가 화들짝 놀라 지애를 불렀다. 목이 메었다.

"어떻게 된 거야?"

그는 지애에게 다가가 두 손으로 지애 어깨를 감쌌다. 지애 몸이 파르르 떨렸다. 그는 믿기지 않았다. 지애가 살아있었다. 어떻게 된 걸까.

"뉴스에서 봤어. 언니가 체포됐다는 걸."

지애가 말했다. 지애는 조금 야윈 것 말고는 괜찮았다.

"조은희와 산에 올라간 거 아니었어?"

"언니가 누군가와 통화하는 걸 엿들었어. 누군가에게 날 죽일 거라고 했어."

지애가 울먹이며 말했다.

"그래서 그다음 날 새벽에 몰래 집을 나왔어."

지애가 말을 이었다. 그는 한숨을 내쉬었다. 안도감이 밀려들었다.

"그럼, 왜 집으로 돌아오지 않았어?"

"언니가 집을 알고 있었어. 집에 찾아올 것 같아서 올 수 없었어."

지애가 식탁 의자에 앉았다. 식탁 위에 떡볶이가 놓여있었다. 거실엔 텔레비전이 켜져 있었다. 텔레비전 화면에는 오늘 아침 법원 앞에 선 조은희 모습 아래에 '보험금 노리고 7명 죽인 조은희 구속', '심리지배로 조종하여 살해한 故 박모 씨 건도 직접 살인죄 적용'이라 적힌 빨간색 자막이 나오고 있었다. 지애는 곁눈으로 텔레비전을 보며 무심히 떡볶이를 먹었다.

"그동안은 어디서 어떻게 지냈어?"

"고현동에 있는 편의점에서 일하면서 고시원에서 지냈어."

지애는 눈물을 꾹 참으려는 듯 떡볶이를 연달아 입에 넣었다.

"뭐? 고현동?"

그가 눈을 번쩍 떴다.

"며칠 전에야 사장님께 키 큰 남자가 김지애를 찾으러 왔다는 걸 들었어."

"그런데 왜 돌아오지 않은 거야? 아니, 전화라도 할 수 있었잖아."

"오빠한테 전화하면 오빠가 날 찾으러 올 거니까. 언니가 오빠를 미행할 것 같았거든."

지애 손에 들린 젓가락이 파르르 떨렸다.

"그럼, 그 사장님은 왜 널 모른다고 한 거야?"

"이름을 윤주영으로 속였거든. 언니가 찾아올까 봐."

그는 말문이 턱 막혔다. 그때, 정 경위에게서 전화가 왔다.

"김지섭입니다."

그가 전화를 받았다.

"김지섭 씨. 잘 지내셨습니까?"

정 경위의 목소리가 한껏 들떠 있었다.

"조은희와 장현성 모두 오늘 오후에 구속이 결정됐습니다."

"네. 뉴스 봤습니다."

그가 말했다.

"조은희가 자기가 저지른 범행을 인정했나 보죠?"

"처음에는 부인하다가, 하나씩 다 털어놓았습니다. 자랑하듯이요. 조은희가 김지섭 씨께 털어놓은 얘기들을 제게 말씀해 주신 덕분입니다."

정 경위가 말했다.

"자랑이요?"

"완전 범죄가 될 수 있었던 자기 능력이 다른 사람보다 우월하다는 걸 과시하는 거죠. 그러면서 경찰을 무능력하게 평가하는 거고요."

그는 헛웃음이 나왔다.

"장현성은 어떻게 된 건가요? 장현성이 조은희를 시킨 게 맞나요?"

"처음엔 조은희의 배후에 장현성이 있는 건 줄 알았는데 아니었습니다. 장현성도 결국 조은희한테 이용당한 거였더군요."

그는 말문이 턱 막혔다.

"그것보다 오늘은 좋은 소식을 전해드리려고 전화했어요. 지애 씨가 집을 나간 후에 조은희 집에서 지냈던 게 맞더군요. 조은희가 김지애 씨를 자기인 것처럼 속여 산에서 죽이려 했던 게 맞았습니다. 그런데 실행 직전에 김지애 씨가 사라졌다고 하더군요. 그래서…"

"지애… 집에 돌아왔습니다. 옆에 있어요."

그가 정 경위의 말을 자르며 말했다. 울컥 목이 메었다.

"김지애 씨 말인가요? 돌아왔나요? 하. 다행입니다. 그동안 어디에 있었다고 하던가요? 아아, 일단 마음을 좀 추스른 후에 만나 뵙기로 하는 게 낫겠네요."

정 경위가 상기된 목소리로 말했다.

"얼마 전에 말했던 여자 노숙인 실종, 그 노숙인이 김지애 씨 대신 산에서 죽은 거랍니다. 이제 퍼즐이 다 맞춰졌네요."

"그렇군요."

그는 눈을 지그시 감았다.

"제가 지애 오빠인 걸 어떻게 알았다던가요?"

"계획 실행을 앞두고 김지애 씨가 사라지자, 며칠 동안 김지섭 씨 집 앞에 찾아갔었다더군요. 지애 씨가 집에 오면 데려가려고요. 그때 김지섭 씨를 보았고, 그래서 얼굴을 알고 있었습니다. 그러다 박연정 씨 집 1층에서 김지섭 씨와 마주치자, 박연정 씨 담당 보험조사원이 지애 씨 오빠인 걸 알게 됐고, 서둘러 박연정을 죽였던 겁니다. 그러다 보니 허술하게도 CCTV에 노출될 수밖에 없었던 거고요."

그때 문득, 산업단지에서 그를 뒤쫓던 흰색 벤츠가 떠올랐다. 그것도 조은희였을까.

"김지섭 씨가 집까지 찾아와 초인종을 누르자, 턱밑까지 쫓아왔다는 걸 깨닫고 김지섭 씨를 죽이려고 연락했다더군요. 그랬는데 김지섭 씨가 눈치채고서 다급하게 주차장으로 내려가는 바람에 어쩌지 못했던 거고요."

그가 곁눈으로 지애를 힐끗 봤다. 지애가 소파로가 앉았다.

"어쨌든 김지애 씨가 살아 돌아왔으니 다행입니다. 그럼, 다음에 또 연락드리죠."

그는 전화를 끊었다.

"이거 어디서 났어?"

그가 전화를 끊자, 지애가 소파 위에 걸쳐있던 목도리를 집어 들었다. 조은희 집에서 비숑 프리제가 물고 온 목도리였다.

"응. 그게……."

그가 머뭇거렸다.

"언니 집에서 도망쳐 나온 날, 깜빡하고 놓고 나왔거든. 집에서 나갈 땐 겨울이었는데, 언니 집에서 나올 땐 봄이어서 말이야. 엄마가 떠준 목도리라 얼마나 속상했었는데……."